中國古典文學基本叢書

劉禹錫全集編年校注

第六册

〔唐〕劉禹錫 撰

陶 敏
陶紅雨 校注

中華書局

劉禹錫全集編年校注卷二十　文　未編年

山陽城賦[一]并引

山陽故城，遺趾數雉；四百之運，[二]終於此墟。裔孫作賦，[三]蓋閔漢也。詞曰：

我止行車，賈涕於山陽之墟。[四]是何蒼莽與慘悴，春陵之氣兮焉如？[五]踣昌運於四百，辭至尊而伍匹夫。[六]有利器而倒持兮，[七]曾何芒刃之足舒！懿王跡之肇基，暨坤維之再敷。[八]邈汜陽與鄗上，悅蛇變而龍攄。[九]痛人亡而事替，終此地焉忽諸。[一〇]嗟乎，積是爲治，積非成虐。[一一]文、景之欲，處身以約，播其德牙，訖武乃獲。[一二]桓、靈之欲，縱心於昏，爇其妖焰，逮獻而焚。[一三]彼伊、周不世兮，姦雄乘釁而騰振。[一四]物象漼以易位，被虛號而陽尊。[一五]終世殫而事去，胡竊揖讓以爲文？[一六]嗚呼，維神器之至重兮，蓋如山之不騫。[一七]使人得譬乎逐鹿，固健步者所先。[一八]諒人事之云爾，孰云當塗之兆也自天[一九]！

亂曰：久矣莫可追，昇彼墟兮噫嘻。獨遺武兮，貽後王之元龜。〔二〇〕

【校注】

〔一〕本賦作年無考。山陽城：在今河南修武。《元和郡縣圖志》卷一六「懷州修武縣」：「濁鹿故城，在縣界東北二十三里。魏文帝受禪，封漢帝爲山陽公，居河内山陽之濁鹿城，即此城也。」《後漢書·孝獻帝紀》：「（建安二十五年）冬十月乙卯，皇帝遜位，魏王丕稱天子，奉帝爲山陽公……都山陽之濁鹿城。」禹錫何時至懷州未詳。題注原無，劉本、《叢刊》本、《全唐文》有「并序」二字，據增改。

〔二〕四百之運：自漢高帝元年（前二〇六）至東漢獻帝建安二十五年（二二〇），首尾共四百二十六年。此舉成數。

〔三〕裔孫：劉禹錫《子劉子自傳》自稱漢中山靖王劉勝之後，故爲「裔孫」。

〔四〕實：同隕。

〔五〕春陵：在今河南棗陽境。《元和郡縣圖志》卷二一「隨州棗陽縣」：「春陵故城，在縣東南三十五里。漢景帝子長沙王發子春陵節侯之邑也。世祖即位，幸春陵，復其徭役，改曰章陵。」東漢光武帝劉秀自稱爲春陵節侯之後。春陵之氣，指帝王之氣，參見卷十四《望賦》注。

〔六〕至尊：指帝位。伍匹夫：與普通百姓爲伍。

〔七〕利器：指寶劍。《漢書·梅福傳》：「至秦則不然，張誹謗之罔，以爲漢驅除，倒持泰阿，授楚其柄。」師古曰：「泰阿，劍名，歐治所鑄也。言秦無道，令陳涉、項羽乘間而發，譬倒持劍而以把授與人也。」

〔八〕懿：美。王跡：王業。《書·武成》：「至於大王，肇基王跡。」王跡肇基，指漢高祖劉邦起事。坤維：大地。坤維再敷，指東漢光武帝中興事。

〔九〕邈：遥遠。氾陽：氾水之北。《漢書·高帝紀》：「漢王即皇帝位於氾水之陽。」《元和郡縣圖志》卷一一「曹州洛陰縣」：「氾水在縣南，昔漢高祖既定天下，即位於氾水之陽。」鄗上：漢光武帝即位處。《後漢書·光武帝紀上》：「行至鄗……光武於是命有司設壇場於鄗南千秋亭五成陌。六月己未，即皇帝位。」注：「（鄗）縣名。今趙州高邑縣也。」《元和郡縣圖志》卷一七「趙州柏鄉縣」：「漢世祖廟，一名壇亭，縣北十四里，鄗縣故城南七里，即世祖即位之千秋亭也。」蛇變、龍攄：《史記·高祖本紀》：「母曰劉媪。其先劉媪嘗息大澤之陂，夢與神遇。是時雷電晦冥，太公往視，則見蛟龍於其上。已而有身，遂産高祖。」又載：高祖被酒，夜徑澤中，令一人前行。行前者還報曰：「前有大蛇當徑。」高祖前，拔劍，斬蛇。後人來至蛇所，有一老嫗夜哭，人問何故哭，嫗曰：「吾子，白帝子也，化爲蛇，當道，今爲赤帝子斬之，故哭。」攄：騰躍。

〔一〇〕替：廢。此地：指山陽城，漢獻帝卒後葬於此。《元和郡縣圖志》卷一六「懷州修武縣」：「禪陵，在縣北三十五里。獻帝陵也，以禪讓名。」

〔一一〕治：治世。虐：虐政。

〔一二〕文、景：漢文帝、漢景帝，二帝在位時號稱治世。約：簡約，節儉。牙：通芽。武：漢武帝。《漢書·景帝紀贊》：「漢興，掃除煩苛，與民休息。至於孝文，加之以恭儉。孝景遵業，五六十載之間，至於移風易俗，黎民醇厚。周云成、康，漢云文、景，美矣。」同書《武帝紀贊》：「漢承百王之弊，高祖撥亂反正，文、景務在養民，至於稽古禮文之事，猶多闕焉。孝武初立，卓然罷黜百家，表章《六經》，遂疇咨海内，舉其俊茂，與之立功。興太學，修郊祀，改正朔，定曆數，協音律，作詩樂，建封禪，禮百神，紹周後，號令文章，焕焉可述，後嗣得遵洪業，而有三代之風。」

〔一三〕桓、靈：東漢桓帝、靈帝。爇：燃燒。劉本作「然」。《文選》諸葛亮《出師表》：「親小人，遠賢士，此後漢之所以傾頽也。先帝在時，論及此事，未嘗不嘆息痛恨於桓、靈也。」李善注：「桓、靈，後漢二帝，用閹竪所敗也。」《後漢書·孝獻帝紀論》：「天厭漢德久矣，山陽其何誅焉。」注：「漢自和帝以後，政教凌遲……禍之來也，非獨山陽公之過，其何所誅責乎！」

〔一四〕伊、周：伊尹佐成湯，周公佐成王。不世：不世出。姦雄：指董卓、曹操等。《三國志·魏書·武帝紀》注引孫盛《異同雜語》：「太祖……嘗問許子將：『我何如人？』子將不答。固問之，子將曰：『子治世之能臣，亂世之姦雄。』太祖大笑。」

〔一五〕漼：通摧。易位：更换位置，指君臣易位。虚號：漢獻帝爲董卓所立，即位時年僅九歲。卓死後曹操自爲司空，總百官，挾天子以令諸侯，獻帝僅有皇帝虚名。陽：通佯。

〔一六〕世：劉本、《全唐文》作「勢」。殫：盡。揖讓：舉行典禮或應對賓客的禮儀，此指禪讓之事。

〔一七〕神器：指帝位。不騫：不虧損。《詩・小雅・天保》：「如南山之壽，不騫不崩。」《文選》袁宏《三國名臣序贊》李善注引《孔叢子》：「舜、禹揖讓。」文：文飾。

〔一八〕逐鹿：《史記・淮陰侯列傳》：「秦失其鹿，天下共逐之，於是高材疾足者先得焉。」班彪《王命論》：「游説之士，至比天下於逐鹿，幸捷而得之。不知神器有命，不可以智力求也。」健步：善於行走的人。

〔一九〕當塗之兆：指魏當代漢的圖讖。《三國志・魏書・文帝紀》注引《獻帝傳》太史丞許芝條載魏代漢見於讖緯之事：「故白馬令李雲上事曰：『許昌氣見於當塗高，當塗高者當昌於許。』當塗高者，魏也；象魏者，兩觀闕是也；當道而高大者魏，魏當代漢。今魏基昌於許，漢徵絶於許，乃今效見。」

〔二〇〕獨：《叢刊》本作「躅」。遺武：遺跡。元龜：占卜用大龜，引申爲借鑒。《三國志・吴書・孫權傳》：「斯則前世之懿事，後王之元龜也。」

辯跡論〔一〕

客有能通本朝之雅故者，曰：「時之污崇視輔臣之用，房與杜跡何觀焉。建官取士之制，地征口賦之令，禮樂刑法之章，因隋而已矣。二公奚施爲？」〔二〕余愀然曰：「三王之道，〔三〕猶夫循環，非必變焉，審所當救而已。隋之過，豈制置名數之間邪？〔四〕顧名與事乖耳，因之何害焉！夫上材之道，非務所舉必的然可使户曉爲跡也。吾觀梁公之跡，章章如懸寓矣。〔五〕曷然哉？請借一以明之。

「史不云乎，初太宗怒渾戎之横于塞也，度諸將不足以必取，當宁而嘆曰：『得李靖爲帥，快哉！』靖時告老且病矣，梁公虚其心以起之。靖忘老與病，一舉虜其君，郡縣其地而還。〔六〕夫非伐國之難能，起靖之難能也。靖非不克之爲慮，居功之爲慮也。〔七〕

「古之爲將，度柄輕不足以遂事，重則嫌生焉。〔八〕是以有辭第以見志，有多産以取信，有子質以滅貳，有嬖監以虞謗，其多患也如是。〔九〕若靖者，名既成，位既崇，重失畏偪，其患又甚焉。微梁公之能盡材，能捍患，能去忌，能照私，彼姑藉舊勞居素貴足矣，惡乎起哉？夫豈感空言而起邪？心相見久矣。夫豈飾小信而要邪？道相籠久矣。其後，敬玄擅能，失材臣而敗隨之；林甫自便，進蕃將而亂隨之。〔一〇〕由是而言，固相萬矣。〔一一〕子方規規然窺上材以户曉之跡，〔一二〕此吾之所不取也。

「若杜萊公者，在相位日淺，將史失其傳。〔一三〕然以梁公之鑒裁，自天策府遂以王佐材許之，則是又能以道籠房公者矣。〔一四〕房之許與，跡孰甚焉？客無以應而作。子劉子曰：觀書者當觀其意，慕賢者當慕其心。循跡而求，雖博寡要，信矣。」

【校注】

〔一〕本文作年未詳。辯跡：辯明事跡。本文論唐初開國功臣房玄齡、杜如晦的事跡。瞿蜕園《劉禹錫集箋證》：「此文所謂『上材之道，非務所舉必的然可使户曉爲跡』，其意蓋謂賢相之所爲，有不能僅以事跡爲衡者，得一志同道合之賢才而能盡其用，此即其所施爲之大者。……然文中獨舉玄齡勸李靖自請將兵一事，而再三申説靖之以功名之際爲難居，其意必非專以讚玄齡也。……此文殆爲裴度發也。裴度於平淮西後，亦頗有『名成位崇，重失畏偪』之患，禹錫不獨諷當時之君相，或亦譏度之晚節頹唐歟？……又鄒炳泰《午風堂叢談》云：『劉禹錫《辯跡論》云：觀書者當觀其志，慕賢者當慕其心，循跡而求，雖博寡要。其論房梁公，特舉其起李衛公一事，能盡才捍患，去忌照私，與人心相見，持論獨見其大。如此，可以論世。』……但亦恐未能深體作者之意。」可參。

〔二〕雅故：平昔，引申爲舊事、歷史。《漢書·敘傳下》：「函雅故，通古今。」污崇：猶污隆，高下，盛衰。《文苑英華》、《全唐文》作「污隆」。劉孝標《廣絶交論》：「龍驤蠖屈，從道污隆。」輔臣：宰相。明本、《全唐文》「用」下有「否」字。房與杜：房玄齡、杜如晦。房玄齡名喬，齊州臨淄人。太宗起兵，玄齡杖策謁於軍門，署渭北道行軍記室參軍，後爲王府記室，在秦王府十餘年。「賊寇每平，衆人競求珍玩，玄齡獨先收人物，致之幕府，及有謀臣猛將，皆與之潛相申結，各盡其死力。」貞觀元年，爲中書令，進爵邢國公。四年，爲尚書左僕射。改封梁國公，加太子少師。二十二年卒，册贈太尉，謚文昭。《舊唐書》卷六六、《新唐書》卷九九有傳。杜如晦字克明，京兆杜陵人。太宗平京城，引爲秦王府兵曹參軍。後從征伐，參謀帷幄，軍國重事，剖斷如流，爲時輩所服。太宗爲皇太子時，以功拜太子左庶子，俄遷兵部尚書，封蔡國公。貞觀三年，爲尚書右僕射。四年卒，贈司空，徙封萊國公，謚曰成。《舊唐書》卷六六、《新唐書》卷九六有傳。《舊唐書·杜如晦傳》：「與房玄齡共掌朝政。至於臺閣規模及典章文物，皆二人所定，甚獲當代之譽，談良相者，至今稱房、杜焉。……史臣曰：房、杜二公，皆以命世之才遭逢明主，謀猷允協，以致昇平，議者以比漢之蕭、曹，信矣。」

〔三〕三王：夏禹、商湯、周文王武王。

〔四〕制置：指官吏，即前所云「建官取士之制」。名數：户籍，即前所云「地征口賦之令」。

〔五〕梁公：房玄齡，封梁國公。章章：著明貌。懸寓：天空。寓，同宇；原作「寓」，據劉本、《叢刊》本、《全唐文》改。

〔六〕渾戎：指吐谷渾，鮮卑族所建立的政權，唐時居今青海北部、新疆東南部一帶，都伏俟城。宁：古代宫室屏門之間，皇帝視朝時站立之處。《禮記·曲禮下》：「天子當宁而立，諸公東面，諸侯西面，曰朝。」宁，原作「守」，據明本、劉本、《叢刊》本、《全唐文》改。李靖：字藥師，雍州三原人，佐太宗掃平隋末群雄，貞觀中，官至尚書右僕射，封衛國公，卒贈司徒，《舊唐書》卷六七、《新唐書》卷九三有傳。《舊唐書》本傳：「（貞觀）八年，詔爲畿内道大使，伺察風俗。尋以足疾上表乞骸骨，言甚懇至。太宗……乃下優詔，加授特進，聽在第攝養。……未幾，吐谷渾寇邊。太宗顧謂侍臣曰：『得李靖爲帥，豈非善也？』靖乃見房玄齡曰：『靖雖年老，固堪一行。』太宗大悦，即以靖爲西海道行軍大總管，統兵部尚書侯君集、刑部尚書任城王道宗、涼州都督李大亮、右衛將軍李道彦、利州刺史高甑生等五總管征之。九年，軍次伏俟城……大破其國。吐谷渾之衆遂殺其可汗來降，靖又立大寧王慕容順而還。」云李靖自請行，與此文異。帥：原作「師」，據明本、劉本、《叢刊》本改。

〔七〕「居功」句：謂顧慮功高震主，且招妒忌。《舊唐書·李靖傳》史臣贊：「衛公將家子，綽有渭陽之風。臨戎出師，凜然威斷。位重能避，功成益謙。」

〔八〕柄輕：權力小。遂事：成事。嫌：嫌隙。

〔九〕辭第：辭謝第宅的賞賜。《史記·衛將軍驃騎列傳》：「驃騎將軍（霍去病）爲人少言不泄，有氣敢任。……天子爲治第，令驃騎視之，對曰：『匈奴未滅，無以家爲也。』由是天子益愛重之。」多産：多置産業。《史記·白起王翦列傳》：「（秦始皇以王翦爲將伐楚，）於是王翦將兵六十萬人，始皇自送至灞上。王翦行，請美田宅園池甚衆。始皇曰：『將軍行矣，何憂貧乎？』王翦曰：『爲大王將，有功終不得封侯，故及大王之嚮臣，臣亦及時以請園池爲子孫業耳。』始皇大笑。王翦既至關，使使還請善田者五輩。或曰：『將軍之乞貸，亦已甚矣。』王翦曰：『不然。夫秦王怚而不信人。今空秦國之甲士而專委於我，我不多請田宅爲子孫業以自堅，顧令秦王坐而疑我邪？』」子質：以子爲人質。滅貳：消除猜疑。子質事未詳。監：監軍。《史記·司馬穰苴列傳》：「景公召穰苴，與語兵事，大説之，以爲將軍，將兵捍燕、晉之師。穰苴曰：『臣素卑賤……人微權輕，願得君之寵臣，國之所尊，以監軍，乃可。』於是景公許之，使莊賈往。」

〔一〇〕敬玄：李敬玄，亳州譙人，相高宗，《舊唐書》卷八一、《新唐書》卷一〇六有傳。材臣：指劉審禮。《舊唐書·李敬玄傳》：「儀鳳元年，代劉仁軌爲中書令。調露二年，吐蕃入寇，仁軌先與敬玄不協，遂奏請敬玄鎮守西邊。敬玄自以素非邊將之才，固辭。高宗謂曰：『仁軌若須朕，朕即自往，卿不得辭也。』竟以敬玄爲洮河道大總管，兼安撫大使，仍檢校鄯州都督，率兵以禦吐蕃。及將戰，副將工部尚書劉審禮先鋒擊之。敬玄聞賊至，狼狽卻走。審禮既無繼援，遂没於陣。」林甫：李林甫，相玄宗，《舊唐書》卷一〇六、《新唐書》卷二二三上有傳。蕃將：指安思順等。《舊唐書·李林甫傳》：「（天寶十載）林甫兼領安西大都護、朔方節度，俄兼單于副大都護。十一載，以朔方副使李獻忠叛，讓節度，舉安思順自代。國家武德、貞觀已來，蕃將如阿史那社爾、契苾何力，忠孝有才略，亦不專委大將之任，多以重臣領使以制之。開元中，張嘉貞、王晙、張説、蕭嵩、杜暹，皆以節度使入知政事。林甫固位，志欲杜出將入相之源，嘗奏曰：『文士爲將，怯當矢石，不如用寒族、蕃人。蕃人善戰有勇，寒族即無黨援。』帝以爲然，乃用思順代林甫領使。自是高仙芝、哥舒翰皆專任大將，林甫利其不識文字，無入相由，然而禄山竟爲亂階，由專得大將之任故也。」

〔二〕相萬：謂相去極遠。《漢書·馮奉世傳》：「故少發師而曠日，與一舉而疾決，利害相萬也。」注：「相比則爲萬倍也。」

〔三〕規規然：《莊子·秋水》：「於是坎井之蛙聞之，適適然驚，規規然自失也。」疏：「規規，自失之貌。」上才：有優秀才能的人。户曉：家喻户曉。

〔三〕杜萊公：杜如晦，封萊國公，在相位僅一年。《舊唐書》本傳：「（貞觀）三年，代長孫無忌爲尚書右僕射，仍知選事，與房玄齡共掌朝政。……其年冬，遇疾，表請解職，許之。……四年，疾篤……尋薨，年四十六。」將：抑或。

〔四〕天策府：秦王李世民府。《舊唐書·太宗紀上》：「（武德四年）十月，加號天策上將、陝東道大行臺，位在王公上。……於時海内漸平，太宗乃鋭意經籍，開文學館以待四方之士。行臺司勛郎中杜如晦等十有八人爲學士，每更直閣下，降以温顔，與之討論經義，或夜分而罷。」同書《杜如晦傳》：「太宗平京城，引爲秦王府兵曹參軍，俄遷陝州總管府長史。時府中多英俊，被外遷者衆，太宗患之。記室房玄齡曰：『府僚去者雖多，蓋不足惜。杜如晦聰明識達，王佐才也。若大王守藩端拱，無所用之；必欲經營四方，非此人莫可。』太宗大驚曰：『爾不言，幾失此人矣。』遂奏爲府屬。後從征薛仁杲、劉武周、王世充、竇建德，嘗參謀帷幄。時軍國多事，剖斷如流，深爲時輩所服。……天策府建，以爲從事中郎。畫像於丹青者十有八人，而如晦爲冠首。」

明贄論〔一〕

古之人動必有以將意，故贄之道，自天子達焉。夫芬芳在上，臭達于下，而温粹無擇有似乎聖人者，鬯也，故用於天子。〔二〕清越而瑕不自掩，潔白而物莫能污，内堅剛而外温潤，有似乎君子者，玉也，故用乎諸侯。〔三〕執之不鳴，刑之不嘷，似死義，乳必能跪，似知禮者，羔也，故卿執焉。〔四〕在人之上，而有先後行列者，雁也，故大夫執焉。〔五〕耿介而一志者，雉也，故士執焉。〔六〕視其所執而知其任。

是故食愈重而志愈卑，位彌尊而道彌廣。耿介之志，唯士得以行之，何也？務細而所試者寡，齒卑而所蔽者衆。言未足以動聽，故必激發以取異；行未足以應遠，故必砥礪以沽聞。藉令由士爲大夫，〔七〕捨雉而執雁，其志也隨之。故耿介之名，不施於大夫矣，況其上乎！

然則，爲士也不思雉之介，爲卿也能思羔之禮歟？今夫或者不明分推理而觀之，則曰：此居下而嗜直者，是必得志而稔其訐矣；彼當介而務弘者，是必處高而肥其德矣。〔八〕曾不知訐當其分，則地易而自遷；弘非其所，則志遂而無制矣。於戲，責士以卿大夫之善，猶諭君以士之行耳。予以執贄之道得其分。苟推分明矣，求刑賞之僭濫，得乎？

【校注】

〔一〕文作年未詳。贄：古代初見面時所持送的禮品。《禮記·曲禮下》：「凡摯：天子鬯，諸侯圭，卿羔，大夫雁，士雉，庶人之摯匹，童子委摯而退。」釋文：「摯……本又作贄，同。」瞿蜕園《劉禹錫集箋證》：「主旨在唯士能行耿介之志。以士在下位，居卑職，無可自表見。若不耿介其行，有以矯異於衆，則不足以申其所蓄也。禹錫於貞元、永貞之際，鋒芒畢露，致來讒疾，必有人規其以激切賈禍，故爲此文，婉其詞以自明所守。」可參。

〔二〕鬯：以鬱金香合黍釀造的酒。《禮記·曲禮下》：「天子鬯。」疏：「釀黑黍爲酒，其氣芬芳調暢，故因謂爲鬯也。天子無客禮，必用鬯爲摯者，天子弔臨適諸侯，必舍其祖廟，既至諸侯祖廟，仍以鬯禮於廟神，以表天子之至。」

〔三〕玉：指圭、璧等玉製禮器。《禮記·曲禮下》：「諸侯圭。」疏：「謂公、侯、伯也。公、侯、伯用圭，子、男用璧，以朝王及相朝聘，表於至也。」《禮記·聘義》：「夫昔者，君子比德於玉焉。温潤而澤，仁也。縝密以栗，知也。廉而不劌，義也。垂之如隊，禮也。叩之，其聲清越以長，其終詘然，樂也。瑕不掩瑜，瑜不掩瑕，忠也。孚尹旁達，信也。……故君子貴之也。」

〔四〕羔：羊羔。《禮記·曲禮下》：「卿羔。」疏：「鄭注『宗伯』云：『羔，小羊，取其群而不失類也。』《白虎通》云：『羔，取其群而不黨。』」

〔五〕雁：《禮記·曲禮下》：「大夫雁。」疏：「鄭注『宗伯』云：『雁取其候時而行也。』《白虎通》

云：『雁取飛則行列也。大夫職在奉命適四方，動則當以正道事君也。』」

〔六〕雉：《禮記·曲禮下》：「士雉。」疏：「雉取性耿介，唯敵是赴。士始昇朝，宜爲赴敵，故用雉也。羔雁生執，雉則死持，亦表見危致命……故鄭注『宗伯』云：『雉取其守介而死，不失其節也。』」

〔七〕藉令：原作「藉今」，據明本、劉本、《全唐文》改。

〔八〕訐：揭人陰私。《論語·陽貨》：「惡訐以爲直者。」弘：寬厚。

華它論〔一〕

史稱華它以恃能厭事爲曹公所怒，荀文若請曰：「它術實工，人命繫焉，宜議能以宥。」曹公曰：「憂天下無此鼠輩邪？」遂考竟它。〔二〕至蒼舒病且死，見賢遍反醫不能生，始有悔之之嘆。〔三〕嗟乎，以操之明略見幾，然猶輕殺材能如是。文若之智力地望，以的然之理攻之，然猶不能返其恚，執柄者之恚，真可畏諸！亦可慎諸！

原夫史氏之書于册也，是使後之人寬能者之刑，納賢者之諭，而懲暴者之輕殺，故自「恃能」至有悔悉書焉。後之或者，復用是爲口實，悲哉〔四〕！

夫賢能不能無過，苟置于理矣，或必有寬之之請，彼壬人皆曰〔五〕：「憂天下無材邪？」曾不知悔之日，方痛材之不可多也。或必有惜之之嘆，彼壬人皆曰：「譬彼死矣，將若何？」曾不知悔之日，方痛生之不可再也。可不謂大哀乎！夫以它之不宜殺，昭昭然不足言也。獨病夫史書之義，是將推此而廣耳。

吾觀自曹魏以來，執死生之柄者，用一恚而殺材能，衆矣，又烏用書它之事爲？嗚呼，前事之不忘，期有勸且懲也，而暴者復藉口以快意。孫權則曰：「曹孟德殺孔文舉矣，孤於虞翻何如？」〔六〕而孔融亦以應泰山殺孝廉自譬。〔七〕仲謀近霸者，〔八〕文舉有高名，猶以可懲爲故事，矧它人哉！

【校注】

〔一〕文作年未詳。華它：即華佗，字元化，沛國譙人，漢末著名醫學家，爲曹操所殺。《後漢書》、《三國志·魏書》有傳。瞿蜕園《劉禹錫集箋證》云：「德宗一朝，先誅劉晏，次殺竇參，而陸贄亦幾於不免，其猜忌好殺亦已甚矣。然此皆爲禹錫少時之事，恐此文非因此而發，殆仍是爲王叔文、韋執誼一案言之耳。文中『執生死之柄，用一恚而殺材能』一語最爲其主旨所在，此譏君主，非刺時相也。」可參。

〔二〕恃能厭事：自恃才能，厭倦于事。語出《後漢書·華佗傳》。曹公：曹操。文若：荀彧字。《三國志·魏書·華佗傳》：「本作士人，以醫見業，意常自悔。後太祖親理，得病篤重，使佗專視。佗曰：『此近難濟，恒事攻治，可延歲月。』佗久遠家思歸，因曰：『當得家書，方欲暫還耳。』到家，辭以妻病，數乞期不反。太祖累書呼，又敕郡縣發遣，佗恃能厭食事，猶不上道。太祖大怒，使人往檢。若妻信病，賜小豆四十斛，寬假限日；若其虚詐，便收送之。於是傳付許獄，考驗首服。荀彧請曰：『佗術實工，人命所縣（懸），宜含宥之。』太祖曰：『不憂，天下當無此鼠輩耶？』遂考竟佗。」考竟：拷問死於獄中。《北史·劉昭帝紀》：「帝性頗嚴，尚書郎中剖斷有失，輒加捶楚，令史姦慝，便即考竟。」

〔三〕蒼舒：曹操愛子。《三國志·魏書·華佗傳》：「佗死後，太祖頭風未除。太祖曰：『佗能愈此。小人養吾病，欲以自重。然吾不殺此子，亦終當不爲我斷此根原耳。』及後愛子蒼舒病困，太祖嘆曰：『吾悔殺華佗，令此兒彊死也。』」

〔四〕或：通惑；明本、劉本、《全唐文》作「惑」。口實：藉口。

〔五〕壬人：巧言令色的小人。《漢書·元帝紀》：「是故壬人在位，而吉士雍蔽。」注：「服虔曰：壬人，佞人也。」

〔六〕虞翻：字仲翔，三國吴人。《三國志·吴書·虞翻傳》：「（孫）權既爲吴王，歡宴之末，自起行酒。翻伏地陽醉，不持。權去，翻起坐。權於是大怒，手劍欲擊之，侍坐者莫不惶遽，惟大農劉基起抱權諫曰：『大王以三爵之後殺善士，雖翻有罪，天下孰知之？且大王以能容賢畜衆，故海内望風，今一朝棄之，可乎？』權曰：『曹孟德尚殺孔文舉，孤於虞翻何有哉？』基曰：『孟德輕害士人，天下非之。大王躬行仁義，欲與堯、舜比隆，何得自喻於彼乎！』翻由是得免。」孔文舉：孔融，字文舉，魯國人，孔子二十世孫，漢末官北海相，因屢忤曹操，下獄棄市，《後漢書》有傳。

〔七〕應泰山：應劭。泰山，東漢郡名，治所奉高，在今山東泰安東。《後漢書・應劭傳》：「（中平）六年，拜泰山太守。」《三國志・魏書・邴原傳》注引《原别傳》：「時魯國孔融在郡……有所愛一人，常盛嗟嘆之。後恚望，欲殺之，朝吏皆請。……融曰：『……往者，應仲遠爲泰山太守，舉一孝廉，旬月之間而殺之。夫君人者，厚薄何常之有？』」

〔八〕仲謀：孫權字。

觀博〔一〕

客有以博戲自任者，速余觀焉。〔二〕初，主人執握槊之器置于廡下，曰：「主進者要約之。」〔三〕既揖讓，即次。〔四〕有博齒二，異乎古之齒，其制用骨，觚稜四均，鏤以朱墨，耦而合數，取應朞月，視其轉止，依以争道。〔五〕是制也，通行之久矣，莫詳所祖。以其用必投擲，故以博投詔之。

是日，客抵骨于局，且祝之曰：「其來如趨，其去如脱，事先趦趄，命中無蹉跌，無從彼呼，無戾我恒。」〔六〕分曹遒迫，自朝至於日中稷，而率與所祝異焉。〔七〕客視骨如有情焉，如或馮焉，悉詈之不泄，又從而齕齧踩躪之，莫顧其十目之咍讓也。〔八〕乃曰：「非予術之不工，是朽骼者不予畀也。」〔九〕請刷恥于奕棋，主人從之。〔一〇〕命燭以續，鷙神默計，巧竭智匱。主進者書勝負之數于牘，視其所喪，又倍前籍焉。〔一一〕觀者曰：「以夫人之褊心，亦將詬棋而抵枰矣。」〔一二〕既乃恬而不恤，赧然有失鵠求身之色。〔一三〕人咸異之。

子劉子曰：先人者制人，博投是已；從人者制於人，枰棋是已。〔一四〕二者豈有數存乎其間哉？但處之勢異耳。是知當軸者易生嫌，〔一五〕而退身者易爲譽。易生之嫌不足貶也，易爲之譽不足多也。在辯其所處而已。

【校注】

〔一〕本文作年未詳。博：古代一種棋戲。《楚辭·招魂》洪興祖補注引《古博經》：「博法，二人相對，坐向局，局分爲十二道，兩頭當中名爲水。用棋十二枚，六白六黑。又用魚二枚，置於水中。其擲采以瓊爲之，瓊畟方寸三分，長寸五分，鋭其頭，鑽刻瓊四面爲眼，亦名爲齒。二人互擲采行棋，棋行到處即竪之，名爲驍棋，即入水中食魚，亦名牽魚。每牽一魚獲二籌，翻一魚獲二籌。」至唐時，其法已變異。《國史補》卷下：「今之博戲，有長行最盛。其具有局有子，子有黄黑各十五，擲采之骰有二。其法生於握槊，變於雙陸。」

〔二〕速：招請。《叢刊》本作「遲」。

〔三〕握槊之器：博具。晏殊《類要》卷二九引邢紹宗《握槊賦序》：「今謂之長行也，斯博奕之徒歟。」又載賦曰：「夫何一枰之内兮，而取之多端。六藝之外兮，其爲功乎實難。張四維則地理攸載，背兩目則天文可觀。……象牙在手，駿骨登盤。爲無之可核鑿（疑當作「爲無竅之須鑿」），故非黿而見鑽。廣凡幾分，數不過六，參差宛轉，循環反覆。」《魏書·術藝傳》：「趙國李幼序、洛陽丘何奴並工握槊。此蓋胡戲，近入中國，云胡王有弟一人遇罪，將殺之，弟從獄中爲此戲以上之，意言孤則易死也。世宗以後，大盛於時。」主進者：主管賭資的人。《史記·高祖本紀》：「單父人呂公善沛令，避仇從之客。……沛中豪傑吏聞令有重客，皆往賀。蕭何爲主吏，主進。」集解引文穎曰：「主賦斂禮進，爲之帥。」要約：約定，此指説明博戲規則。

〔四〕即次：就位。

〔五〕博齒：博具，即擲彩之瓊畟或骰。古之齒：《叢刊》本作「齒負之齒」。文中所云博齒爲骨製正方形，與古之玉製長方形且鋭其首者不同。觚稜：謂稜角分明。班固《西都賦》：「設璧門之鳳闕，上觚稜而棲金爵。」朱墨：謂在雕鏤處塗上紅色或黑色。耦：兩相匹配。朞月：一年，此指十二之數。蓋博齒每枚六面，二枚合爲十二之數。道：博局上的格子。

〔六〕抵：投擲。趑趄：欲進而不前。「趑趄」前疑脱一「無」字。彼呼：指對方的呼叫。投博時往往呼所需之貴彩，即呼盧喝雉。戾：乖，違背。恒：常；《叢刊》本作「詛」。「無戾」句：《文苑英華》、《全唐文》作「無俾我怛」。

〔七〕遒迫：逼迫。《楚辭·招魂》：「菎蔽象棋，有六簙些。分曹並進，遒相迫些。」王逸注：「遒亦迫。言分曹列偶，並進技巧，投箸行棋，轉相遒迫，使不得擇行也。」稷：日昃。《穀梁傳·定公十五年》：「戊午，日下稷，乃克葬。」注：「稷，昃也。下昃謂晡時。」日中稷，指日過午偏西。

〔八〕馮：通憑。或憑焉，謂疑或有鬼物依附於博齒之上。詈：咒駡。不泄：不能泄憤。齕齧：咬嚼。蹂躪：踩踏。十目：指衆人。《禮記·大學》：「十目所視，十手所指，其嚴乎。」哈讓：譏笑責備。

〔九〕朽骼：枯骨，指博齒。畀：給予。不予畀，謂不助我成事。《左傳·昭公十三年》：「（楚靈王）投龜，詬天呼曰：『是區區者而不余畀，余必自取之。』」

〔一〇〕從之：明本、《文苑英華》、《全唐文》作「促命」，劉本作「云從命」。

〔一一〕牘：書寫用木片。前籍：指博投時記載勝負的簿籍。

〔一二〕褊心：心胸狹窄。枰：《文選》韋昭《博奕論》：「所志不出一枰之上，所務不過方罫之間。」李善注引《方言》：「投博謂之枰。」此指棋盤。

〔一三〕恬：恬然，安静貌。不恤：不顧惜。赧然：愧赧貌。鵠：箭靶。失鵠求身，謂對失敗作自我反省。《禮記·中庸》：「君子失諸正鵠，反求諸其身。」

〔一四〕先人者：先於人者。兩句謂博戲所擲得的彩不爲人所決定，故人爲其所制。從人者：謂奕棋的運子決定於人，故受制於人。枰棋：原作「枯棋」，據《叢刊》本改。

〔一五〕知：原作「如」，據明本、劉本、《叢刊》本、《文苑英華》、《全唐文》改。當軸：當權。《漢書·車千秋傳贊》：「車丞相履伊、吕之列，當軸處中。」

論書〔一〕

或問曰：書足以記姓名而已，〔二〕工與拙何損益於數哉？答曰：此誠有之，蓋舉下之説爾，非蹈中之説。亦猶言居室曰避燥濕而已，言衣裳曰適寒燠而已，言飲食曰充腹而已，言車馬曰代勞而已，言禄位曰代耕而已。〔三〕今夫考居室必以閌門豐屋爲美，笥衣裳必以文章遒澤爲甲，評飲食必以精良海陸爲貴，第車馬必以華軥絶足爲高，干禄位必以重侯累封爲意，是數者皆不行舉下之説，奚獨於書也行之邪？〔四〕

《禮》曰：「士依於德，游於藝。」〔五〕德者何？曰至曰敏曰孝之謂。藝者何？禮、樂、射、御、書、數之謂。是則藝居三德之後而士必游之也，書居數之上而六藝之一也。《語》曰：「飽食終日，無所用心，難矣哉！不有博奕者乎？爲之，猶賢乎已。」〔六〕是則博奕不得列於藝，差愈於飽食無所用心耳。吾觀今之人，適有面詆之曰：「子書居下品矣。」其人必逌爾而笑，或警然不屑。〔七〕詆之曰：「子握槊〔八〕、奕棋居下品矣。」其人必赧然而愧，或艴然而色。〔九〕是故敢以六藝斥人，不敢以六博斥人。〔一〇〕嗟乎，衆尚之移人也！

問者曰：然則彼魏、晉、宋、齊間，亦嘗尚斯藝矣，至有君臣争名，父子不讓，何哉？〔一一〕答曰：吾姑欲求中道耳。子寧以尚之之弊規我歟？且夫信者美德也，秦繆尚之而賢臣莫贖；黄老者至道也，竇后尚之而儒臣見刑。〔三〕道德且不可尚，矧由道德以下者哉！所謂中道而言書者何？處之文學之下，六博之上。材鈞而善者得以加譽，遇鈞而善者得以議能。〔三〕所加在乎譽，非實也，不黷于賞；所議在乎過，非罪也，不紊于刑。夫如是，庶乎六書之學不堙墜而已乎〔四〕！

【校注】

〔一〕本文作年未詳。書：書法。《書史會要》卷五：劉禹錫「工文章，善書」。《衍極·至樸·書法源流》：「皇甫閲傳柳宗元、劉禹錫、楊歸厚。」《義門讀書記·河東集》卷三《殷賢戲批書後寄劉連州並示孟侖二童》「臨池尋已厭家鷄」批語：「盧攜言：劉、柳並學書於皇甫閲，柳爲昇堂，劉爲及門。宜有『家鷄』之戲。」

〔二〕記姓名：項羽謂「書足以記姓名而已，不足學」，見《史記·項羽本紀》。

〔三〕舉下之説：指最低的要求。蹈中：行於中道，指一般的正常要求。避燥濕：《左傳·襄公十七年》：「吾儕小人，皆有闔廬，以避燥濕寒暑。」充腹：果腹。代耕：指取得衣食之資。《孟子·萬章下》：「下士與庶人在官者同禄，禄足以代其耕也。」

〔四〕閌門：高門。豐屋：大屋。《易·豐》：「豐其屋。」笥：盛衣物的竹器。文章遒澤：色彩花紋鮮明美麗。華輈：華美的車子。輈，車轅，代指車。絶足：指千里馬。孔融《論盛孝章書》：「燕君市駿馬之骨，非欲以騁道里，乃當以招絶足也。」

〔五〕《禮》：指《禮記》。所引語出《禮記·少儀》。注云：「德，三德也：一曰至德，二曰敏德，三曰孝德。藝，六藝也：一曰五禮，二曰六樂，三曰五射，四曰五御，五曰六書，六曰九數。」疏：「案《周禮·師氏》『以三德教國子……』注云：『至德，中和之德，覆燾持載含容者也。敏德，仁義順時者也。孝德，尊祖愛親。』」

〔六〕《語》：《論語》。所引文見《論語·陽貨》。

〔七〕逌爾：笑貌。謷：通傲。

〔八〕握槊：一種博戲，參見前《觀博》注。

〔九〕赧然：愧貌。艴然：怒貌。

〔一〇〕六藝：指禮、樂、射、御、書、數。六博：即博戲。《楚辭·招魂》：「菎蔽象棋，有六簙些。」王逸注：「投六箸，行六棋，故爲六簙也。……簙一作博。」洪興祖補注：「《説文》云，局戲也。六箸，十二棋也。」參見前《觀博》注。

〔一一〕君臣争名：《南史·王僧虔傳》：「高帝素善書，篤好不已，與僧虔賭書畢，謂曰：『誰爲第一？』對曰：『臣書第一，陛下亦第一。』帝笑曰：『卿可謂善自爲謀。』或云帝問：『我書何如卿？』答曰：『臣正書第一，草書第二，陛下草書第二，而正書第三。臣無第三，陛下無第一。』」父子不讓：《晉書·王獻之傳》：「（王獻之）工草隸……（謝安）問曰：『君書何如君家尊？』答曰：『故當不同。』安曰：『外論不爾。』答曰：『人那得知。』」獻之，王羲之子。

〔二〕秦繆：秦繆公。賢臣：指奄息等三人。《史記·秦本紀》正義引應劭曰：「秦穆公與群臣飲酒酣，公曰：『生共此樂，死共此哀。』於是奄息、仲行、鍼虎許諾。及公薨，皆從死。」《詩經·秦風·黄鳥》即爲哀三人之死而作，有「如可贖兮，人百其身」句。參見卷十三《三良冢賦》注。黄老：黄帝、老子，此指道家學説。竇后：漢文帝竇皇后，武帝時尊爲太皇太后。《漢書·武帝紀》：「御史大夫趙綰坐請毋奏事太皇太后，及郎中令王臧皆下獄，自殺。」應劭曰：「王臧儒者，欲立明堂辟雍。太后素好黄、老術，非薄《五經》，因欲絶奏事太后，太后怒，故殺之。」《史記·儒林列傳》：「清河王太傅轅固生者，齊人也。以治《詩》，孝景時爲博士。……竇太后好《老子》書，召轅固生問《老子》書。固曰：『此是家人言耳。』太后怒曰：『安得司空城旦書乎？』乃使固入圈刺豕。景帝知太后怒而固直言無罪，乃假固利兵，下圈刺豕，正中其心，一刺，豕應手而倒。太后默然，無以復罪，罷之。」

〔三〕材：指資質，主觀條件。鈞：同均，相等。善：指書法。遇：指遭遇，客觀條件。

〔四〕六書：漢代學者通過分析小篆的音形義歸納出來的六種造字規律。許慎《説文解字·序》：「《周禮》：『八歲入小學，保氏教國子，先以六書。』一曰指事，指事者，視而可識，察而可見，上下是也。二曰象形，象形者，畫成其物，隨體詰詘，日月是也。三曰形聲，形聲者，以事爲名，取譬相成，江河是也。四曰會意，會意者，比類合誼，以見指撝，武信是也。五曰轉注，轉注者，建類一首，同意相受，考老是也。六曰假借，假借者，本無其字，依聲託事，令長是也。」

名子說〔一〕

魏司空王昶，名子制誼，咸得立身之要，前史是之。〔二〕然則，書紳銘器，〔三〕孰若發言必稱之乎？今余名爾長子曰咸允，字信臣；次曰同廙，字敬臣。〔四〕欲爾於人無賢愚，於事無小大，咸推以信，同施以敬，俾物從而衆説，其庶幾乎。

夫忠孝之於人，如食與衣，不可斯須離也，豈俟余勖哉？仁義道德，非訓所及，可勉而企者，故存乎名。夫朋友字之，非吾職也，顧名旨所在，遂從而釋之。〔五〕孝始於親，終於事君，偕曰「臣」，知終也。〔六〕

【校注】

〔一〕本文當作於元和、長慶間，確切年代無考。

〔二〕王昶：三國魏人，官至司空。《三國志·魏書·王昶傳》：「字文舒，太原晉陽人也。……其爲兄子及子作名字，皆依謙實，以見其意。故兄子默字處静，沈字處道，其子渾字玄沖，深字道沖。遂書戒之曰：『……夫孝敬仁義，百行之首，行之而立，身之本也。……欲使汝曹立身行己，遵儒者之教，履道家之言，故以玄默沖虚爲名，欲使汝曹顧名思義，不敢違越也。古者盤杅有銘，几杖有誡，俯仰察焉，用無過行，況在己名，可不戒之哉！』」

〔三〕紳：大帶。器：指盤盂几杖等器物。書紳銘器，以志不忘。《論語·衛靈公》：「子張問行。子曰：『言忠信，行篤敬，雖蠻貊之邦，行矣。言不忠信，行不篤敬，雖州里，行乎哉？……』子張書諸紳。」

〔四〕咸允、同廙：《舊唐書·劉禹錫傳》：「子承雍，登進士第，亦有才藻。」未及咸允、同廙。柳宗元有《殷賢戲批書後寄劉連州並示孟侖二童》詩，孟侖二童即劉禹錫二子。《太平廣記》卷一四六引《續定命録》，謂禹錫子咸允大和四年應京兆府試，《雲溪友議》卷中《中山誨》條則述及劉禹錫誡「子弟咸元、承雍」事，事出《劉賓客嘉話録》，咸元當即咸允，即小名「孟童」者；承雍似即同廙改名，應即小名「侖郎」者（參見卷四《酬柳柳州家鷄之贈》注）。《資治通鑑》卷二五二：「（咸通十四年十月）韋保衡再貶崖州澄邁令，尋賜自盡。又貶……所親翰林學士、户部侍郎劉承雍爲涪州司馬。承雍，禹錫之子也。」《舊唐書·僖宗紀》：「（乾符三年）七月，草賊王仙芝……攻汝州，下之，虜刺史王鐐。刑部侍郎劉承雍在郡，爲賊所害。」《唐代墓誌彙編》乾符〇二六《唐故嶺南節度使右常侍楊公女子書墓誌》：「子書之諸姊皆託華胄，如户部侍郎、翰林學士劉公承雍五朝達，皆子書之姊婿。」子書爲楊發之女。

〔五〕從而釋之：謂釋名子之義。允爲允諾，故咸允字信臣；廙通翼，廙廙恭敬貌，故同廙字敬臣。

〔六〕「親」上疑脱「事」字。《孝經·開宗明義章》：「夫孝始於事親，中於事君，終於立身。」

澤宫詩〔一〕并引

《澤宫》，送士歲貢也。〔二〕晉昌唐如晦，以信誼爲良弓，文學爲葴矢，規爵禄猶衆禽，密彀持滿，遡風蜚繳者數矣。〔三〕有措杯之妙，而無雙鶬之獲。〔四〕韔弓收視，〔五〕歸究其術，繇是跡愈屈而名愈聞，君子益多之。彼不由其術一幸而中者，雖懸緪在廷，君子未嘗多也。〔六〕歲殫矣，告予以西，余爲賦《澤宫》一章，庶見子之弓弗再張也已。〔七〕

秩秩澤宫，有的維鵠，祁祁庶士，于以干禄。〔八〕彼鵠斯微，若止若翔，千里之差，起于毫芒。〔九〕我矢既直，我弓既良，依于高墉，因我不臧。〔一〇〕高墉伊何？維器與時，視之以心，誰謂鵠微？〔一一〕

【校注】

〔一〕文作年未詳。中云「歲殫矣，告予以西」，當作於洛陽，或爲和、蘇、汝諸州刺史時。澤宫：古代習射取士之所，此指科舉考場。《禮記·射義》：「必先習射於澤。澤者，所以擇士也。」《周禮·夏官·司弓矢》：「澤，共射椹質之弓矢。」注：「澤，澤宫也，所以習射選士之處也。」題注原無，《叢刊》本、《文苑英華》有「并序」二字，據增，依例改「序」爲「引」。

〔二〕歲貢：《唐摭言》卷一：「始自武德辛巳歲四月一日，敕諸州學士及早有明經及秀才、俊士、進士，明於理體，爲鄉里所稱者，委本縣考試，州長重覆，取其合格，每年十月，隨物入貢，斯我唐貢士之始也。」

〔三〕晉昌：郡名，即瓜州，有晉昌縣，今甘肅安西。唐如晦：未詳。信誼：即信義。葴矢：好箭。《左傳·宣公十二年》：「吾聞致師者，左射以葴。」注：「葴，矢之善者。」規：謀取。彀：張弓弩。潘岳《射雉賦》：「捧黄間以密彀，屬剛罫以潛擬。」持滿：拉滿弓弦。《史記·樊酈滕灌列傳》：「(夏侯)嬰固徐行，弩皆持滿外向，卒得脱。」繳：射鳥的箭上所繫絲繩，此指箭。

〔四〕措杯：《莊子·田子方》：「列禦寇爲伯昏無人射，引之盈貫，措杯水其肘上，發之，適矢復沓，方矢復寓。」注：「右手放發而左手不知，故可措之杯水也。」雙鶬：《列子·湯問》：「蒲且子之弋也，弱弓纖繳，乘風振之，連雙鶬於青雲之際。」鶬：鳥名，即鶬鴰。無獲，謂科場失意。

〔五〕韔弓：將弓納入弓袋。韔，盛弓袋。《詩·小雅·采緑》：「之子于狩，言韔其弓。」

〔六〕術：道路。懸貆：獵獲物。貆，豪猪。廷：當作「庭」。《詩·魏風·伐檀》：「不狩不獵，胡瞻爾庭有懸貆兮。」

〔七〕弓弗再張：謂考試及第。

〔八〕秩秩：整肅有序貌。《詩·小雅·賓之初筵》：「賓之初筵，左右秩秩。」傳：「秩秩，肅敬也。」的：箭靶。鵠：箭靶的中心。《禮記·射義》：「故射者各射己之鵠。」祁祁：衆多貌。《詩·

召南・采蘩》：「被之祁祁，薄言還歸。」庶士：衆士。《詩・召南・摽有梅》：「求我庶士，迨其吉兮。」傳：「庶，衆。」干禄：求官。《論語・爲政》：「子張學干禄。」

〔九〕毫芒：極言其細微。毫，獸細毛。芒，草末端。《史記・太史公自序》：「《易》曰：『失之豪釐，差以千里。』」集解：「今《易》無此語，《易緯》有之。」

〔一〇〕高墉：高牆。《易・解》：「公用射隼於高墉之上，獲之，無不利。」不臧：不善。因我不臧，即《禮記・中庸》「君子失諸正鵠，反求諸其身」之意。

〔一一〕器：指弓矢。時：指機遇。視之以心：猶庖丁解牛之以神遇，而不以目視；造父御車之得之於手，應之於心。鵠微：《列子・湯問》：「甘蠅，古之善射者，彀弓而獸伏鳥下。弟子名飛衛，學射於甘蠅，而巧過其師。紀昌者，又學射於飛衛。飛衛曰：『爾先學不瞬，而後可言射矣。』紀昌歸，偃卧其妻之機下，以目承牽挺。二年之後，雖錐末倒眦而不瞬也。以告飛衛。飛衛曰：『未也。必學視而後可，視小如大，視微如著，而後告我。』昌以氂懸虱於牖，南面而望之，旬日之間，浸大也。三年之後，如車輪焉，以睹餘物，皆丘山也。乃以燕角之弧、朔蓬之簳射之，貫虱之心，而懸不絶。」

附録一　劉賓客嘉話録

韋絢序〔一〕

絢少陸機入洛之三歲，多重耳在外之二年，〔二〕自襄陽負笈至江陵，拏葉舟，昇巫峽，抵白帝城，投謁故贈兵部尚書、賓客、中山劉公二十八丈，求在左右學問，是歲長慶元年春。〔三〕蒙丈人許措足侍立，解衣推食，晨昏與諸子起居，或因宴命坐與語論。大抵根於教誘，而解釋經史之暇，偶及國朝文人劇談，〔四〕卿相新語，異常夢話，若諧謔卜祝，童謡佳句。〔五〕即席聽之，退而默記，或染翰竹簡，〔六〕或簪筆書紳。其不暇記因而遺忘者，不知其數，在掌中梵夾者，百存一焉。今悉依當時日夕所話而録之，不復編次，號曰《劉公嘉話録》，〔七〕傳之好事，以爲談柄也。時大中十年二月，〔八〕朝散大夫、江陵少尹、上柱國京兆韋絢序。

【校注】

〔一〕韋絢序：《顧氏文房小説》本《劉賓客嘉話録》原署「江陵少尹韋絢録并序」。張本《説郛》卷二一節録此序。《新唐書·藝文志三》：「韋絢《劉公嘉話録》一卷，《戎幕閒談》一卷。」注：「絢，字文明，執誼子也，咸通義武軍節度使。劉公，禹錫也。」韋執誼乃永貞中宰相，與劉禹錫同時被貶，爲「永貞八司馬」之一。《新唐書·宰相世系四上》「韋氏龍門公房」，韋執誼四子：曙；曈字賓之，鄭州刺史；昶字文明；旭字就之。無名絢者。昶、絢，均字文明，陳寅恪《金明館叢稿二編·李德裕貶死年月及歸葬傳説辨證》疑「絢乃昶之改名」。白居易撰《唐故武昌軍節度使元公（稹）墓誌銘》：「前夫人京兆韋氏，生一女曰保子，適校書郎韋絢。」《直齋書録解題》卷一一：「《戎幕閒談》一卷，韋絢撰，爲西川巡官，記李文饒（德裕）所談。」陶本《説郛》卷四六《戎幕閒談·序》：「太（大）和五年十一月二十三日巡官韋絢引。」元稹大和五年卒，李德裕大和四至六年爲劍南西川節度使，知韋絢大和四年以校書郎參劍南西川幕府，爲巡官。《太平廣記》卷一八七引《嘉話録》：「開成末，韋絢自左補闕爲起居舍人。」岑仲勉《郎官石柱題名新著録》司封員外郎第十一行、吏部員外郎第十六行有韋絢題名。《唐方鎮年表》卷四引《定州志·金石·北岳題名》：「咸通六年二月二十九日，初獻，易定等州觀察處置等使、定州刺史、兼御史大夫韋絢。」郁賢皓《唐刺史考全編》卷一一二定州列韋絢咸通四至七年。韋絢之卒當在咸通七年（八六六）或稍後。《宋史·藝文志五》：「韋絢《戎幕閒談》一卷。又《劉公嘉話》一卷，《賓客佳話》一卷。」又：「韋絢《佐談》十卷。」《劉公嘉話》與《賓客佳話》當爲一書之異名。《佐談》未見他書著録，或是合《戎幕閒談》、《劉公嘉話》及絢所記其他名公談話録爲一書。

〔三〕陸機：晉人。《晉書·陸機傳》：「年二十而吴滅，退居舊里，閉門勤學，積有十年。……至太康末，與弟雲俱入洛。……遂遇害於軍中，時年四十三。」則晉武帝太康十年（二八九）陸機入洛時爲二十九歲，絢少陸機三歲當爲二十六歲。重耳：春秋晉獻公子。獻公二十二年，使宦者殺之，重耳遂出奔，晉惠公十四年，在秦穆公的支持下復國，是爲晉文公。《史記・晉世家》：「重耳出亡凡十九歲而得入，時年六十二矣。」韋絢多重耳在外之二年，爲二十一歲，二語矛盾，必有一誤。羅聯添以爲絢二十六歲從學似太晚，重耳在外十九年事不應有誤，疑韋絢誤記機入洛之年爲二十四歲。按，《南史・彭城王義康傳》：「袁淑嘗詣義康，義康問其年，答曰：『鄧仲華拜袞之歲。』義康曰：『身不識也。』淑又曰：『陸機入洛之年。』義康曰：『身不讀書，君無爲作才語見向。』」仲華：東漢鄧禹字。《後漢書・鄧禹傳》：「封爲酇侯，食邑萬户。……禹時年二十四。」知六朝時別有陸機二十四歲入洛之説，依此，則「少陸機入洛之三歲」爲二十一歲，知韋絢即持此説。其赴夔州時年二十一歲。

〔三〕白帝城：在夔州（今重慶奉節）。長慶元年：按劉禹錫於長慶二年正月到夔州刺史任，見卷十六《夔州謝上表》，「元年」當爲「二年」之誤。

〔四〕丈人：原作「文人」，據《全唐文》改。

〔五〕若諧謔卜祝童謡佳句：九字，《全唐文》作「美譽善謔，卜祝童謡，佳句廋詞」。

〔六〕簡：原作「蕑」，據《類編》本改。

〔七〕《劉公嘉話録》：此爲本書原名。今各本均作《劉賓客嘉話録》，《宋史・藝文志》卷三著録《劉公嘉話》一卷，又《賓客嘉話》一卷，它書徵引又作《劉禹錫佳話》、《嘉話》、《嘉話録》或《賓客佳話》，均爲一書之異名。

〔八〕大中：唐宣宗年號。大中十年爲公元八五六年。按此書記長慶中劉禹錫談話，然亦有大和、開成中事，人物或稱以長慶之後的官銜，蓋寫定時有所修改補充。

張巡　許遠

張巡之守睢陽，〔一〕玄宗已幸蜀，胡羯方熾，城孤勢蹙，人困食竭，〔二〕以絺布切煮而食之，〔三〕時以茶汁和之，而意自如。其《謝加金吾將軍表》曰〔四〕：「想峨眉之碧峰，〔五〕豫游西蜀；追緑耳於玄圃，保壽南山。逆賊禄山，迷逆天地，戮辱黎獻，膻臊闕庭。臣被圍七旬，親經百戰。〔六〕主辱臣死，當臣致命之時；惡稔罪盈，是賊滅亡之日。」其忠勇如此！又激勵將士，賦詩曰：「接戰春來苦，孤城日漸危。合圍侔月暈，分守若魚麗。〔七〕屢厭黄塵起，時將白羽揮。裹瘡猶出陣，飲血更登陴。忠信應難敵，堅貞諒不移。〔八〕無人報天子，〔九〕心計欲何施？」又《夜聞笛》詩曰：「岧嶢試一臨，虜騎附城陰。〔一〇〕不辨風塵色，安知天地心。營開星月近，戰苦陣雲深。旦夕更樓上，遥聞横笛吟。」時雍丘令令狐潮以書勸誘，〔一一〕不納。其書有曰「宋七昆季，衛九諸子，昔斷金成契，今乃刎頸相圖」云云。時劉禹錫具知宋、衛，耳剽所得，濡毫有遺，所冀多聞補其闕也。〔一二〕又説，許遠亦有文，〔一三〕其《祭纛文》爲時所稱，所謂「太一先鋒，蚩尤後殿。蒼龍持弓，白虎捧箭」。又《祭城隍文》云：「智井鳩翔，危堞龍攫。」〔一四〕皆文武雄健，志氣不衰，〔一五〕真忠烈之士也。劉禹錫曰：此二公天贊其心，俾之守死善道。嚮若救至身存，不過是一張僕射耳，則張巡、許遠之名，焉得以光揚於萬古哉〔一六〕！巡性明達，不以簿書介意。爲真源宰，〔一七〕縣有豪華南金，悉委之。故時人曰：「南金口，明府手。」〔一八〕及巡聞之，不以爲事。

【校注】

〔一〕張巡：《舊唐書》卷一八七下、《新唐書》卷一九二有傳。睢陽：郡名，即宋州，今河南商丘。據兩《唐書·張巡傳》，巡蒲州河東人，天寶末爲真源令，安史亂起，巡起兵討賊，與許遠同堅守睢陽，拜主客郎中、河南節度副使，加御史中丞，至德二年十月城破遇害。

〔二〕人困：原無「困」字，據《唐語林》卷五增。

〔三〕絺布：《唐語林》、《詩話總龜》前集卷一、《侯鯖録》卷六作「紙布」。《新唐書·張巡傳》載睢陽圍城中事云：「至是食盡，士日賦米一勺，齕木皮，煮紙而食。」

〔四〕將軍：二字原無，據《語林》、《侯鯖録》、《總龜》、《唐詩紀事》卷二五增。按兩《唐書·張巡傳》未載巡授金吾將軍事。

〔五〕峨眉：原作「娥眉」，據《總龜》、《紀事》改。

〔六〕七旬：《語林》、《紀事》作「四十七日」，《總龜》作「四十九日」。親經百戰：《語林》作「凡一千二百餘陣」，《總龜》作「凡三千二百餘戰」，《紀事》作「凡一千八百餘戰」。

〔七〕侔：原作「殆」，據《語林》、《總龜》、《紀事》改。若：《語林》、《總龜》、《紀事》作「效」。

〔八〕堅貞：《總龜》作「堅誠」。諒：《紀事》作「自」。

〔九〕天子：原作「天地」，據《語林》、《總龜》、《紀事》改。

〔一〇〕附：原作「俯」，據《語林》、《總龜》改。

〔一一〕「時雍丘」以下至「不以爲事」共二百零九字，原本佚失，據《語林》補。文中二「劉禹錫」應作「公」或「劉公」，當爲《語林》轉引時所改。雍丘：縣名，屬汴州陳留郡，今河南省杞縣。令狐潮：天寶末爲雍丘令，安禄山叛，潮舉縣附降賊，會出城行部，張巡等取其城，殺潮妻子，潮遂率兵圍雍丘，又圍睢陽。事跡附見兩《唐書·張巡傳》。

〔一二〕「時劉禹錫」以下二十四字，羅本謂「當是《語林》編者所加」。按此下數句明爲記録者韋絢口氣，爲《嘉話録》原文無疑。

〔一三〕許遠：杭州鹽官人，安史亂起時爲睢陽太守，與張巡同守睢陽，城破遇害。《舊唐書》卷一八七下、《新唐書》卷一九二有傳。

〔一四〕攫：《語林》作「護」，據《紀事》改。

〔一五〕志氣：《語林》作「士氣」，據《紀事》改。

〔一六〕光揚萬古：指褒贈事。《新唐書·張巡傳》：「天子下詔，贈巡揚州大都督，遠荆州大都督……巡子亞夫拜金吾大將軍，遠子玫婺州司馬，皆立廟睢陽，歲時致祭。……大中時，圖巡、遠、（南）霽雲像於淩煙閣。睢陽至今祠享，號『雙廟』云。」

〔一七〕真源：縣名，屬亳州譙郡，在今河南亳縣西。

〔一八〕明府：唐人對縣令的稱呼。《新唐書·張巡傳》：「更調真源令。土多豪猾，大吏華南金樹威恣肆，邑中語曰：『南金口，明府手。』巡下車，以法誅之，赦餘黨，莫不改行遷善。政簡約，民甚宜之。」所載與此異。

詩用僻字須有來處

爲詩用僻字，須有來處。宋考功詩云：「馬上逢寒食，春來不見餳。」〔一〕嘗疑此字。因讀《毛詩》，鄭箋説「簫」處注云：即今賣餳人家物。〔二〕六經唯此注中有「餳」字。緣明日是重陽，欲押一「糕」字，續尋思六經竟未見有「糕」字，〔三〕不敢爲之。常訝杜員外「巨顙拆老拳」，〔四〕疑「老拳」無據。及覽《石勒傳》「卿既遭孤老拳，孤亦飽卿毒手」，〔五〕豈虚言哉！後輩業詩，即須有據，不可率爾道也。〔六〕

【校注】

〔一〕宋考功：宋之問。《舊唐書》本傳：「景龍中，再轉考功員外郎。」按宋之問《途中寒食題黄梅臨江驛寄崔融》首二聯云：「馬上逢寒食，途中屬暮春。可憐江浦望，不見洛陽人。」沈佺期《嶺表逢寒食》首二聯云：「嶺外無寒食，春來不見餳。洛陽新甲子，何日是清明？」《歲時廣記》卷一五録宋之問《寒食》：「馬上逢寒食，春來不見餳。洛陽新甲子，何日是清明？」此及《歲時廣記》均誤將宋詩首句與沈詩次句合爲一聯。《靖康緗素雜記》卷九、《能改齋漫録》卷四已辨其誤。餳：原作「餳」，據《説郛》陶本、《類編》本、《唐語林》卷二、《詩話總龜》卷五、《緗素雜記》改。

〔二〕説「簫」處：指《詩·周頌·有瞽》「簫管備舉」句，鄭箋云：「簫，編小竹管，如今賣餳者所吹也。」人家物：《語林》作「者所吹」。

〔三〕續尋思：原無「續」字，據《總龜》增。

〔四〕杜員外：杜甫。《新唐書》本傳：「流落劍南……會嚴武節度劍南東、西川，往依焉。武再帥劍南，表爲參謀，檢校工部員外郎。」杜甫《義鶻行》：「修鱗脱遠枝，巨顙拆老拳。」

〔五〕《石勒傳》：即《晉書·石勒載記》，卷下云：「勒令武鄉耆舊赴襄國。既至，勒親與鄉老齒坐歡飲，語及平生。初，勒與李陽鄰居，歲常争麻池，迭相毆擊。至是……乃使召陽。既至，勒與酣謔，引陽臂笑曰：『孤往日厭卿老拳，卿亦飽孤毒手。』」

〔六〕率爾：《緗素雜記》卷九引劉夢得《嘉話》作「學常人率焉而」。

安邑里鬻餅者〔一〕

刑部侍郎從伯伯芻嘗言〔二〕：某所居安邑里巷口有鬻餅者，〔三〕早過户，未嘗不聞謳歌，而當爐興甚早。一旦召之與語，貧窘可憐，因與萬錢，令多其本，日取餅以償之。欣然持鏹而去。後過其户，則寂然不聞謳歌之聲，謂其逝矣。及呼，乃至。謂曰：「爾何輟歌之遽乎？」曰：「本流既大，心計轉粗，不暇唱《渭城》矣。」〔四〕從伯曰：「吾思官徒亦然。」因成大噱。

【校注】

〔一〕此條原連上條，今據陶本《説郛》析出，另作一條。

〔二〕從伯伯芻：劉伯芻，字素芝。《舊唐書》卷一五三、《新唐書》卷一六〇有傳。《舊傳》云：「裴度擢爲刑部侍郎，俄知吏部選事。元和十年，以左常侍致仕。卒年六十一，贈工部尚書。伯芻風姿古雅，涉學，善談笑，而動與時適，論者稍薄之。」據《元和姓纂》卷五、《新唐書·宰相世系一上》，劉伯芻出廣平劉氏，爲漢景帝子趙敬肅王彭祖後，中書侍郎劉林甫五世孫，高宗朝宰相劉祥道侄玄孫。劉禹錫呼之爲「從伯」，乃因與其同姓而叙之。

〔三〕安邑里：長安城朱雀門街東第四街，東市之南。

〔四〕《渭城》：曲名，亦名《陽關三疊》，因取王維《送元二使安西》爲歌詞，中有「渭城朝雨浥輕塵」及「勸君更盡一杯酒，西出陽關無故人」句而得名。

宇文融官前定

永徽中，盧齊卿暴死。〔一〕及蘇，説見其舅李某爲冥司判官，有吏押案曰：「宇文融合爲宰相。」〔二〕舅曰：「宇文融豈堪作宰相？」吏曰：「天符已下，數日多少，即由判官。」舅乃判一百日。既拜，果百日而罷。〔三〕公因曰：「官不前定，何名真宰？」〔四〕

【校注】

〔一〕永徽：唐高宗年號（六五〇—六五五）。盧齊卿：幽州涿人，盧思道曾孫，盧承泰子，長安初，爲雍州參軍，開元中拜幽州刺史，終太子詹事。事跡附見《舊唐書》卷八一、《新唐書》卷一〇六《盧承慶傳》。羅本考云：「盧齊卿名承泰……《舊傳》誤齊卿爲承泰子。」按《新唐書・宰相世系三上》「四房盧氏」：「承泰字齊卿，太子詹事、廣陽郡公。」當爲羅氏所據。實則《新傳》亦云「承泰子齊卿」，非但《舊傳》。《舊傳》載：「承泰，齊州長史。」《唐代墓誌彙編》大足〇〇八《大周故朝請大夫行鼎州三原縣令盧府君（行毅）墓誌銘并序》亦云：「父齊州長史承泰。」而齊卿未歷此職。知承泰爲齊卿父，與齊卿非爲一人。新、舊二傳不誤，而《新表》誤「子齊卿」爲

「字齊卿」，遂混父子爲一人。宇文融開元十七年爲相，去高宗永徽年間已七十餘年，疑永徽字誤。

〔二〕李某：二字原無，據《太平廣記》卷一四六補。宇文融：京兆萬年人，相玄宗。《舊唐書》卷一〇五、《新唐書》卷一三四有傳。

〔三〕《舊唐書·宇文融傳》：「融既居相位，欲以天下爲己任，謂人曰：『使吾居此數月，庶令海内無事矣。』……然性躁急多言，又引賓客故人晨夕飲謔，由是爲時論所譏。……融坐阿黨李宙，出爲汝州刺史。在相凡百日而罷。」《新唐書·宰相表中》：開元十七年六月甲戌，宇文融爲黄門侍郎，同中書門下平章事；九月壬子，融貶汝州刺史。在任九十九日。

〔四〕「公因曰」三句：此十一字《太平廣記》卷一四六引《嘉話録》在條首，後方接「永徽中」云云。

崔造

崔丞相造布衣時，江左士人號曰「白衣夔」。〔一〕時有四人，一是盧東美，其二遺忘。〔二〕崔左遷在洪州，州帥曹王將辟爲副。〔三〕時德宗在梁，奏的合過，況曹王有功且親也。〔四〕時有趙山人，言事多中。崔問之曰：「地主奏某爲副使，且的過否？」對曰：「不過。」崔詰曰：「以時事必合得過也。」山人曰：「卻得一刺史。不久敕到，更遠於此。」崔不信，再問。

曰：「必定耳！州名某亦知之，不可先言。」且曰：「今月某日敕到，必先弔而後賀。」崔心懼久之，蓋言某日即崔之忌日也，謂趙山人曰：「言中，奉百千；不中，輕撻五下，可乎？」山人笑曰：「不合得員外百千，只合得起一間竹屋。」又問之：「且我有宰相分無？」曰：「有。」崔曰：「遠近？」曰：「只隔一兩政官，不至三年矣。」及某日私忌，洪州諸僚皆知其説，是日悉之江亭，將慰崔忌。衆皆北望人信，至酉時，見一人從北岸袒而招舟。急使人問之，乃曰：「州之腳力。」將及岸，問曰：「有何除改？崔員外奏副使過否？」〔五〕曰：「不過。卻得虔州刺史，〔六〕敕牒在此。」諸公驚笑，果先慰而後賀焉。明日説於曹王，曹王與趙山人鏹百千，不受。崔爲起竹屋一間，欣然徙居之。又謂崔曰：「到虔州後須大經一段驚懼，即必得入京也。」既而崔舅源休與朱泚爲宰相，崔憂悶，堂帖追入，甚憂惕。〔七〕時故人竇參作相，拜兵部郎中，俄遷給事中、平章事，與齊映相公同制。〔八〕

【校注】

〔一〕崔造：字玄宰，博陵安平人，相德宗，《舊唐書》卷一三〇、《新唐書》卷一五〇有傳。

〔二〕一是：「一」字原無，據《太平廣記》卷一五一引《嘉話録》增。盧東美：出四房盧氏，歷太常寺協律、太常博士、監察御史、河南府司録、考功員外郎，見《新唐書·宰相世系三上》、韓愈《考功員外盧君墓誌》。《舊唐書·崔造傳》：「永泰中，與韓會、盧東美、張正則爲友，皆僑居上元，好談經濟之略，嘗以王佐自許，時人號爲『四夔』。」《唐摭言》卷四：「廬江何長師、趙郡李華、范陽盧東美，少與韓衢爲友，江淮間號爲『四夔』。」其說不同。《國史補》卷下：「韓會與名輩號爲『四夔』。」韓愈《考功員外盧君墓表》：「愈之宗兄故起居舍人君以道德文學伏一世，其友四人，其一范陽盧君東美。少未出仕，皆在江淮間，天下大夫士謂之『四夔』。其義以爲道可與古之夔、皋者侔，故云爾。或曰，夔嘗爲相，世謂相夔。四人者雖處而未仕，天下許以爲相，故云。」起居舍人即韓會。《摭言》説晚出，不足信。

〔三〕洪州：今江西省南昌市，時爲江西觀察使治所。曹王：李皋，字子蘭，曹王明玄孫，天寶十一載嗣封曹王，建中二年，自湖南觀察使遷江西觀察使。《舊唐書》卷一三一、《新唐書》卷八〇有傳。《舊唐書·崔造傳》：「累至左司員外郎，與劉晏善，及晏遭楊炎、庾準誣奏伏誅，造累貶信州長史。」信州屬江西觀察使管轄，故在洪州。副：《廣記》作「倅」。

〔四〕梁：梁州，今陝西漢中市；《廣記》作「興元」。建中四年，朱泚叛，德宗奔奉天，後至梁州，及還京，昇梁州爲興元府，見《舊唐書·德宗紀上》。的合過：一定能通過。有功：指李皋在湖南觀察使任招降叛逆王國良，在江西觀察使任破淮西李希烈事，見《舊唐書》本傳。

〔五〕過否：「過」上原有「員外」二字，據《廣記》删。

〔六〕虔州：州治在今江西省贛州市。按「虔」當作「建」，音近而誤。建州州治在今福建省建甌市。《新唐書·崔造傳》：「貶信州長史。徙建州刺史。」《舊傳》同。

〔七〕源休：相州臨漳人，建中中爲楊炎、盧杞所引，官京兆少尹兼御史中丞，遷光禄卿。朱泚反，以休爲宰相。《舊唐書》卷一二七有傳。朱泚：幽州昌平人，初爲安史叛軍將，後歸順，德宗建中中，官至隴右、涇原節度使，進太尉、中書令。被代後，歸京師。建中四年十月，涇原兵叛，叛將姚令言迎朱泚爲主，德宗出奔奉天。朱泚入居含元殿，僭即僞位，自號大秦皇帝，改元應天。後爲李晟等討平，被殺。《舊唐書》卷二〇〇下、《新唐書》卷二二五中有傳。憂問：《廣記》作「憂悶」，《類編》本作「憂聞」。堂帖：《國史補》卷下：「宰相判四方之事有堂案，處分百司有堂帖。」

〔八〕竇參：字時中，貞元五年自御史大夫爲相，八年四月貶郴州别駕，再貶驩州司馬，賜死於道。《舊唐書》卷一三六、《新唐書》卷一四五有傳。《新唐書·崔造傳》：「徙建州刺史。朱泚亂，造輒馳檄比州，發所部兵二千以待命，德宗嘉之。京師平，召還。至藍田，自以舅源休與賊同逆，上疏請罪。帝以爲有禮，下詔慰勉，擢給事中。貞元二年，以給事中同中書門下平章事。」崔造爲相在竇參前，此處記誤。與齊映相公同制：此七字原無，據《廣記》補。齊映：瀛州高陽人，相德宗。《舊唐書》卷一三六、《新唐書》卷一五〇有傳。《舊唐書》本傳：「轉中書舍人。貞元二年，以本官與左散騎常侍劉滋、給事中崔造同拜平章事。」

薛邕　姜公輔

又曰：薛邕侍郎有宰相望，時有張山人善相，崔造相公方爲兵部郎中，與前進士姜公輔同在薛侍郎坐中。〔一〕薛問張山人曰：「坐中有宰相否？」心在己身多矣。張曰：「有。」薛曰：「幾人？」曰：「有兩人。」薛意其一人即己也。〔二〕曰：「何人？」曰：「崔、姜二人，必同時宰相。」薛訝忿之，〔三〕嘿然不樂。既而崔郎中徐問張曰：「何以同時？」意謂姜公始前進士，〔四〕己正郎，勢不相近也。曰：「命合如此，仍郎中在姜之後。」後姜爲京兆府功曹充翰林學士，〔五〕時衆知涇將姚令言入城的取朱泚，泚曾帥涇，得其軍心，乃上疏請防虞之。〔六〕疏入十日，德宗幸奉天，悔不納姜言，遂於行在擢姜爲給事中、平章事。〔七〕崔後姜半年以夕郎拜相，果同時而崔在姜後，離虔州後第二政官拜官亦不差。〔八〕而薛侍郎竟終於列曹，〔九〕始知前輩不可忽後輩也。

【校注】

〔一〕薛邕：字公和，歷右補闕、禮部員外郎，大曆二年爲禮部侍郎，知二、三、四、五年貢舉，遷吏部侍郎。八年，貶歙州刺史。遷宣歙觀察使。建中元年，召爲尚書左丞；其年十月，坐贓貶連山尉。事見《唐郎官石柱題名考》卷三。姜公輔：登進士第，授校書郎，登制科高等，歷左拾遺、翰林學士兼京兆户曹，建中四年爲相，罷爲左庶子，後貶泉州別駕。順宗即位，起爲吉州刺史，尋卒。《舊唐書》卷一三八、《新唐書》卷一五二有傳。按《唐會要》卷七六：「建中元年，賢良方正能直言極諫科，姜公輔……及第。」丁居晦《重修重旨學士壁記》：「姜公輔：建中元年四月自左拾遺充；四年四月，改京兆府户曹參軍……」崔造爲兵部郎中事，兩《唐書》本傳未載，據《舊傳》，造建中二年方自左司員外郎貶信州長史，至興元元年德宗回京後方「拜吏部郎中、給事中」，如崔造曾歷兵部郎中一職，亦當在建中二年後，時姜公輔早已爲左拾遺、翰林學士，並非布衣之「前進士」，而薛邕亦不在京師，故此條所記與史出入甚大。

〔二〕「薛意」句：原無，據《廣記》補。

〔三〕訝忿之：原無，據《廣記》補。

〔四〕前進士：《廣記》作「披褐」。

〔五〕京兆：原作「京兆尹」，據《廣記》删「尹」字。

〔六〕涇：涇原節度使治所涇州，故治在今甘肅省涇原縣北。姚令言：河中人，建中四年爲涇原節度副使，率軍討李希烈，行經長安附近，嘩變，入城大掠，擁朱泚爲帝，兵敗被殺。《舊唐書》卷一二七、《新唐書》卷二二五中有傳。朱泚：見前條。上疏：事未詳。《舊唐書·姜公輔傳》：「應制策科高等，授左拾遺，召入翰林爲學士。……求兼京兆府户曹參軍。……建中四年十月，涇師犯闕，德宗蒼黄自苑北便門出幸，公輔馬前諫曰：『朱泚嘗爲涇原帥，得士心。昨以朱泚叛，坐奪兵權，泚常憂憤不得志。不如使人捕之，使陪鑾駕。忽群兇立之，必貽國患。……』德宗曰：『已無及矣。』」其上疏事未詳。請防虞：原作「令防虞」，《廣記》作「請察之」，據改「令」爲「請」。

〔七〕給事中：《舊唐書·姜公輔傳》：「從幸至奉天，拜諫議大夫，俄以本官同平章事。」《新唐書·

宰相表中》：建中四年十月丁巳，京兆府户曹參軍、翰林學士姜公輔爲諫議大夫、同中書門下平章事；興元元年四月甲寅，公輔罷爲左庶子。此云「給事中」，亦誤。

〔八〕夕郎：即給事中。《容齋四筆》卷一五：「唐人好以它名標榜官稱……給事郎爲夕郎、夕拜。」同時：「時」字原無，據《廣記》增。據《新唐書·宰相表中》，崔造貞元二年正月自給事中拜相，在姜公輔後一年餘，時公輔已罷相。此云「後姜半年」「同時宰相」，均不確。虔州：當爲建州之誤，崔造實僅爲建州刺史，見前條注。第二政：原作「第二改」，形近而誤，徑改。唐人稱一任官爲一政，前「崔造」條趙山人云崔造「只隔一兩政官」即爲相，故云。

〔九〕列曹：指尚書省六部。薛邕最高官職爲尚書左丞，終未爲相。

李泌　韋渠牟

李丞相泌謂德宗曰〔一〕：「肅宗師臣，豈不呼陛下爲岩郎？」〔二〕聖顔不悦。泌曰：「陛下天寶元年生，向外言改年之由，或以弘農得寶，〔三〕此乃謬也。以陛下此年降誕，故玄宗皇帝以天降至寶，因改年號爲天寶也。」〔四〕聖顔然後大悦。〔五〕又韋渠牟曾爲道士及僧，〔六〕德宗問：「卿從道門，本師復是誰？」渠牟曰：「臣師李仙師，仙師師張果老先生。〔七〕肅宗皇帝師李仙師爲仙帝，〔八〕臣道合爲陛下師，由跡微官卑，故不足爲陛下師。」渠牟亦效李相泌之對也。

【校注】

〔一〕李泌：字長源，天寶中自嵩山上書，令待詔翰林，供奉東宫，爲楊國忠所忌，乃潛遁名山。肅宗即位靈武，召赴行在，陳古今成敗之機，稱旨，延致卧内，備顧問，自稱山人，後辭官隱衡山。代宗即位，召爲翰林學士。德宗貞元中，拜相，卒。《舊唐書》卷一三〇、《新唐書》卷一三九有傳。

〔二〕師臣：《舊唐書·李泌傳》：「天寶末，禄山構難，肅宗北巡，至靈武即位，遣使訪召，會泌自嵩、潁間冒難奔赴行在……解褐拜銀青光禄大夫，俾掌樞務。至於四方文狀、將相遷除，皆與泌參議，權逾宰相，仍判元帥廣平王軍司馬事。肅宗每謂曰：『卿當上皇天寶中，爲朕師友，下判廣平王行軍，朕父子三人，資卿道義。』其見重如此。」廣平王即代宗李豫，爲肅宗長子，德宗李适又爲代宗長子。　岧郎：當爲德宗小名。原作「⿱山忽郎」，《類編》本作「崽郎」，羅本據改，考證云：「案『⿱山忽』當從《學海》本作『崽』。《新方言·釋親屬》：『成都、安慶駡人則冠以『崽』字，成都音如『哉』，安慶音如『簪』。』又《天禄識餘》注：『今北人駡頑童曰崽子。』此崽郎猶稱崽子，乃駡人語，故下云：『聖顔不悦』。」按，縱李泌「放曠敏辯，好大言」，亦無駡皇帝爲「崽子」之理。《永樂大典》卷七三二八引《唐語林》作「岧郎」。周勛初《唐語林校證》據改，云：「《新編分門古今類事》卷二《岧郎似我》條載玄宗稱德宗爲『岧郎』，可互證。」其説是，據改。

〔三〕弘農：郡名，即虢州，州治在今河南靈寶。《舊唐書·韋堅傳》：「至開元二十九年，田同秀上言『見玄元皇帝，云有寶符在陝州桃林縣古關令尹喜宅』，發中使求而得之，以爲殊祥，改桃林爲靈寶縣。及此潭（廣運潭）成，陝縣尉崔成甫以堅爲陝郡太守鑿成新潭，又致揚州銅器，翻出此詞，廣集兩縣官，使婦人唱之，言：『得寶弘農野，弘農得寶耶！潭里船車鬧，揚州銅器多。三郎當殿坐，看唱《得寶歌》。』」

〔四〕天寶：唐玄宗第三個年號（七四二—七五六）。《舊唐書·玄宗紀下》：「天寶元年春正月丁未朔，大赦天下，改元。」同書《德宗紀上》：「天寶元年四月癸巳，生於長安大内之東宮。」故天寶改元在前，德宗降誕在後，李泌所云蓋面諛之詞。

〔五〕大悦：原無「大」字，據《唐語林》增。

〔六〕「又韋」以下七十八字，底本原無，據《唐語林》卷六補。韋渠牟：京兆萬年人，初爲道士，後爲僧，興元中參浙西幕府，累轉四門博士，遷諫議大夫，再遷太府卿，轉太常卿，貞元十七年卒。《舊唐書》卷一三五、《新唐書》卷一六七有傳。權德輿《右諫議大夫韋君（渠牟）集序》：「不名一行，不滯一方。故其曳羽衣也，則曰遺名；攝方袍也，則曰塵外；被儒服也，則今之名字著焉。」

〔七〕李仙師：李含光，茅山道第十三代宗師。顔真卿《有唐茅山玄靖先生廣陵李君（含光）碑銘》：「先時，玄宗將求大法，請先生爲師，先生竟執謙沖，辭疾而退。洎（天寶）七載春，玄宗又欲受三洞真經。其年春之三月……於大同殿潔修其事，遂遥禮先生爲元師，並賜衣一襲，以申師資之禮。……真卿與先生門人中林子殷淑、遺名韋渠牟嘗接采真之游，緒聞含一之德。」張果老：即張果，唐玄宗時方士，傳説中八仙之一。武后曾遣使召之，佯死不赴。開元二十一年，玄宗迎至京，親訪理道及神仙方藥之事，賜號通玄先生，後辭歸恒山。《舊唐書》卷一九一、《新唐書》卷二〇四有傳。

〔八〕李仙師：亦指李含光。《茅山志》卷二載肅宗與李含光敕二首及詩一首，中云：「敕李含光師……上皇疇日，順風見知；今乃煉質名山，良多景慕。」

玄宗相德宗〔一〕

德宗降誕三日，〔二〕玄宗立於高階上，肅宗次之，代宗又次之。保母繈抱德宗來呈，色不白皙，耳仆前，肅宗、代宗不悦。〔三〕二帝以手自下遞傳呈上。玄宗一顧之，曰：「真我兒也。」謂肅宗曰：「汝不及他。」謂代宗曰：「汝亦不及他，髣髴似我。」既而在位二十七年，壽六十三，肅宗登位五年，代宗登位十五年，是不及也。〔四〕後明皇帝幸蜀，至中路，曰：「岩郎亦一遍到此來裏。」〔五〕及德宗幸梁，是驗也。〔六〕乃知聖人應天受命，享國綿遠，豈徒然哉。

【校注】

〔一〕本條《分門古今類事》卷二引作《松窗雜録》，今本《松窗雜録》無此文。《太平廣記》卷一五〇引亦作《嘉話録》，疑《古今類事》誤植。

〔二〕降誕：原無「誕」字，據《廣記》增。

〔三〕繦抱：《廣記》作「襁褓」，繦、襁通。耳：《廣記》作「龍身」。

〔四〕二十七年：德宗大曆十四年（七七九）四月即位，貞元二十一年（八〇五）正月卒，在位二十七年。六十三歲：《舊唐書・德宗紀下》：「享壽六十四。」按德宗天寶元年（七四二）生，當爲六十四歲。肅宗登位五年代宗登位十五年：原無「登位五年代宗」六字，據《廣記》補。按肅宗於天寶十五載（七五六）即位，寶應元年（七六二）卒，在位七年；代宗寶應元年即位，大曆十四年卒，在位十八年，此當有脱誤。

〔五〕岧郎：德宗小名。「岧」原作「⿱山忽」，《類編》作「崽」，此據《廣記》、《分門古今類事》改。參見前「李泌韋渠牟」條注。

〔六〕德宗幸梁：事見前「崔造」條注。「驗」字原無，據《廣記》增。

宋之問乞劉希夷詩

劉希夷詩曰：「年年歲歲花相似，歲歲年年人不同。」〔一〕其舅宋之問苦愛此二句，知其未示人，懇乞，許而不與。〔二〕之問怒，以土袋壓殺之。〔三〕宋生不得其死，天報之也。

【校注】

〔一〕劉希夷：字庭芝，汝州人，事跡附見《舊唐書·喬知之傳》。詩：底本無此字，據《唐語林》卷五、《詩話總龜》前集卷三一、《臨漢隱居詩話》補。所引詩爲劉希夷《有所思》（一名《代悲白頭翁》）中句。

〔二〕宋之問：字延清，虢州弘農人，善五言詩，中宗朝，爲考功員外郎、修文館直學士，貶越州長史。睿宗立，流欽州，先天中賜死。《舊唐書》卷一九〇中、《新唐書》卷二〇二有傳。知其未示人：五字原無，據《語林》補，《總龜》作「知其未傳之人」。

〔三〕以土袋壓殺之：《大唐新語》卷八：「劉希夷……嘗爲《白頭翁詠》曰：『今年花落顏色改，明年花開復誰在？』既而自悔曰：『我此詩似讖，與石崇『白首同所歸』何異也？』乃更作一句云：『年年歲歲花相似，歲歲年年人不同。』既而嘆曰：『此句復似向讖矣。然死生有命，豈復由此。』乃兩存之。詩成未周，爲姦所殺。或云宋之問害之。」《舊唐書·劉希夷傳》：「爲姦人所殺。」

誌公語

逆胡將亂於中原，梁朝誌公大師有語曰〔一〕：「兩角女子緑衣裳，卻背太行邀君王，〔二〕一止之月必消亡。」兩角女子，「安」字；緑者，「禄」字也；一止，正月也，果正月敗亡。〔三〕聖矣，符誌公之寓言也。〔四〕

【校注】

〔一〕誌公大師：釋寶誌。《南史·隱逸傳下》：「時有沙門釋寶誌者，不知何許人，有於宋泰始中見之，出入鍾山，往來都邑，年已五六十矣。齊、宋之交，稍顯靈跡，被髮徒跣，語默不倫。……梁武帝尤深敬事。嘗問年祚遠近，答曰：『元嘉元嘉。』帝欣然，以爲享祚倍宋文之年。雖剃鬚髮而常冠帽，下裙納袍，故俗呼爲誌公。好爲讖記，所謂《誌公符》是也。……天監十三年卒。」傳載其預言應驗事甚多。《宋高僧傳》言及僧人神異事，每稱其爲「寶誌之流」，卷一〇《遺則傳》云，遺則嘗「爲《寶誌釋題》二十四章」，或即爲釋讀《誌公符》而作。蓋其所作讖記，至唐時猶甚流行，影響甚廣。

〔二〕太行：原作「大行」，據張本《説郛》、《廣記》卷一六三改。

〔三〕正月敗亡：安禄山以體肥，長帶瘡，眼昏漸不見物，至德二載正月爲其部下嚴莊及豎李猪兒所殺，見《舊唐書·安禄山傳》。

〔四〕符：《類編》作「夫」。

雷萬春〔一〕

張巡將雷萬春於城上與巡語次，被賊伏弩射中萬春面，不動。〔二〕令狐潮疑是木人，〔三〕諜問之，〔四〕知是萬春，乃言曰：「向見雷將軍，方知足下軍令矣。然其如天理何？」〔五〕巡與潮書，曰「僕誠下材，亦天下一男子耳！今遇明聖君主，疇則屈腰；逢豺狼犬羊，今須展志」云云，「請足下多服續命之散，數加益智之丸，無令病入膏肓，坐親斧鑕也」。

【校注】

〔一〕本條原接前條之後，實爲二事，今析出，另作一條。

〔二〕「張巡」前原有「時」字，據《唐語林》卷五删。張巡：見前「張巡許遠」條注。雷萬春：張巡部將，睢陽城破遇害，《新唐書》卷一九二有傳。《新唐書》本傳：「事巡爲偏將。令狐潮圍雍丘，萬春立城上與潮語，伏弩發六矢著面，萬春不動。潮疑刻木人，諜得其實，乃大驚，遥謂巡曰：『向見雷將軍，知君之令嚴矣。』」

〔三〕令狐潮：見前「張巡許遠」條。

〔四〕諜問之：原作「詢問巡」，據《語林》改。

〔五〕「然其如」以下六十九字原無，據《語林》增補。

朐䏰

夔州地名朐䏰，朐䏰是蚯蚓也。〔二〕故土多此蟲，蓋其狀物也，常夜至江畔，〔三〕出其身半跳於空中而鳴，其形朐䏰。上音屈，下音忍。

【校注】

〔一〕夔州：原作「琼州」。按琼州今屬海南省，朐䏰則爲夔州地名。「琼（瓊）」當爲「夔」之形誤，徑改。朐䏰：漢巴郡縣名，又蟲名，即蚯蚓，又彎曲貌。《漢書·地理志上》：「巴郡，縣十一……朐忍，容毋水所出。」《太平寰宇記》卷一四七「雲安軍雲安縣」：「本漢朐䏰縣地，屬巴郡。……《十三州志》：朐䏰『地下濕，多朐䏰蟲，故以爲名。』朐䏰城，漢縣，在萬户城西三十一里。」桂馥《札樸》引戴侗《六書故》：「蚯蚓，古謂朐䏰，又謂曲蟺。」

〔二〕夜至：原作「至夜」，羅本校云：「『常至夜江畔』不成文理，『至夜』當乙作『夜至』。」從之。

五夜

絢曰：「五夜者，甲乙丙丁戊，相更送之。〔一〕今惟言乙夜與子夜，何也？」〔二〕公曰：「未詳。」

【校注】

〔一〕五夜：《顔氏家訓·書證》：「或問：『一夜何故五更？更何所訓？』答曰：『漢、魏以來，謂爲甲夜、乙夜、丙夜、丁夜、戊夜，又云鼓，一鼓、二鼓、三鼓、四鼓、五鼓，亦云一更、二更、三更、四更、五更，皆以五爲節。……更，歷也，經也，故曰五更耳。』」

〔三〕子夜：《緯略》卷十引韋珣語：「五夜者，甲、乙、丙、丁、戊，相更迭耳。而又有子夜，何耶？」高似孫曰：「晉時有子夜者，善歌《子夜》。子夜，女子名也。……韋珣以子夜爲五更之數，非也。」

杜佑自污

大司徒杜公在維揚也，〔一〕嘗召賓幕閑語：「我致政之後，必買一小駟八九千者，飽食訖而跨之，著一粗布襴衫，入市看盤鈴傀儡，足矣。」又曰：「郭令公位極之際，〔二〕常慮禍及，此大臣之危事也。」司徒深旨不在傀儡，蓋自污耳。司徒公後致仕，果行前志。諫官上疏言三公不合入市，公曰：「吾計中矣。」計者，即自污耳。

【校注】

〔一〕杜公：杜佑。《舊唐書》卷一四七、《新唐書》卷一六六有傳。維揚：即揚州，原作「維陽」，據《類編》本改。《舊唐書·杜佑傳》：「遷禮部尚書、揚州大都督府長史，充淮南節度使。……元和元年，册拜司徒、同平章事，封岐國公。……歲餘，請致仕，詔不許，但令三五日一入中書，平章政事。每入奏事，憲宗優禮之，不名，常呼司徒。」貞元十七年，劉禹錫在杜佑淮南幕中，見卷十九《子劉子自傳》。

〔二〕郭令公：郭子儀，以平安史之亂功，乾元元年進位中書令，在中書二十四考，以身繫天下之安危者二十年。《舊唐書》卷一二〇、《新唐書》卷一三七有傳。

劉伯芻大是急流

刑部侍郎從伯伯芻自王府長史三年爲新羅使,〔一〕始得郎中朱紱,因見宰相自言此事。時宰不知是誰,曰:「大是急流。」

【校注】

〔一〕伯芻:見前「安邑里鬻餅者」條注。其爲王府長史及使新羅事,兩《唐書》本傳未載。

李勉爲政

相國李司徒勉爲開封縣尉,特善捕賊,時有不良試公之寬猛,乃潛納人賄,俾公知之。〔一〕公召告吏卒曰:「有納其賄者,我皆知之,任公等自陳首。不可過三日,過則舁櫬相見。」其納賄不良故逾限,而欣然自賫其櫬至。公令取石灰棘刺置於櫬中,令不良入,命取釘釘之,送汴河訖,乃請見廉使,使嘆賞久之。後公爲大梁節度使,〔二〕人問公曰:「今有官人如此,〔三〕公如何待之?」公曰:「即打腿。」

【校注】

〔一〕李勉:字玄卿,鄭王元懿曾孫,歷開封尉、監察御史、京兆河南二尹、江西觀察、嶺南汴宋二節度、河南汴宋滑亳河陽等道都統，建中四年，徵爲司徒、同平章事，罷相，爲太子少保，卒。《舊唐書》卷一三一、《新唐書》卷一三一有傳。《舊傳》云：「累授開封尉。時昇平日久，且汴州水陸所湊，邑居庬雜，號爲難理。勉與聯尉盧成軌等，並有擒奸擿伏之名。」縣尉：「縣」上原有「知」字，據《唐語林》卷六删。特善：二字原無，據《語林》增。

〔二〕大梁節度使：即汴宋節度使。《舊唐書·李勉傳》：「（大曆）十一年，汴宋留後田神玉卒，詔加勉汴州刺史、汴宋節度使。」汴州州治開封即戰國魏都大梁。

〔三〕官人：原作「害人」，據《語林》改。

上官昭容

上官昭容者，侍郎儀之孫也。〔一〕儀有罪，子婦鄭氏填宮，遺腹生昭容。〔二〕其母將誕之夕，夢人與秤曰：「持之秤量天下文士。」〔三〕鄭氏冀其男也。及生昭容，母視之曰〔四〕：「秤量天下豈汝耶？」嘔啞如應曰是。

【校注】

〔一〕上官昭容：名婉兒，上官儀孫，爲中宗昭容，《舊唐書》卷五一、《新唐書》卷七六有傳。上官儀：相高宗，《舊唐書》卷八〇、《新唐書》卷一〇五有傳。孫：原作「孤」，據《太平廣記》卷一

三七、《唐語林》卷三改。

〔二〕儀有罪子婦：原無「子」字，《廣記》作「儀子有罪婦」，據於「婦」前增「子」字。《舊唐書·上官儀傳》：「儀頗恃才任勢，故爲當代所嫉。麟德元年，宦者王伏勝與梁王忠抵罪，許敬宗乃構儀與忠通謀，遂下獄而死，家口籍没。」《新唐書·上官婉兒傳》：「上官昭容者，名婉兒，西臺侍郎儀之孫。父廷芝，與儀死武后時。母鄭，太常少卿休遠之姊。婉兒始生，與母配掖廷。……初，鄭方妊，夢巨人畀大稱曰：『持此稱量天下。』婉兒生逾月，母戲曰：『稱量者豈爾邪？』輒啞然應。」

〔三〕文士：二字原無，據《廣記》增。

〔四〕「曰」字原無，據《廣記》增。

樊三蓋代

李丞相絳先人爲襄州督郵，〔一〕方赴舉求鄉薦。時樊司空澤爲節度使，張常侍正甫爲判官，主鄉薦。〔二〕張公知丞相有前途，啟司空曰：「舉人悉不如李某秀才，〔三〕請只送一人，請衆人之資以奉之。」欣然允諾。又薦丞相弟爲同舍郎。〔四〕不十年而李公登庸，感司空之恩，以司空之子宗易爲朝官。〔五〕人問宗易之文於丞相，絳戲而答曰：「蓋代。」〔六〕時人因以「蓋代」爲口實，相見論文，必曰：「莫是樊三蓋代否？」〔七〕後丞相之爲户部侍郎也，常侍爲本司郎中，〔八〕因會，把酒請侍郎唱歌，〔九〕李終不唱而哂之，滿席大噱。

【校注】

〔一〕李絳：字深之，相憲宗，《舊唐書》卷一六四、《新唐書》卷一五二有傳。督郵：漢官名，郡佐，唐人以指州府録事參軍。《通典》卷三三「總論郡佐」：「督郵，漢有之，掌監屬縣，有東西南北中部，謂之五部督郵也。故督郵，功曹之極位。」又云「録事參軍……糾彈部内非違」，與督郵執掌相同。《舊唐書·李絳傳》：「父元善，襄州録事參軍。」

〔二〕司空：原作「司徒」，據《太平廣記》卷一七九、《唐語林》卷三改，下同。樊澤：字安時，河中人，卒贈司空，《舊唐書》卷一二二、《新唐書》卷一五九有傳。《舊唐書·德宗紀》：「（興元元年正月）以山南東道行軍司馬樊澤爲襄州刺史、山南東道節度使。……（貞元八年二月）丙子，以荆南節度使樊澤爲襄州刺史、山南東道節度使。」按《郡齋讀書志》卷一七：「李絳《論諫集》七卷。右唐李絳，深之也，贊皇人，貞元八年進士。」李絳既爲八年進士，當於七年冬求鄉薦，但此時樊澤尚在荆南節度使任，未移襄州，故小有不合。張正甫：字踐方。《舊唐書》卷一六二有傳。《舊傳》云：「正甫登進士第，從樊澤爲襄陽從事。」張正甫長慶元年七月在散騎常侍任，見韓愈《舉張正甫自代狀》。《舊唐書·文宗紀上》：「（大和元年正月）己亥，以右散騎常侍、集賢殿學士判院事張正甫爲工部尚書。」

〔三〕不如：原作「不知」，據《廣記》、《語林》改。

〔四〕「又薦」以下一百〇五字，底本原無，據《語林》補。丞相弟：按《新唐書·宰相世系二上》「趙郡李氏西祖房」，絳弟「經，司農少卿」，或即其人。薦李絳弟者，當指張正甫，貞元末、元和中在郎署（見後注）。而樊澤貞元十四年九月卒於襄州任，時李絳弟不可能仕至郎官，亦不得與樊澤「同舍」爲郎。

〔五〕登庸：爲相。《新唐書·宰相表中》：「（元和六年）十一月己丑，户部侍郎李絳爲中書侍郎、同中書門下平章事。」《舊唐書·張正甫傳》：「正甫登進士第，從樊澤爲襄陽從事，累轉監察御史。于頔代澤，辟留正甫，正甫堅辭之，遂誣奏貶郴州長史。後由邕府徵拜殿中侍御史，遷户部員外郎，轉司封員外、兼侍御史知雜事。遷户部郎中。」于頔代澤爲襄陽節度使在貞元十四年，知張正甫入朝爲員外郎約在貞元末。宗易：《元和姓纂》卷七「南陽樊氏」：「澤，檢校右僕射、襄陽節度，生宗師、宗易。」

〔六〕絳戲而：三字原無，據《廣記》增。蓋代：即蓋世，避李世民諱改。

〔七〕因以：《語林》作「用以」，據《廣記》改。樊三：《廣記》作「李三」。按樊三即樊宗易，其兄樊宗師行大，見《唐人行第録》。李絳雖亦行三，文意仍以作樊三爲順。

〔八〕本司郎中：即户部郎中。《舊唐書·李絳傳》：「（元和）六年，猶以中人之故，罷（翰林）學士，守户部侍郎，判本司事。」同書《張正甫傳》：「遷户部郎中。」

〔九〕把酒請：《語林》原作「把詩」，無「請」字，據《廣記》增改。

菠稜菜

菜之菠稜，本西國中有僧將其子來，如苜蓿、蒲陶因張騫而至也。〔一〕絢曰：「豈非頗稜國將來，而語訛爲菠稜耶？」〔二〕

【校注】

〔一〕張騫：西漢人，通西域，封博望侯，《漢書》卷六一有傳。《史記·大宛列傳》：「俗嗜酒，馬嗜苜蓿。漢使取其實來，於是天子始種苜蓿、蒲陶肥饒地。及天馬多，外國使來衆，則離宫别觀旁盡種蒲萄、苜蓿極望。」

〔二〕頗稜國：未詳。《唐會要》卷一〇〇：「泥婆羅，在吐蕃之西樂陵川。……（貞觀）二十一年，遣使獻波稜菜、渾提葱。」《太平御覽》卷九八〇引《唐書》：「太宗時，尼婆羅國獻波稜菜。葉似紅藍，實如蒺藜。火熟之，能益食味。」

杜鴻漸知人

杜丞相鴻漸，世號知人，見馬燧、李抱真、盧新州杞、陸丞相贄、張丞相弘靖、李丞相藩，皆云「並爲將相」。〔一〕既而盡然。許、郭之徒又何以加也？〔二〕又大司徒杜公，〔三〕見張相弘靖，曰：「必爲宰相。」貴人多知人也如此。

【校注】

〔一〕杜鴻漸：字之巽，相代宗，《舊唐書》卷一〇八、《新唐書》卷一二六有傳。馬燧：字洵美，中唐名將，以功官至司徒、侍中，《舊唐書》卷一三四、《新唐書》卷一五五有傳。李抱真：字太玄，德宗時官至昭義節度使，加檢校左僕射、同平章事，《舊唐書》卷一三二、《新唐書》卷一三八有傳。盧杞：字子良，相德宗，後貶新州（今廣東新興）司馬，《舊唐書》卷一三五、《新唐書》卷二二三下有傳。陸贄：字敬輿，相德宗，《舊唐書》卷一三九、《新唐書》卷一五七有傳。張弘靖：字元理，相憲宗，《舊唐書》卷一二九、《新唐書》卷一二七有傳。李藩：字叔翰，相憲宗，《舊唐書》卷一四八、《新唐書》卷一六九有傳。將相：原作「宰相」，據《太平廣記》卷一七〇、《永樂大典》卷二九七九引《嘉話録》及《唐語林》卷三改。

〔二〕許、郭：指許劭、郭泰。《後漢書·郭泰傳》：「其獎拔士人，皆如所鑒。」同書《許劭傳》：「少峻名節，好人倫，多所賞識，若樊子昭、和陽士者，並顯名於世。故天下言拔士者，咸稱『許郭』。」

〔三〕「又大」以下二十四字原無，據《廣記》、《大典》、《語林》補。司徒杜公：杜佑，見前「杜佑自污」條注。

范希朝

范希朝將赴鎮太原，〔一〕辭省中郎官，既拜而言曰：「郎中有事但處分希朝，希朝第一遍不應，亦且恕，至第三遍不應，即任郎中員外下手插打得。」「插打」爲造箭者插羽打幹，〔二〕言攢箭射我也。

【校注】

〔一〕范希朝：字致君，《舊唐書》卷一五一、《新唐書》卷一七〇有傳。《舊唐書·憲宗紀上》：「（元和四年六月丁丑）以靈鹽節度使范希朝爲太原尹、北都留守、河東節度使。」按，元和四年，范希朝自靈州移鎮太原，無必要至尚書省向郎官辭行，且時劉禹錫遠在朗州，無由得知省中情事。疑此爲永貞中事。韓愈《順宗實録》卷三：「（永貞元年五月）辛未，以右金吾大將軍范希朝爲檢校右僕射兼右神策京西諸城鎮行營兵馬節度使。叔文欲專兵柄，藉希朝年老舊將，故用爲將帥，使主其名，而尋以其黨韓泰爲行軍司馬，專其事。」此爲永貞革新派奪取宦官兵權措施之一，故范希朝特地赴尚書省辭行，時劉禹錫、柳宗元、韓泰、韓曄等均在尚書省爲郎。

〔二〕幹：通簳，箭杆。

蔓菁

公曰：「諸葛亮所止，〔一〕令兵士獨種蔓菁者何？」絢曰：「莫不是取其纔出甲者可生啗，〔二〕一也；葉舒可煮食，二也；久居則隨以滋長，〔三〕三也；棄去不惜，四也；回則易尋而採之，五也；冬有根可劚食，六也；比諸蔬屬，其利不亦博乎？」曰〔四〕：「信矣。」三蜀之人，〔五〕今呼蔓菁爲諸葛菜，江陵亦然。

【校注】

〔一〕諸葛亮：「亮」字原無，據《唐語林》卷二補。

〔二〕可生啗：「可」字原無，《重修政和經史證類本草》卷二七引作「可坐啗」，《太平廣記》卷四一一作「可生啗」，據補。

〔三〕「則」字原無，據《廣記》、《語林》增。

〔四〕曰：《廣記》「曰」上有「劉禹錫」三字。

〔五〕蜀：原作「屬」，據《廣記》、《語林》改。

張嘉貞

河東張嘉貞爲平姚，見河東碑爲文書甚佳，及過，面奏天后。〔一〕天后對之，〔二〕河東請去簾曰：「臣出自寒微，今蒙召對，然咫尺天顔，猶隔雲霧，伏乞陛下去簾。」則天許之，事書史册。

【校注】

〔一〕張嘉貞：蒲州猗氏人，相玄宗，《舊唐書》卷九九、《新唐書》卷一二七有傳。平姚：未詳，或是平鄉之誤，平鄉縣屬河東道邢州，在今河北鷄澤北。及過：「過」疑爲「還」之誤。天后：武則天。《大唐新語》卷六：「張嘉貞……自平鄉尉免歸鄉里，布衣環堵之中，蕭然自得，時人莫之知也。張循憲以御史出，還，次蒲州驛。循憲方復命，使務有不決者，意頗病之，問驛吏曰：『此有好客乎？』驛吏白以嘉貞。循憲召與相見，咨以其事積時疑滯者，嘉貞隨機應之，莫不豁然。及命表，又出意外。他日，則天以問循憲，具以實對，因請以己官讓之。則天曰：『卿能舉賢，美矣！朕豈可無一官自進賢耶？』乃召見内殿，隔簾與語。嘉貞儀貌甚偉，神彩俊傑，則天甚異之。因奏曰：『臣生於草萊，目不睹闕廷之事，陛下過聽，引至天庭，此萬代之一遇。然咫尺之間，若披雲霧，臣恐君臣之道，有所未盡。』則天曰：『善。』遽命捲簾。翌日，拜監察御史。」《舊唐書》本傳載此事而稍略，然亦與書碑事無關。

〔二〕對之：天子召見人臣不當云「對」，疑有奪誤。

蔡州怪異

蔡之將破，〔一〕有水牛黑色，入池浴，既出，身自白皎然，唯頭不變。又有雀數百，同爲一窠，皆絲絮爲之。有群鳥同巢，一旦盡棄擲其雛而去。有馬生牛蹄者。蔡州既平，憲宗命道士張某至境，置醮於紫極宫。宫本吴少誠生祠也，裴令公毁之爲宫，有道士院，階前種麻生高如墉，道士葺爲藩屏。〔二〕其醮日霹靂，擊麻屏兩片，下有穴五寸已來，〔三〕有狸跡。尋之，上屋，其蹤稍大如馬，亦如人足，直至屋上而滅。其韓碑石本吴少誠德政碑，世與狄梁公碑對立，其吴碑亦流汗成泥，狄梁公碑如故。〔四〕不十日，中使至，磨韓之作而刊改制焉。〔五〕

【校注】

〔一〕蔡：蔡州，唐時爲淮西節度使治所，今河南省汝南縣。憲宗時，淮西節度留後吴元濟據蔡州叛，元和十二年，爲裴度討平，事見《舊唐書·憲宗紀》。

〔二〕吴少誠：德宗時爲淮西節度使，「善爲治，勤儉無私，日事完聚，不奉朝廷」，曾一度以淮西叛，

《舊唐書》卷一四五、《新唐書》卷二一四有傳。裴令公：裴度，元和十二年爲門下侍郎、同中書門下平章事、蔡州刺史，充彰義軍節度、申光蔡等州觀察使，仍充淮西宣慰招討處置使，討吳元濟，平之，《舊唐書》卷一七〇、《新唐書》卷一七三有傳。據《舊傳》，裴度於大和「九年十月，進位中書令」，此呼爲「裴令公」，爲後來追改。

〔三〕擊：原無此字，據《山堂肆考》卷一八七補，但《肆考》誤引作劉餗《嘉話》。已來：《類編》本作「已復」。

〔四〕韓碑：韓愈所撰《平淮西碑》，爲頌淮西之平作，見《韓昌黎集》卷三〇。狄梁公：狄仁傑，相武后，睿宗朝追封梁國公，《舊唐書》卷八九、《新唐書》卷一一五有傳。《舊唐書》本傳：「出爲豫州刺史。時越王貞稱兵汝南事敗，緣坐者六七百人，籍没者五千口，司刑使逼促行刑。仁傑哀其詿誤，緩其獄，密表奏曰：……特敕原之，配流豐州。……豫囚至流所，復相與立碑頌狄君之德。」豫州，後避代宗李豫諱改名蔡州。《寶刻叢編》卷五「蔡州」：「《唐豫州刺史狄梁公碑》，碑元通禮撰，黨復書，貞元三年重立。」

〔五〕磨韓之作：《舊唐書·韓愈傳》：「元和十二年八月，宰臣裴度爲淮西宣慰處置使，兼彰義軍節度使，請愈爲行軍司馬，仍賜金紫。淮、蔡平，十二月，隨度還朝，以功授刑部侍郎，仍詔愈撰《平淮西碑》，其辭多叙裴度事。時先入蔡州擒吴元濟，李愬功第一，愬不平之。愬妻出入禁中，因訴碑辭不實，詔令磨愈文，憲宗命翰林學士段文昌重撰文勒石。」

石季龍挾彈

石季龍少好挾彈殺人，其父怒之，其母曰：「健犢須走車破轅，良馬須逸鞅泛駕，然後能負重致遠。」〔一〕蓋言童稚不奇不慧，即非異器定矣。

【校注】

〔一〕石季龍：西晉時後趙君主，名虎，字季龍，石勒死，廢勒子石弘自立，以名犯唐太祖李虎諱，唐人稱其字，《晉書》卷一〇六有傳。《唐語林》卷二「石」上有「劉禹錫曰」四字。殺人：二字原無，據《語林》增。父：《語林》作「兄」。《晉書》本傳：「石季龍，勒之從子也。……父曰寇覓。勒父朱幼而子季龍，故或稱勒弟焉。……永興中，與勒相失。後劉琨送勒母王及季龍於葛陂，時年十七矣。性殘忍，好馳獵，游盪無度，尤善彈，數彈人，軍中以爲毒患。勒白王，將殺之，王曰：『快牛爲犢子時，多能破車，汝當小忍之。』」父指石勒，爲季龍之從父，因勒父石朱視季龍爲子，故亦可謂勒爲季龍兄；母則指石勒之母王氏。「能」字原無，據《語林》增。

鸕鷀胎生

人言鶴胎生，所以《賦》云「胎化仙禽」也。〔二〕今鸕鷀亦是胎生，《抱朴子》、《本草》説同此，豈亦仙禽者乎？〔二〕絢曰：「但恐世只知鶴胎生，不知鸕鷀亦是胎生。鶴便謂胎生也。若緣鸕鷀食腥魚，雖胎生不得與鶴同，今見養鶴者説，其鶴食腥穢更甚於鸕鷀。若以色黑於鶴，則白鶴千萬年方變爲玄鶴，又何尚焉！」公笑曰：「是以君子惡居下流，其鸕鷀之謂乎？」絢曰：「鶴難見也，鸕鷀易見也，世人貴耳而賤目之故也。若使鸞凰如鶴之長見，即鶴亦如鸕鷀矣。以少爲貴，世不以見爲聖爲瑞而貴之也。〔三〕所以進士陳標《詠蜀葵》詩云〔四〕：『能共牡丹争幾許，得人憎處只緣多。〔五〕』鸕鷀之謂也。」

【校注】

〔一〕賦：指鮑照《舞鶴賦》，有「散幽經以驗物，偉胎化之仙禽」句。

〔二〕鸕鷀：水鳥名，古人傳説爲胎生。《重修政和經史證類本草》卷一九引陳藏器《本草》云：「此鳥胎生，仍從口出，如兔吐兒。」又引《本草衍義》：「陶隱居云：『此鳥不卵生，口吐其雛。』……嘗官於澧州，公宇後有大木一株，其上有三四十巢，日夕觀之，既能交合，兼有卵殼布地，其色碧，豈得雛吐口中？是全未考尋可見，當日聽人之誤言也。」

〔三〕見爲聖：「見」上疑脱「多」字。

〔四〕陳標：《唐詩紀事》卷六六：「標終侍御史，長慶二年進士也。」並於《詠蜀葵花》二句後「韋絢曰」下，撮引此段文字。《全唐詩》卷五〇八載標《蜀葵》，首二句爲「眼前無奈蜀葵何，淺紫深紅數百窠」。

〔五〕憎：《詩話總龜》前集卷二〇作「嫌」。

劉晏啗胡餅

劉僕射晏五鼓入朝，〔一〕時寒，中路見賣烝胡餅之處，〔二〕熱氣上騰，〔三〕使人買之，以袍袖包裙帽底啗之，且謂同列曰：「美不可言，美不可言。」

【校注】

〔一〕劉晏：字士安，代宗廣德元年爲相，兼領度支鹽鐵轉運使，大曆十三年爲尚書左僕射，《舊唐書》卷一二三、《新唐書》卷一四九有傳。

〔二〕烝胡餅：原作「烝胡」，《類編》本作「蒸胡餅」，據增「餅」字。烝、蒸通。

〔三〕熱氣上騰：原作「勢氣騰煇」，據《類編》本改。

王承昇妹窮相女子

王承昇有妹國色，〔一〕德宗納之，不戀宮室。德宗曰：「窮相女子。」乃出之。敕其母兄：不得嫁進士朝官，任配軍將作親情。後適元士會，因以流落，真窮相女子也。〔二〕

【校注】

〔一〕王承昪：疑當作「王承弁」，參見後「劉禹錫竇常王承弁相代爲夔州」條注。

〔二〕元士會：未詳。因以流落：《唐語林》卷六作「以流落終」。

韓愈輕薄

劉禹錫曰〔一〕：韓十八愈直是太輕薄，謂李二十六程曰〔二〕：「某與丞相崔大群同年往還，〔三〕直是聰明過人。」李曰：「何處是過人者？」韓曰：「共愈往還二十餘年，不曾共説著文章，〔四〕此豈不是敏慧過人也？」

【校注】

〔一〕劉禹錫曰：四字原無，據《唐語林》卷六增。

〔二〕李程：字表臣，行二十六，相憲宗，《舊唐書》卷一六七、《新唐書》卷一三一有傳。

〔三〕崔群：字敦詩，行大，相憲宗，《舊唐書》卷一五九、《新唐書》卷一六五有傳。韓愈與崔群同爲貞元八年進士，韓集中有《游青龍寺贈崔大補闕》詩、《與崔群書》文等。

〔四〕共説：《語林》作「過愈論」。

席夔草韓愈貶官制詞

韓十八初貶之制，席八舍人爲之詞曰：「早登科第，亦有聲名。」〔一〕席既物故，友人曰：「席無令子弟，豈有病陰毒傷寒而與不潔喫耶！」韓曰：「席八喫不潔太遲。」人問之：「何也？」曰：「出語不是。」〔二〕蓋忿其責辭云「亦有聲名」耳。

【校注】

〔一〕韓十八：韓愈；《太平廣記》卷四九七引《嘉話録》作「韓愈」。席八舍人：席夔；《廣記》作「舍人席夔」。席八，原作「席十八」，涉前「韓十八」衍「十」字，今删，下同。《元和姓纂》卷十「安定席氏」：「夔，中書舍人。」《韓昌黎集》卷一〇《和席八十二韻》舊注：「席八……當是席夔。《諱行録》，席夔行八，貞元十年進士。」劉禹錫《答道州薛郎中論書儀書》：「前年衹召抵京師，偶故人席夔談……」白居易《東南行一百韻寄通州元九侍御（略）》：「去夏微之瘧，今春席八殂。」自注：「今春聞席八殁。」元稹《酬樂天東南行一百韻》：「尋傷掌誥徂。」自注：「去年聞席八殂。」自注又引白居易原詩本題作《東南行一百韻寄通州元九侍御（略）兼投弔席八舍人》。白詩作於元和十二年，知席夔其年卒於中書舍人任。初貶：《舊唐書·韓愈傳》：「元和初，召爲國子博士，遷都官員外郎。時華州刺史閻濟美以公事停華陰令柳澗縣務……（愈）上疏理潤，留中不下。……以愈妄論，復爲國子博士。」劉禹錫《寄楊八拾遺》自注：「時出爲國子主簿分司東都。韓十八員外亦轉國子博士，同在洛陽。」詩爲元和七年末寄楊歸厚之作。文中「初貶」當指愈貶國子博士事。岑仲勉《唐集質疑》「韓愈初貶之詞」：「余按終愈一生可稱貶官者凡三事：（一）貞元十九年冬貶陽山令……（二）元和十四年春貶潮州刺史……（三）元和七年春自職方員外郎復爲國子博士。……《元和姓纂》修於元和七年，其書已稱夔中書舍人，此次貶制或得爲夔之詞，但曰『初貶』，則仍有未合也。」

〔三〕不是：《廣記》作「不當」，《唐語林》卷六作「不是當」。

元載妻王氏

元載將敗之時，〔一〕妻王氏曰〔二〕：「某四道節度使女，〔三〕十六年宰相妻，〔四〕今日相公犯罪，死即甘心。使妾爲春婢，〔五〕不如死也。」主司上聞，〔六〕俄亦賜死。

【校注】

〔一〕元載：字公輔，相代宗，在相位十六年，恣爲不法，侈僭無度，貨賄公行，大曆十二年賜死，《舊唐書》卷一一八、《新唐書》卷一四五有傳。將敗之時：《唐語林》卷五、《記纂淵海》卷八一引無「將」及「之時」三字。

〔二〕王氏：王忠嗣女。《舊唐書·元載傳》：「王氏，開元中河西節度使忠嗣之女也，素以兇戾聞，恣其子伯和等爲虐。」《雲溪友議》卷下「窺衣帷」：「元丞相載妻王氏字韞秀。」原注：「王縉相公之女，維右丞之姪。」又爲之作二詩。《友議》乃小説家言，不足信。

〔三〕四道節度使女：《唐詩紀事》卷二九作「二十年太原節度使女」。《舊唐書·王忠嗣傳》：「（開元）二十八年以本官……兼充河東節度，加雲麾將軍。……二十九年，代韋光乘爲朔方節度使，仍加權知河東節度事。……（天寶）五年正月，河、隴以皇甫惟明敗衄之後，因忠嗣以持節充西平郡太守，判武威郡事，充河西、隴右節度使。其月，又權知朔方、河東節度使事。忠嗣佩四將印，控制萬里，勁兵重鎮，皆歸掌握，自國初已來，未之有也。」

〔四〕十六年：原作「十八年」，據《友議》、《紀事》改。據《舊唐書·元載傳》，載以寶應元年（七六二）爲相，至大曆十二年（七七七）賜死，在相位十六年。

〔五〕春婢：《侯鯖録》卷六作「宮婢」。

〔六〕聞：原作「問」，據《語林》、《類説》、陶本《説郛》、《侯鯖録》改。

王縉夜醮

王縉之下獄也，〔一〕問頭云：「身爲宰相，夜醮何求？」〔二〕王答曰：「知則不知，死則合死。」

【校注】

〔一〕王縉：字夏卿，王維弟，相代宗，坐黨元載，貶括州刺史，《舊唐書》卷一一八、《新唐書》卷一四五有傳。《舊唐書·代宗紀下》：「（大曆十二年三月）庚辰，宰相元載、王縉得罪下獄，命吏部尚書劉晏訊鞫之。辛巳，制：中書侍郎、平章事元載賜自盡，門下侍郎、平章事王縉貶括州刺史。」

〔二〕夜醮：夜間祈禱。《舊唐書·元載傳》載賜元載自盡敕文，謂元載罪狀之一爲「陰託妖巫，夜行解禱，用圖非望，庶逭典章」。王縉無夜醮之事。

元載乞快死

元載於萬年縣佛堂子中謂主者，〔一〕乞一快死也。主者曰：「相公今日受些子污泥，不怪也。」〔二〕乃脱穢襪塞其口而終。

【校注】

〔一〕萬年縣：京兆府屬縣，在長安城中，領朱雀門大街街東五十四坊及東市，見《唐兩京城坊考》卷二。謂主者：原作「謁主官」，據《唐語林》卷五改。

〔二〕怪：《類編》本作「枉」。

常衮、楊綰拜相

公曰：盧華州，予之堂舅氏也。〔一〕嘗於元載相宅門，見一人頻至其門，上下瞻顧。盧疑異人，乃邀以歸，且問元載相公如何。曰：「新相將出，舊者須去。吾已見新相矣，一人緋，一人紫；一人街西住，一人街東住，〔二〕皆慘服也。〔三〕然二人俱身小而不知姓名。」〔四〕經旬日，王、元二相下獄，德宗將用劉晏爲門下，楊炎爲中書。〔五〕外皆傳説必定，疑季子之言不中。〔六〕時國舅吴湊見王、元事訖，〔七〕因賀德宗而啟之曰：「新相欲用誰？」德宗曰：「劉、楊。」湊不語，上曰：「吾舅意如何？言之無妨。」湊曰：「二人俱曾用也，〔八〕行當可見，陛下何不用後來俊傑？」上曰：「爲誰？」吴乃奏常衮及某乙。〔九〕翌日，並命拜二人爲相，以代王、元，果如季子之説。緋紫短長，街之東西，無不驗也。〔一〇〕

【校注】

〔一〕盧華州：盧徵，《舊唐書》卷一四六、《新唐書》卷一四九有傳。劉禹錫有《途次敷水驛（略）》、《貞元中侍郎舅氏牧華州時余再忝科第（略）》等詩。《舊唐書·盧徵傳》：「貞元八年，同州刺史缺……特徵用徵……數歲，轉華州刺史。……貞元十六年卒。」

〔二〕一人街東住：五字原脱，據《唐語林》卷六補。

〔三〕慘服：喪服。

〔四〕不知姓名：原作「知姓名不」，據《語林》乙。

〔五〕王、元二相：王縉、元載。二人大曆十二年下獄，見前「元載妻王氏」、「王縉夜醮」條。德宗：按此原是代宗時事，下文呼肅宗吴皇后弟吴湊爲「國舅」、「吾舅」，亦代宗口吻。故疑「德」爲「代」之誤，下同。門下：門下省，此指門下侍郎。楊炎：字公南，代宗朝歷中書舍人，官至宰相，《舊唐書》卷一一八、《新唐書》卷一四五有傳。中書：中書省，此指中書侍郎。

〔六〕季子：疑當作「季主」。卜者司馬季主，見《史記・日者列傳》。季子之言，《語林》作「其言」。

〔七〕吴湊：代宗章敬皇后弟，《舊唐書》卷一八三、《新唐書》卷一五九有傳。《舊傳》云：「宰臣元載弄權，招致賄賂，醜跡日彰，帝惡之，將加之法，恐左右泄漏，無與言者，唯與湊密計圖之。」

〔八〕二人俱曾用也：按劉晏廣德元年曾爲相，楊炎則前此未曾爲相。訖：原作「説」，據《語林》改。

〔九〕常衮：京兆人，相代宗，《舊唐書》卷一一九、《新唐書》卷一五〇有傳。某乙：指楊綰。《新唐書・宰相表中》：大曆十二年「三月辛巳，載誅，縉貶括州刺史。四月壬午，太常卿楊綰爲中書侍郎，禮部侍郎常衮爲門下侍郎，並同中書門下平章事」。

〔一〇〕緋紫：章服，唐制散官五品以上服緋，三品以上服紫。《唐大詔令集》卷四五載《楊綰常衮平章事制》，稱「朝議大夫、守太常卿、兼修國史、賜紫金魚袋楊綰」，「朝議郎、守尚書禮部侍郎、集賢院學士、上柱國、賜紫金魚袋常衮」。朝議大夫正五品下，當服緋。朝議郎則正六品上，不得服緋，二人並賜紫，故與此云「緋紫」不合。東西：當指長安朱雀門大街之東、之西，分屬萬年縣與長安縣。常衮《叔父故禮部員外郎（常無名）墓誌》：「薨於西京宣賜（陽）里之私第。」宣陽里在朱雀門大街之東，則楊綰當居街西。

趙憬異事

趙相憬之爲入蕃副使，〔一〕謂二張判官曰〔二〕：「前幾里合有河，河邊柳樹下合有一官人，〔三〕著慘服立。」既而悉然。官人，置頓官也。〔四〕二張問之，趙曰：「某年三十前已夢此行，亦不怨他時相。」〔五〕趙相將薨時，長安諸城門金吾官見一小兒，衣豹犢鼻，攜五色繩子，覓趙相。其人見者知異。〔六〕不經旬日，趙相薨。〔七〕

【校注】

〔一〕趙憬：字退翁，天水隴西人，貞元八年爲相，《舊唐書》卷一三八、《新唐書》卷一五〇有傳。《舊唐書·趙憬傳》：「拜給事中。貞元四年，回紇請結和親，詔以咸安公主降回紇，命檢校右僕射關播充使，憬以本官兼御史中丞爲副。」憬，原作「璟」，據兩《唐書》本傳改。之爲：原無「爲」字，據《太平廣記》卷一五二引《嘉話録》增。

〔二〕二張判官：張薦、張式，見後「趙憬盧邁」條。

〔三〕官人：原無「人」字，據《廣記》增。

〔四〕官人置頓官也：六字原無，據《廣記》增。

〔五〕已夢：原無「已」字，據《廣記》增。時相：據《新唐書·宰相表中》，時相有李泌等。

〔六〕其人見者知異：六字原無，據《廣記》增。

〔七〕《舊唐書·趙憬傳》：「（貞元）十二年……八月，遇暴疾，信宿而卒，時年六十一。」

杜鴻漸父子名似兄弟

公曰：杜相鴻漸之父名鵬舉，〔一〕父子而似兄弟之名，蓋有由也。鵬舉父嘗夢有所之，〔二〕見一大碑，云是宰相碑，已作者金填其字，未作者刊名於上。杜問曰：「有杜家兒否？」曰：「有。」任自看之。記得姓下是鳥偏旁曳腳而忘其字，乃名子爲鵬舉，〔三〕而謂之曰：「汝不爲相，即世世名鳥旁而曳腳也。」鵬舉生鴻漸，而名字亦前定矣，況其官與壽乎？

【校注】

〔一〕杜鴻漸：字之巽，相代宗，《舊唐書》卷一〇八、《新唐書》卷一二六有傳。《舊唐書》本傳：「父鵬舉，官至王友。」

〔二〕夢有所之：「夢」字原無，據《太平廣記》卷一四九引《集（嘉）話録》、《唐語林》卷五補。

〔三〕名子爲鵬舉：「子爲」二字原無，據《語林》補。

袁德師諱糕

袁德師，給事中高之子也。〔一〕九日出糕，謂人曰：「某不敢喫，請諸公破除。」且言是其先諱，良久低頭。然語多，不可具載。

【校注】

〔一〕袁德師：《元和姓纂》卷四「樂陵袁氏」：「高，給事中；生德師，侍御史。」（此據岑仲勉《元和姓纂四校記》校正之文。）竇群有《送内弟袁德師》詩。李觀《常州軍事判官廳壁記》：「汝南袁德師，今在選焉。……始韋公以給事匪躬之故，出釐是邦，生方尉於義興。……生，南陽公之孫也。……九年冬，復命襲爵南陽公。」高：袁高，字公頤，南陽王袁恕己孫，代宗、德宗兩朝均曾官給事中，《舊唐書》卷一五三、《新唐書》卷一二〇有傳。

楊國忠知選

楊國忠嘗會諸親，時知吏部銓事，且欲大噱以娱之。〔一〕已設席，呼選人名，引入於中庭，不問資序，短小者道州參軍，〔二〕鬍者湖州文學。〔三〕簾中大笑。

【校注】

〔一〕楊國忠：本名釗，楊貴妃從兄，天寶中官至宰相，兼領四十餘使，馬嵬兵變中被殺，《舊唐書》卷一〇六、《新唐書》卷二〇六有傳。國忠嘗會：原作「國中嘗謂」，據《太平廣記》卷二五〇引《嘉話録》、《唐語林》卷五改。銓事：官吏選補事。《舊唐書·楊國忠傳》：「會（李）林甫卒，遂代爲右相，兼吏部尚書……國忠既以宰臣典選，奏請銓日便定留放，不用長名。……使胥吏於私第暗定官員，集百僚於尚書省對注唱，一日令畢，以誇神速。……又於私第大集選人，令諸女弟垂簾觀之，笑語之聲，朗聞於外。」以娱之：三字原無，據《廣記》、《語林》補。

〔二〕道州：今湖南道縣。《舊唐書·陽城傳》：「道州土地産民多矮，每年常配鄉户貢其男，號爲『矮奴』。」

〔三〕湖州：今浙江吴興，湖與鬍鬚之「鬍」諧音。

李揆入蕃

盧新州爲相，令李揆入蕃。〔一〕揆對德宗曰〔二〕：「臣不憚遠使，恐死道路，不達君命。」上惻然免之，謂盧相曰：「李揆莫老無。」〔三〕杞曰：「和戎之使，須諳練朝廷事，非揆不可。」

且使揆去，向後差使小於揆年者，不敢辭遠使矣。」揆既至蕃，蕃長曰：「聞唐家有一第一人李揆，〔四〕公是否？」揆曰：「非也，他那個李揆争肯到此？」恐其拘留，以此誣之也。揆門户第一，文學第一，官職第一。致仕歸東都，〔五〕大司徒杜公罷淮海入洛，〔六〕見之，言及頭頭第一之説。揆曰：「若道門户，門户有所自，承餘裕也；官職，遭遇爾。今形骸凋悴，看即下世，一切爲空，何第一之有！」

【校注】

〔一〕盧新州：盧杞，建中二年爲相，四年十二月貶新州司馬，參見前「杜鴻漸知人」條。李揆：字端卿，相肅宗，《舊唐書》卷一二六、《新唐書》卷一五〇有傳。《舊唐書·盧杞傳》：「既居相位，忌能妒賢，迎吠陰害，小不附者，必致之於死，將起勢立威，以久其權。……李揆舊德，慮德宗復用，乃遣使西蕃。」同書《德宗紀上》：「（建中四年）秋七月甲申，以國子祭酒李揆爲禮部侍郎，復其爵。甲午，以李揆爲左僕射、兼御史大夫，爲入吐蕃會盟使。」

〔二〕原無「揆」字，據《太平廣記》卷四九六引《嘉話録》補。

〔三〕莫老無：《唐語林》卷四作「暮老無使」。

〔四〕蕃長曰聞：原作「蕃長問」，據《廣記》、《語林》增改。第一人：《新唐書·李揆傳》：「拜中書侍郎、同中書門下平章事，修國史，封姑臧縣伯。揆美風儀，善奏對，帝嘆曰：『卿門地、人物、文學皆當世第一，信朝廷羽儀乎！』」

〔五〕歸東都：原無「歸」字，據《廣記》補。《舊唐書·李揆傳》云：「充入蕃會盟使，加左僕射。行至鳳州，以疾卒，興元元年四月也，年七十四。」《新傳》則云：「還卒於鳳州，年七十四。」無致仕歸東都之事。

〔六〕大司徒：唐人對户部尚書的稱呼。杜公：德宗朝杜姓淮南節度使唯杜亞、杜佑。《舊唐書·杜亞傳》：「興元初，召拜刑部侍郎。出爲揚州長史、兼御史大夫、淮南節度觀察使。……貞元五年，以户部侍郎竇覦爲淮南節度代亞。……改檢校吏部尚書，判東都尚書省事，充東都留守、都防禦使。」故杜亞入洛已在李揆卒後五年。大司徒杜公，《廣記》作「司徒杜佑」，然杜佑罷淮南入朝更晚在貞元十九年，尤非。

德宗降誕日三教講論

德宗降誕日，内殿三教講論，以僧鑒虛對韋渠牟，以許孟容對趙需，以僧覃延對道士郗惟素。〔一〕諸人皆談畢。鑒虛曰：「臣請奏事：玄元皇帝，我唐天下之聖人；〔二〕文宣王，古今之聖人；〔三〕釋迦如來，西方之聖人；皇帝陛下，是南贍部州之聖人。〔四〕臣請講御製《賜新羅銘》。」〔五〕講罷，德宗有喜色。

【校注】

〔一〕德宗降誕日：《舊唐書·德宗紀上》：「天寶元年四月癸巳，生於長安大内之東宮。」又：「（貞元十二年四月）庚辰，上降誕日，命沙門、道士加文儒官討論三教，上大悦。」據《二十史朔閏表》，天寶元年四月乙亥朔，癸巳爲十九日。鑒虚：原作「監虚」，據《唐語林》卷六改，下同。鑒虚乃僧人，貞元中交構權倖，招懷賂遺，元和八年事發，付京兆府杖死，見《舊唐書·薛存誠傳》及《憲宗紀下》。韋渠牟：已見前「李泌韋渠牟」條。《舊唐書》本傳：「貞元十二年四月，德宗誕日，御麟德殿，召給事中徐岱、兵部郎中趙需、禮部郎中許孟容與渠牟及道士萬參成、沙門譚延等十二人，講論儒道釋三教。渠牟枝詞游説，捷口水注。上謂其講耨有素，聽之意動。」許孟容：字公範，京兆長安人，《舊唐書》卷一五四、《新唐書》卷一六二有傳。《舊唐書》本傳：「徵爲禮部員外郎。……遷本司郎中。德宗降誕日，御麟德殿，令孟容等登座，與釋老之徒講論。」趙需：《柳河東集》卷一二《先君石表陰先友記》：「趙需，天水人，皞皞儒士也，有名，至兵部郎中，卒。」舊注：「大曆六年進士。貞元元年正月，以吉州長史盧杞爲饒州刺史，需爲補闕，上疏論其不可。」覃延：即譚延。郗惟素：未詳。

〔二〕玄元皇帝：老子李耳。乾封元年三月，追尊老子爲太上玄元皇帝，後屢加尊號，見《唐會要》卷五〇。之聖人：三字原無，據《語林》補。

〔三〕文宣王：孔子。開元二十七年八月，追謚孔子爲文宣王，見《唐會要》卷三五。

〔四〕南贍部州：佛經所説四大洲之一，在須彌山南，此指中國。

〔五〕「臣請」以下十六字原無，據《語林》補。

飲酒四字令

飲酒四字，著於史氏，出於則天時，壁州刺史鄧弘慶者進之。〔一〕人或知之，以《三臺》送酒，〔二〕當未盡曉。蓋因北齊高洋毁銅雀臺，築三個臺，宫人拍手呼「上臺」，因以送酒。〔三〕

【校注】

〔一〕飲酒四字：謂「平、索、看、精」四字。鄧弘慶：原作「鄭弘慶」，徑改。《國史補》卷下：「古之飲酒，有杯盤狼藉、揚觶絶纓之説，甚則甚矣，然未有言其法者。國朝麟德中，壁州刺史鄧宏慶始創『平、索、看、精』四字令。」《唐語林》卷八：「壁州刺史鄧宏慶，飲酒至『平、索、看、精』四字。」劉禹錫《夔州論利害表》：「龍朔中，壁州刺史鄧弘慶進『平索看精』四字，堪爲酒令。高宗嘉之，亦行其言，遷弘慶爲朗州刺史。」四字令行令之法未詳。王昆吾謂「是一種融合了手勢成分的律令」，參見其《唐代酒令藝術》第一章。

〔二〕《三臺》：唐代最常用的送酒曲。《北里志》：「鄙夫請非次改令：凡三鍾引滿，一遍《三臺》，酒須盡。」

〔三〕高洋：北齊文宣帝。《靖康緗素雜記》卷七：「李濟翁《資暇集》云：『今之啐（催）酒，三十拍促曲名《三臺》。何如？ 或曰，昔鄴中爲三臺，石季倫常爲游宴之地，樂工倦怠，造此以促飲也。一說，蔡邕自侍書御史累遷尚書，三日之間，周歷三臺。樂府以邕曉音律，製此曲動邕心，抑希其厚遺。亦近之。』又《劉公嘉話》云：『人以《三臺》送酒，蓋因北齊高洋毁銅雀臺，築三個臺，宫人拍手呼上臺，因以送酒。』案魏武帝建安十四年冬作銅雀臺，十八年九月作金虎臺，古樂府云『鑄銅爲雀置於臺上，因名焉』。又案《北史》：『齊文宣帝發三十餘萬人，營三臺於鄴，因其舊基而高博之，大起宫室及游豫焉。至是三臺成，改銅雀曰金鳳，金虎曰聖應，冰井曰崇光。冬十一月登三臺，御乾象殿，朝宴群臣。』則三臺所建舊矣。但魏之冰井不知起自何年。至北齊但因其故基而高博之耳。《嘉話》乃云『北齊高洋毁銅雀臺，築三個臺』，與《北史》所載不同。以余意測之，曲名《三臺》者，蓋因北齊營三臺以朝宴群臣得名也。」

韋渠牟薦崔芊

德宗誕日，三教講論。儒者第一趙需，第二許孟容，第三韋渠牟，與僧覃延嘲謔，因此承恩也。〔一〕渠牟薦一崔芊，拜諭德，〔二〕爲侍書於東宫。東宫，順宗也。芊觸事面墻，對東宫曰：「臣山野之人，不識朝典，見陛下合稱臣否？」東宫曰：「卿是宫僚，〔三〕自合知也。」

【校注】

〔一〕趙需、許孟容、韋渠牟、覃延：均見前「德宗降誕日三教講論」條注。

〔二〕崔芉：原作「崔阡」，徑改，下同。《舊唐書·韋渠牟傳》：「茅山處士崔芉徵至闕下……皆渠牟延薦之。」《新傳》同作「芉」。《册府元龜》卷九八：「（貞元）十六年五月，徵茅山山人崔芉，召對於麟德殿，賜緋魚袋。」又卷七〇八：「崔芉自茅山徵爲右贊善大夫，充太子侍直，新名也。」又卷八九九：「崔芉……累乞還山，以太子左諭德致仕，放還山。」諭德：太子東宮官名，分左右，分隸左、右春坊，「掌諭皇太子以道德，隨事諷贊」，見《新唐書·百官志四上》。

〔三〕宫僚：原作「東僚」，據《太平廣記》卷二六〇引《嘉話録》、《唐語林》卷六改。

李程善謔

李二十六丈丞相程善謔，爲夏口日，有客辭焉，相留更住三兩日。〔一〕客曰：「業已行矣，舟船已在漢口。」〔二〕曰：「此漢口不足信。」〔三〕其客胡盧掩口而退。〔四〕又因與堂弟居守相石投盤飲酒，〔五〕居守誤收骰子，糾者罰之。丞相曰：〔六〕「何罰之有？」司徒曰：「汝向忙鬧時把他堂印將去，〔七〕又何辭焉。」飲酒家謂重四爲堂印，蓋譏居守大和九年冬朝廷有事之際而登庸。〔八〕又與石話服食云〔九〕：「汝服鍾乳否？」〔一〇〕曰：「近服，甚覺得力。」司徒曰：「吾一不得乳力。」〔二〕蓋譏其作相日無急難之效也。又嘗於街西游宴，貪在博局，時已昏黑，從者迭報云：「鼓動。」〔三〕司徒應聲曰：「靴，靴。」其意謔鼓動似受慰之聲，以弔客「靴靴」答之。連聲索靴，言欲速去也。又在夏口時，官園納苧頭而餘者分給將校，〔三〕其主將報之，軍將謝苧頭。司徒手拍頭云：「著他了也。」然後傳語：「此苧頭不必謝也。」

【校注】

〔一〕《太平廣記》卷二五一引《嘉話録》此條，首有「唐劉禹錫云」五字。李二十六丈丞相程：原無「程」字，據《廣記》、《唐語林》卷六補。二十六丈丞相，《語林》作「司徒」。劉禹錫與李程相交莫逆，呼「丈」是韋絢轉述時口吻。夏口：即鄂州江夏縣，今湖北武昌市。《舊唐書·李程傳》：「（元和十三年）六月，出爲鄂州刺史、鄂岳觀察使。」

〔二〕漢口：漢水入長江處，在夏口對岸。劉禹錫赴夔州任前曾與李程相聚鄂州，有《鄂渚留別李二十六表臣大夫》等詩。

〔三〕此漢口：《廣記》作「那漢口」，其上尚有「但相信住」四字。

〔四〕胡盧：笑貌。二字原無，據《廣記》補。

〔五〕「又因」句：原作「又因堂弟」，據《語林》補九字。李石：字中玉，相文宗，《舊唐書》卷一七二、《新唐書》卷一三一有傳。據《新唐書·宗室世系上》，李程、李石同出大鄭王房，均爲李文暕玄孫，爲近從兄弟。《舊唐書·李石傳》：「（大中五年）檢校司徒、東都留守、判東都尚書省事、織汝都防禦使。」故此條當於大中五年後追記。投盤：又作「頭盤」，即骰盤，爲唐人酒令，根據擲骰所得的彩以及與之相對應的規定決定飲次。參見王昆吾《唐代酒令藝術》第一章《骰盤令》。

〔六〕丞相：此指李石；《廣記》作「石」。

〔七〕向忙鬧時：原作「向閙時」，據《廣記》、《語林》增改。堂印：骰盤令擲出的彩名，即「重四」（所擲之骰均爲四點），爲最貴之彩，故以代指骰子。《容齋續筆》卷一六引《醉鄉日月》：「聚十只骰子齊擲，自出手六（之）人依采飲焉。堂印：本采人勸合席。」《苕溪漁隱叢話》後集卷一引《文昌雜録》：「唐李肇《國史補》云：『宰相相謂爲堂老。』及見元載與常衮唱和詩，有『堂老』之稱。」故宰相所用官印亦稱堂印。

〔八〕九：原作「元」，據《廣記》、《語林》改。登庸：爲相。《舊唐書·文宗紀下》：「（大和九年十一月）壬戌，中尉仇士良率兵誅宰相王涯、賈餗、舒元輿、李訓，新除太原節度王璠、郭行餘、鄭注、羅立言、李孝本、韓約等十餘家，皆族誅。……乙丑，詔以朝議郎、守尚書户部侍郎、判度支李石可朝議大夫、本官同平章事。」李石爲相適在甘露之變後，故李程譏其「向忙鬧時把他堂印將去」。

〔九〕「又與石話服食」以下一百四十三字原無，據《語林》補。

〔一〇〕鍾乳：石灰巖溶洞中懸掛的檐冰狀物，古人謂服之可輕身延年。

〔二〕乳：諧音「汝」。

〔三〕鼓動：街鼓已響，即將戒嚴。《大唐新語》卷一〇：「舊制，京城金吾内曉暝傳呼，以戒行者。馬周獻封章，始置街鼓，俗號『冬冬』，公私便焉。」

〔三〕苧頭：苧蔴，諧音「著頭」。

劉禹錫、竇常、王承弁相代爲夔州

予與竇丈及王承弁同在朗州，〔一〕日共歡宴。後三人相代爲夔州，亦異矣。

【校注】

〔一〕竇丈：竇常，字中行，《舊唐書》卷一五五、《新唐書》卷一七五有傳。《新唐書》本傳：「歷朗、夔、江、撫四州刺史。」劉禹錫《武陵北亭記》：「（元和）七年冬，詔書以竹使符授尚書水曹外郎竇公常曰：命爾爲武陵守。」武陵郡即朗州。王承弁：原作「王承昇」。《舊唐書·穆宗紀》：「（長慶二年正月）乙未，以夔州刺史王承弁爲安南都護、本管經略使。」據改。劉禹錫長慶二年正月爲夔州刺史，代王承弁。竇常自朗州轉夔州，約在元和十二年間，十三或十四年爲王承弁所代。

佚文

相骨山人

唐貞元末，〔一〕有相骨山人，瞽雙目，人求相，以手捫之，必知貴賤。房次卿方勇於趨進，率先訪之。及出户時，後謁者盈巷，睹次卿已出，迎問之，曰：「如何？」答曰：「不足言，不足言。」〔二〕且道：「個瘦長杜秀才位極人臣，何必更云。」或有退者。後杜循州果帶相印鎮西蜀也。〔三〕（《太平廣記》卷七六引《嘉話録》）

【校注】

〔一〕「唐」字當爲《廣記》編者所加。

〔二〕房次卿：字蜀客，貞元十四年官校書郎，見《千唐誌齋藏誌》九六七《蘇日榮墓誌》。韓愈《興元少尹房君（武）墓誌銘》：「娶滎陽鄭氏女，生男六人，其長曰次卿。次卿有大才，不能俯仰順時，年四十餘，尚守京兆興平尉。」又有《將歸贈孟東野房蜀客》詩，又《祭房君文》：「維某年月日……展祭於五官蜀客之柩前。」蓋房次卿終身坎坷，故云「不足言」。

〔三〕循州：州治在今廣東惠州；「州」字原奪，徑補。杜循州：杜元穎，相穆宗，《舊唐書》卷一六

三、《新唐書》卷九六有傳。《舊唐書》本傳：「（長慶）三年冬，帶平章事出鎮蜀川。……大和三年，南詔蠻攻陷戎、嶲等州，徑犯成都……大掠蜀城玉帛、子女、工巧之具而去。……坐貶循州司馬。」

趙憬　盧邁

趙憬、盧邁二相國，皆吉州人，旅衆呼爲趙七、盧三。〔一〕趙相自微而著，蓋爲是姚曠女壻。〔二〕姚與獨孤問俗善，因託之，得湖南判官，累奏官至監察。〔三〕蕭相復代問俗爲潭州，〔四〕有人又薦於蕭，蕭留爲判官，至侍御史。蕭入，主留務，有美聲，聞於德宗，遂兼中丞，爲湖南廉使。〔五〕及李泌入相，不知之，俄而以李元素知憬湖南留務事而詔憬歸闕。〔六〕憬既罷任，遂入京，李元素知憬湖南政事多善，意甚慕之。〔七〕憬居京，慕静，深巷杜門不出，元素訪之甚頻。元素乃泌相之從弟，憬因訪别元素於青龍寺，謂之曰：「趙憬亦自合有官職，誓不敢怨人，誠非偶然耳。」〔八〕蓋得於日者焉，遂同訪之。〔九〕仍密問元素年命，曰：「據此年命，亦合富貴人也。」元素因自負，亦不言於泌相兄也。〔一〇〕頃之，德宗忽記得憬，賜對，拜給事中，泌相不測其由。會有和戎使事，出新相關播爲大使，張薦、張式爲判官，泌因判奏憬爲副使。〔一一〕未至蕃，右丞有缺，宰相上名，德宗曰：「趙憬堪爲此

官。」追赴拜右丞。〔二〕不數月，遷尚書左丞、平章事。〔三〕作相五年，薨於位。（《太平廣記》卷一五二引《嘉話録》）

【校注】

〔一〕趙憬：原作「趙璟」，據兩《唐書》本傳改，下同。參見前「趙憬異事」條注。盧邁：字子玄，相德宗，《舊唐書》卷一三六、《新唐書》卷一五〇有傳。吉州：今江西吉安。據《舊唐書》本傳，趙憬爲天水隴西人，《新傳》作渭州隴西人。據《舊唐書·盧邁傳》，邁爲范陽人，《新傳》則作河南人，權德輿《盧邁行狀》亦稱「河南府洛陽縣遵化鄉恭安里盧邁」，未有作吉州人者。人旅衆：《唐語林》卷六作「旅客人人」。

〔二〕姚曠：《語林》作「姚廣」。按岑參有《懷葉縣關操姚曠韓涉李叔齊》詩，獨孤及《宋州送姚曠之江東劉冉之河北序》稱「葉尉吴興姚曠」。

〔三〕獨孤問俗：《新唐書·宰相世系五下》「獨孤氏」：「問俗，鄂州刺史。」爲獨孤及之堂兄。肅宗朝，官明州、湖州刺史，遷檢校秘書監、揚州司馬，歷壽州刺史，遷鄂州刺史、鄂岳觀察使，見岑仲勉《元和姓纂四校記》卷一〇。湖南：湖南觀察使，治所在潭州，今湖南長沙市。據郁賢皓《唐刺史考全編》，獨孤問俗約大曆八至十四年間爲湖南觀察使。《舊唐書·趙憬傳》：「寶應中，玄宗、肅宗梓宫未祔，有司議山陵制度……憬以褐衣上疏，宜遵儉制，時人稱之。後連爲州從事，試江夏尉。累遷監察御史，隨牒藩府，歷殿中侍御史、太子舍人。」

〔四〕蕭復：字履初，相德宗，《舊唐書》卷一二五、《新唐書》卷一〇一有傳。《舊唐書》本傳云：「大曆十四年，自常州刺史爲潭州刺史、湖南觀察使。」建中元年爲李皋所代。

〔五〕主留務：首長入朝或空缺時臨時主持政務。廉使：即觀察使。《舊唐書·趙憬傳》：「建中初，擢授水部員外郎。未拜，會湖南觀察使李承請爲副使，檢校工部郎中充職。歲餘承卒，遂知留後事。尋授潭州刺史、兼御史中丞、湖南觀察使，仍賜金紫。」據《唐刺史考全編》卷一六六，湖南觀察使蕭復後、趙憬前有李皋、李承二人，趙憬所代爲李承而非蕭復。此所記有誤。

〔六〕李泌：見前「李泌韋渠牟」條。泌於貞元三年六月自陝虢觀察使拜相。按《舊唐書·德宗紀上》：「（貞元二年四月）戊辰，以前黔中觀察使元全柔爲湖南觀察使。」趙憬當爲元全柔所代，時李泌尚未爲相，此所記亦誤。「以李元素知璟湖南留務事而詔璟歸闕」，《語林》作「除替」。李元素字大朴，貞元末官至鄭滑節度使，元和五年卒於户部尚書任，《舊唐書》卷一三二、《新唐書》卷一四七有傳。

〔七〕「憬既罷任」四句：《廣記》無，據《語林》補。

〔八〕從弟：據《新唐書·宰相世系二上》，李元素、李泌同屬遼東李氏，均爲後周李弼五世孫。青龍寺：在長安新昌坊，見《唐兩京城坊考》卷三。

〔九〕日者：算命的人。焉遂同訪之：五字《廣記》無，據《語林》補。

〔一〇〕言於：《廣記》無「於」字，據《語林》補。

〔一一〕關播：字務元，《舊唐書》卷一三〇、《新唐書》卷一五一有傳。《舊傳》：「建中三年十月，拜銀青光禄大夫、中書侍郎、同中書門下平章事、集賢院崇文館大學士、修國史。……播與盧杞等從駕幸奉天，既而盧杞、白志貞等並貶黜，播尚知政事，中外囂然，以爲不可，遂罷相，改刑部尚書。……貞元四年，回紇請和親，以咸安公主出降可汗，令播以本官加檢校右僕射、兼御史大夫、持節充送咸安公主及册可汗使。」故其出使在罷相數年後，並非「新相」。張薦：字孝舉，《舊唐書》卷一四九、《新唐書》卷一六一有傳。《舊唐書》本傳：「（貞元）四年，回紇和親，以檢校右僕射、刑部尚書關播充使，送咸安公主入蕃，以薦爲判官，轉殿中侍御史。」張式：《廣記》作「張或」，據《語林》改。《舊唐書·張正甫傳》：「兄式，大曆中進士登第。」式貞元九年正月爲駕部郎中、知制誥，見權德輿《祭故吕給事文》，同年三月授虢州刺史，十六年九月自河南少尹遷河南尹、水陸轉運使，見《舊唐書·德宗紀下》。趙憬爲副使事，見前「趙憬異事」條。

〔一二〕追赴拜右丞：《舊唐書·趙憬傳》：「使還，拜尚書左丞。」《新唐書》本傳及權德輿《趙憬神道碑》略同，均未及其右丞一轉。且遷左丞亦在出使歸途中，並非「未至蕃」，此當誤記。

〔一三〕不數月：《舊唐書·趙憬傳》：「（貞元）八年四月，竇參罷黜，憬與陸贄並拜中書侍郎、同中書門下平章事。」事在出使後四年，此云「不數月」，亦誤。

權德輿廋詞

權丞相德輿言無不聞，又善廋詞。〔一〕嘗逢李二十六於馬上，〔二〕廋詞問答，聞者莫知其所説焉。或曰：「廋詞何也？」曰：「隱語耳。《語》不曰：『人焉廋哉！人焉廋哉！』〔三〕此之謂也。」（《太平廣記》卷一七四、《能改齋漫録》卷一引《嘉話録》）

【校注】

〔一〕權德輿：字載之，相憲宗，《舊唐書》卷一四八、《新唐書》卷一六五有傳。廋詞：隱語，類似今之謎語或幽默的雙關語。

〔二〕李二十六：李程，見前「李程善謔」條注。

〔三〕《語》：《論語》。《論語·爲政》：「子曰：『視其所以，觀其所由，察其所安，人焉廋哉！人焉廋哉！』」孔曰：「廋，匿也。」

潘炎榜六異〔一〕

侍郎潘炎進士榜有六異〔二〕：朱遂爲朱滔太子〔三〕；王表爲李納女婿，彼軍呼爲駙馬；〔四〕趙博宣爲冀定押衙〔五〕；袁同直入蕃爲阿師〔六〕；竇常二十年稱「前進士」〔七〕；奚某亦有事，時謂之「六差」。〔八〕竇常新及第，薛某給事宅中逢桑道茂，〔九〕給事曰：「竇秀才新及第，早晚得官？」桑生曰：「二十年後方得官。」一坐皆哂，不信。然果耳五度奏官，皆敕不下，即攝職數四，其如命何？（《太平廣記》卷一七九引《嘉話録》）

【校注】

〔一〕本條「侍郎潘炎……六差」一段，又見温庭筠《乾膜子》。《唐詩紀事》卷三一引此文，則未注出處。按《乾膜子》原書已佚，今本亦後人所輯，《廣記》本條之前爲「閻濟美」條，注云「出《乾膜子》」，疑輯者因此誤輯本條爲《乾膜子》文。

〔二〕潘炎：附見《新唐書》卷一六〇《潘孟陽傳》，云：「父炎，大曆末官右庶子，爲元載所惡，久不遷。載誅，進禮部侍郎，以病免。」《唐語林》卷八：「神龍元年已來再爲主司者：……潘炎再，大曆十三年、十四年。」

〔三〕朱滔：朱泚之弟，建中二年，爲幽州盧龍節度使，三年，僭稱大冀王，朱泚僭號，立滔爲皇太弟，及泚死，滔上章待罪，詔雪之，《舊唐書》卷一四三、《新唐書》卷二一二有傳。《舊唐書·朱泚傳》：「僭即僞位，自稱大秦皇帝，號應天元年。……仍以其兄子遂爲太子。」

〔四〕王表：大曆十四年潘炎下進士，後官至秘書少監，見《唐詩紀事》卷三一。李納：平盧淄青節度使李正己子，建中初，正己死，納匿喪，與李希烈、朱滔等合謀反，僞稱齊王，及德宗興元降詔罪己，乃效順朝廷，《舊唐書》卷一二四、《新唐書》卷二一三有傳。

〔五〕趙博宣：趙涓子，登進士第，爲陳許節度使曲環從事，爲環誣奏，決杖四十，流康州，附見《舊唐書》卷一三七、《新唐書》卷一六一《趙涓傳》。《元和姓纂》卷七「信都趙氏」：「尚書左丞趙涓，生博元、博宣、博文。博宣，監察御史。」冀定：《紀事》作「易定」。押衙：節度使麾下管理儀仗侍衛的屬吏，未入流品。趙以進士爲之，故爲異事。趙博宣爲押衙事未詳。

〔六〕袁同直：《舊唐書·吐蕃傳下》：貞元三年五月，渾瑊與吐蕃會盟於平涼，吐蕃背盟。盟會副使「（崔）漢衡，判官鄭叔矩、路泌，掌書記袁同直……皆陷焉」；七月，詔曰：「……試左金吾兵曹參軍袁同直……以下各與一子正員官。」蓋誤以爲袁同直已死。呂温《臨洮送袁七書記歸朝》：「憶年十五在江湄，聞説平涼且半疑。」自注：「時袁生作僧，蕃人呼爲阿師。」即謂袁同直。《元和姓纂》卷四「襄陽袁氏」：「膳部郎中同直。」蓋同直後歸朝，元和七年復仕至郎中。

〔七〕竇常：見前「劉禹錫竇常王承弁相代爲夔州」條。《舊唐書·竇常傳》：「大曆十四年登進士第，居廣陵之柳楊，結廬種樹，不求苟進，以講學著書爲事，凡二十年不出。貞元十四年，鎮州節度使王武俊聞其賢，遣人致聘，辟爲掌書記，不就。其年，杜佑鎮淮南，奏授校書郎，爲節度參謀。」自大曆十四年（七七九）至貞元十四年（七九八）首尾二十年。

〔八〕奚某：《紀事》作「奚陟」，陟字殷卿，貞元中官至中書舍人、刑吏二部侍郎，《舊唐書》卷一四九、《新唐書》卷一六四有傳。其事未詳，蓋因陟官高，故晦其名及事。六差：即六異。《敦煌變文字義通釋》：「差、嗟、叉、衩：奇異。《妙法蓮華經·講經文》：「今朝採果來遲，只爲逢於差事。路上逢個師子，威德甚是希奇，忽然口發人言，説卻多般事意。」」

〔九〕薛某給事：名未詳。桑道茂：大曆中術士，以善太一遁甲五行災異之説待詔翰林，《舊唐書》卷一九一、《新唐書》卷二〇四有傳。

苗粲苗纘父子

苗粲之子纘應舉，而粲以中風語澀，而心緒至切。〔一〕臨試，又疾亟。纘乃爲狀，請許入試否。粲猶能把筆，淡墨爲書曰：「入！入！」其父子之情切如此。其年纘及第。（《太平廣記》卷一八〇引《嘉話録》）

【校注】

〔一〕苗粲：肅宗朝宰相苗晉卿子，德宗朝官至郎中，附見《新唐書》卷一四〇《苗晉卿傳》。《新唐書·宰相世系五上》「苗氏」：「粲，給事中。」又有苗纘，但列爲粲弟苗昌之子。二「粲」字，《唐語林》卷四均作「給事」，下同。心緒：《語林》作「心中」，羅本校謂當作「心纘」。

鄭珣瑜知銓〔一〕

劉禹錫曰〔二〕：「宣平鄭相之銓衡也，選人相賀得入其銓。」〔三〕劉禹錫曰：「予從弟某在鄭銓，注潮州一尉，一唱便受之，亦無五六人。〔五〕此而不奬，何以銓衡！唱唯唯而出。〔四〕鄭呼之卻回，曰：『如公所試，場中無五六人，公要何官，去家穩便？』曰：『家住常州。』〔六〕乃注武進縣尉，〔七〕選人翕然，畏而愛之。及後作相，選官又稱第一，〔八〕宜其有後於魯也。」〔九〕又云〔一〇〕：「陳諷、張復元各注畿縣尉，〔一一〕請換縣，允之。既而張卻請不換，鄭榜了，引張纔入門，已定不可改。〔一二〕時人服之。」（《太平廣記》卷一八六引《嘉話録》）

【校注】

〔一〕《廣記》原題「鄭餘慶」，誤，今改擬此題，參後。

〔二〕劉禹錫曰：原文當作「公曰」或「劉公曰」，此經《廣記》編者改寫，後同。

〔三〕宣平：長安坊里名，在朱雀門東第三街從北第八坊。鄭相：《廣記》謂鄭餘慶，故標題即作鄭餘慶。按餘慶字居業，滎陽人，相德宗、憲宗，《舊唐書》卷一五八、《新唐書》卷一六五有傳。然《因話録》卷二云：「司徒鄭真（貞）公……與其宗叔太子太傅絪俱住招（昭）國，太傅第在南，司徒第在北，時人謂之『南鄭相』、『北鄭相』。」貞公即鄭餘慶，卒謚貞。故《唐兩京城坊考》卷三昭國坊有鄭絪宅及鄭餘慶宅。餘慶當爲「昭國鄭相」而非「宣平鄭相」。德宗朝鄭姓宰相尚有鄭珣瑜，字元伯，有子鄭覃、鄭朗，《新唐書》卷一六五有傳。宋敏求《長安志》謂宣平坊有「太子太師鄭朗宅」，《東觀奏記》稱鄭朗「自中書歸宣平里私第」，故「宣平鄭相」當指鄭珣瑜。銓衡：掌吏部銓選。《舊唐書·鄭珣瑜傳》：「四遷吏部侍郎。爲河南尹。……復以吏部侍郎召，進門下侍郎，同中書門下平章事。……（李）實方幸，依違以免。順宗立，即遷吏部尚書。」

〔四〕湖州：今屬廣東省，《廣記》作「湖州」，據《唐語林》卷一改。湖州與常州相鄰，去家「穩便」，毋需改擬。一唱唯唯：《廣記》作「唱唯」，據《語林》補。

〔五〕亦無五六人：《廣記》無此五字，據《語林》增。《新唐書·選舉志下》載吏部銓選之法：「六品以下始集而試，觀其書、判；已試而銓，察其身、言；已銓而注，詢其便利而擬；已注而唱，不厭者得反通其辭，三唱而不厭，聽冬集。」

〔六〕常州：今屬江蘇省。

〔七〕武進：常州屬縣。「尉」字《廣記》無，據《語林》增。

〔八〕選官：《廣記》作「過官」，據《語林》改。

〔九〕宜：《廣記》無此字，據《語林》補。有後於魯：《左傳·桓公二年》：「臧孫達其有後於魯乎，君違，不忘諫之以德。」注：「僖伯諫隱觀魚，其子哀伯諫桓納鼎。積善之家，必有餘慶。」此指鄭珣瑜相德宗，其子鄭覃相文宗、鄭朗相宣宗事，均見兩《唐書》本傳。

〔一〇〕「又云」以下，《語林》別爲一條。

〔一一〕陳諷：貞元十年進士，歷監察御史、倉部員外郎、金部司勛吏部郎中，見《唐郎官石柱題名考》卷三及岑仲勉《郎官石柱題名新著録》。張復元：貞元九年與劉禹錫同榜進士（見《登科記考》卷一三），官正字（見卷一《揚州春夜（略）》注）。

〔一二〕榜了：《語林》作「榜子」。《語林》「已定」上有「報」字。

李紓　獨孤及〔一〕

元相載用李紓侍郎知制誥，〔二〕元敗，欲出官，王相縉曰：「且留作誥。」〔三〕待發遣諸人盡，始出爲婺州刺史。〔四〕又曰：獨孤及求知制誥，〔五〕試見元載，元知其所欲，迎謂曰：〔六〕「知制誥阿誰堪？」及心知不我與而與他也，乃薦李紓。時楊炎在閣下，〔七〕忌及之來。故元阻之，乃二人力也。（《太平廣記》卷一八七引《嘉話録》）

【校注】

〔一〕此條《廣記》原題作「獨孤及」，録「獨孤及求知制誥」以下文字。今據《唐語林》卷五補入條首「元相載……又曰」三十九字，改題爲「李紓獨孤及」。

〔二〕元載：見前「元載妻王氏」條。李紓：字仲舒，《舊唐書》卷一三七、《新唐書》卷一六一有傳。《舊唐書》本傳：「大曆初，吏部侍郎李季卿薦爲左補闕，累遷司封員外郎、知制誥，改中書舍人。」

〔三〕王縉：見前「王縉夜醮」條。元載、王縉大曆十二年同時下獄，元載賜死，王縉貶官，故無留李紓「作誥」之可能，此當誤傳。

〔四〕婺州：州治在今浙江省金華市。劉長卿有《奉和趙給事使君留贈李婺州舍人兼謝舍人別駕之什》詩，皎然有《贈李舍人使君書》，李舍人均爲李紓。

〔五〕獨孤及：字至之，《新唐書》卷一六二有傳。

〔六〕謂曰：《語林》「謂」上有「常州」二字。《舊唐書·獨孤郁傳》：「父及，天寶末與李華、蕭穎士等齊名，善爲文，所著《仙掌銘》大爲時流所賞。位終常州刺史。」

〔七〕楊炎：見前「常衮楊綰拜相」條注。

吕温不把麻

通事舍人宣詔，舊命拾遺團句把麻者，蓋謁者不知書，多失句度，故用拾遺低聲摘句以助之。〔一〕及吕温爲拾遺，〔二〕被喚把麻，不肯去，遂成故事。拾遺不把麻者，自吕始也。時柳宗元戲吕云：「幸識一文半字，何不與他把也。」（《太平廣記》卷一八七、《近事會元》卷二引《嘉話録》）

【校注】

〔一〕通事舍人：《唐六典》卷九中書省：「通事舍人十六人，從六品上。通事舍人掌朝見引納及辭謝者於殿庭通奏。」注：「通事舍人即秦之謁者。」舊命：《會元》作「舊例」。團句：猶圈句，斷句。把麻：持詔。詔書以黄麻或白麻紙書寫，故曰把麻。句度：《會元》作「句讀」。低聲摘句：《廣記》作「低摘聲句」，據《會元》改。

〔二〕呂温：字化光，一字和叔，《舊唐書》卷一三七、《新唐書》卷一六〇有傳。《舊唐書》本傳：「起家再命拜左拾遺。（貞元）二十年冬，副工部侍郎張薦爲入吐蕃使。」

韋渠牟〔一〕

貞元末，太府卿韋渠牟、金吾李齊運、度支裴延齡、京兆尹嗣道王實，皆承恩寵，薦人多得名位。〔二〕時劉師老、穆寂皆應科目，〔三〕渠牟主持穆寂，齊運主持師老。會齊運朝對，上嗟其羸弱，許其致政，〔四〕而師老失授。故無名子曰：「太府朝天昇穆老，尚書倒地落劉師。」劉禹錫曰：「名場嶮巇如此〔五〕！」又渠牟因對德宗，德宗問之曰：「我擬用鄭絪作宰相，〔六〕如何？」渠牟曰：「若用此人，必敗陛下公事。」他日又問，對亦如此。帝曰：「我用鄭絪定也，卿勿更言。」絪即昭國司徒公也。〔七〕再入相位，〔八〕以清儉文學號爲賢相，於今傳之。渠牟之毁，濫也。（《太平廣記》卷一八八引《嘉話録》）

【校注】

〔一〕本條劉師老、穆寂應科目事，又見《詩話總龜》前集卷三八「譏誚門」、《唐詩紀事》卷四八，均云出《古今詩話》；又見《唐宋名賢分門詩話》卷三，未紀出處。

〔二〕韋渠牟：見前「李泌韋渠牟」條注。權德輿《唐故太常卿贈刑部尚書韋公（渠牟）墓誌銘》：「十二年夏……拜秘書郎。……歲中歷右補闕、左諫議大夫。……問一歲，遷太府卿，錫以命服。又問一歲，遷太常卿。」《舊唐書・韋渠牟傳》：「陸贄免相後，上躬親庶政，不復委成宰相……所狎而取信者裴延齡、李齊運、王紹、李實、韋執誼洎渠牟，皆權傾相府。延齡、李實，奸欺多端，甚傷國體；紹無所發明；而渠牟名素輕，頗張恩勢以招趨向者，門庭填委。茅山處士崔芊徵至闕下，鄭隨自山人再至補闕，馮伉自醴泉令爲給事中、皇太子侍讀，皆渠牟延薦之。」李齊運：蔣王惲孫，《舊唐書》卷一三五、《新唐書》卷一六七有傳。《舊唐書》本傳云：「尋正拜禮部尚書，兼殿中監使如故。其後十餘歲，宰臣内殿對後，齊運常次進，貢其計慮，以決群議。齊運無學術，不知大體，但甘言取信而已。薦李錡爲浙西觀察使，受賂數十萬計。舉李詞爲湖州刺史，既而邑人告其贓犯。上以齊運故，不問而遣之。」裴延齡：《舊唐書》卷一三五、《新唐書》卷一六七有傳。《舊唐書》本傳云：「貞元八年，班宏卒，以延齡守本官，權領度支。……其年，遷户部侍郎、判度支。……延齡既鋭意以苛刻剥下附上爲功，每奏對際，皆恣騁詭怪虚妄，他人莫敢言者。」嗣道王實：李實，道王元慶玄孫，貞元十九年爲京兆尹，封嗣道王，《舊唐書》卷一三五、《新唐書》卷一六七有傳。《舊唐書》本傳云：「自爲京尹，恃寵强愎，不顧文法，人皆側目。二十年春夏旱，關中大歉，實爲政猛暴，方務聚斂進奉，以固恩寵，百姓所訴，一不介意。……京師無不切齒以怒實。」恩寵：《廣記》作「恩寵事」，據《名賢詩話》、《總龜》、《紀事》删「事」字。

〔三〕劉師老：《元和姓纂》卷五「彭城劉氏」：「灣，職方郎中，生師老。」師老曾佐劉悟幕，爲侍御史内供奉，歸朝，任右司郎中，見元稹《劉師老授右司郎中制》。穆寂：《元和姓纂》卷一〇「河南穆氏」：「昌生寂，著作佐郎。」《登科記考》卷一三據《永樂大典》引《瑞陽志》，穆寂爲貞元九年進士。寂既於九年登進士第，此所云「應科目」乃指應制舉而言。

〔四〕致政：按《舊唐書·李齊運傳》：「齊運被疾，歲餘不能朝請，朝廷除授，往往降中人就宅咨決。」《新傳》略同，似無致仕之事。

〔五〕劉禹錫曰名場嶮巇如此：十字《廣記》原無，據《名賢詩話》、《總龜》補；嶮巇，《紀事》作「巇嶮」。

〔六〕鄭絪：字文明，《舊唐書》卷一五九、《新唐書》卷一六五有傳。

〔七〕昭國：長安坊名。鄭絪居昭國坊，見前「鄭珣瑜知銓」條注。

〔八〕再入：疑當作「後入」。據兩《唐書》本傳及《新唐書·宰相表》，絪永貞元年十二月拜相，元和四年二月罷爲太子賓客，無再相之事。

韋延祐

韋延祐圍棋，〔一〕與李士秀敵手。士秀惜其名，不肯先，寧輸延祐籌，終饒兩路。延祐本應明經舉，道過大梁，其護戎知其善棋，表進之。〔二〕遂因言江淮足棋人，就中弈棋明經者多

解。（《太平廣記》卷二二八引《嘉話録》）

【校注】

〔一〕韋延祐：《國史補》卷下：「圍棋次於長行，其工者近有韋延祐、楊芃首出。」《唐語林》卷八：「圍棋次於長行，其中世工者，韋延邕、楊芃。」韋延邕、韋延祐，當爲一人。疑「祐」本當作「祜」，形近而訛，涉音近則訛作「邕」。

〔二〕大梁：即汴州，今河南開封。護戎：監軍，中唐以宦官爲之。

長行

貞元中，有杜勸好長行，〔一〕皆有佳名，各記有。〔二〕（《太平廣記》卷二二八引《嘉話録》）

【校注】

〔一〕杜勸：未詳。長行：博戲之一種。《國史補》卷下：「今之博戲，有長行最盛。其具有局有子，子有黄黑各十五，擲采之骰有二。其法生於握槊，變於雙陸。」

〔二〕各記有：「有」下當有脱誤。按《廣記》「各記有」下原緊接「輕紗」條，合爲一條，題爲「雜戲」，然所述二事，義不連屬，今析爲二條，並改標題。

輕紗〔一〕

輕紗，〔二〕夏中用者名爲「冷子」，〔三〕取其似蕉葛之輕健而名之。〔四〕（《太平廣記》卷二一八引《嘉話録》）

【校注】

〔一〕《廣記》本條原緊連上條之後，爲一條。今依《唐語林》卷八析出，並擬題。參見前條。

〔二〕紗：《廣記》作「妙」，據《語林》改。

〔三〕《廣記》無「名」字，據《語林》補。

〔四〕蕉葛：《語林》作「蕉葉」。

杜佑戒穆贊

劉禹錫言〔一〕：司徒杜公佑視穆贊也，〔二〕如故人子弟。佑見贊爲臺丞，〔三〕數彈劾，因事戒之曰：「僕有一言，爲大郎久計，〔四〕他日少樹敵爲佳。」穆深納之，由是霽威也。〔五〕（《太平廣記》卷二三五引《嘉話録》）

【校注】

〔一〕劉禹錫言：四字當經《廣記》編者改寫。

〔二〕杜佑：見前「杜佑自污」條注。穆贊：字相明，穆寧之子，《舊唐書》卷一五五、《新唐書》卷一六三有傳。

〔三〕臺丞：御史中丞。《舊唐書·穆贊傳》：「（竇）參敗，徵拜刑部郎中。因次對，德宗嘉其才，擢爲御史中丞。時裴延齡判度支，以姦巧承恩。屬吏有贓犯，贊鞫理承伏，延齡請曲法出之，贊三執不許，以款狀聞。延齡誣贊不平，貶饒州别駕。」

〔四〕大郎：據《舊唐書·穆寧傳》，寧四子，贊、質、員、賞，故贊行大。

〔五〕霽威也：《南部新書》辛卷作「少霽其口」。

崔清

唐崔清除濠州刺史，替李遜。〔一〕清辭户部侍郎李巽，〔二〕留坐與語。清指謂所替李遜曰：「清都不知李遜渾不解官。」再三言之，〔三〕巽曰：「李巽即可在，〔四〕只是獨不稱公意。」清稍悟之，慚顧而去。（《太平廣記》卷二四二引《嘉話録》）

【校注】

〔一〕句首「唐」字當爲《廣記》編者所加。崔清：《新唐書·宰相世系二下》博陵安平崔氏第二房：

「清，户部郎中。」白居易《崔清晉州刺史制》：「左司郎中崔清，以才良行敏，補尚書郎。……頃嘗爲郡，亦聞有政。……可晉州刺史。」李遜：字有道，《舊唐書》卷一五五、《新唐書》卷一六二有傳。《舊唐書·李遜傳》云：「累拜池、濠二州刺史。」

〔二〕李巽：字令叔，《舊唐書》卷一二三、《新唐書》卷一四九有傳。據兩《唐書》本傳及權德輿《唐故銀青光禄大夫守吏部尚書（略）李公（巽）墓誌銘》，李巽未歷户部侍郎，僅爲户部郎中、兵部侍郎，疑「户」爲「兵」之誤。

〔三〕再三言之：羅本校云「疑有脱誤」。按遜、巽同音，崔清於李巽前徑稱李遜，觸犯巽官諱，巽因不答，崔不悟，故再三言之。此文理甚明，不誤。

〔四〕在：羅本校云「疑當作任」。

杜佑　楊茂卿

唐楊茂卿客游揚州，與杜佑書，詞多捭闔，以周公吐握之事爲諷，佑訝之。〔一〕時劉禹錫在坐，〔二〕亦使召楊至，共飲。佑持茂卿書與禹錫曰：「請文人一爲讀之。」既畢，佑曰：「如何？」禹錫曰：「大凡布衣之士皆須擺闔以動尊貴之心。」佑曰：「休休！ 擺闔之事爛也。獨不見王舍乎，擺闔陳少游，少游刎其頸。〔三〕今我與公飯喫，過猶不及也。」翌日，楊不辭

而去。(《太平廣記》卷二四四引《嘉話録》)

【校注】

〔一〕句首「唐」字當爲《廣記》編者所加。楊茂卿：《新唐書·李甘傳》載甘與河南尹書：「執事之部孝童楊牢，父茂卿，從田氏府，趙軍反，殺田氏，茂卿死。」《千唐誌齋藏誌》一一一五《楊牢墓誌》：「皇考諱茂卿，字士蕤，元和六年登進士科。天不福文，故位不稱德，止於監察御史，仍帶職賓諸侯。」按楊茂卿元和八年佐魏博田弘正幕，見沈亞之《魏滑分河録》，後當復以監察御史參田弘正鎮州幕，元和十五年田弘正遇害，茂卿亦被殺。杜佑：已見前「杜佑自污」條注。杜佑貞元五年至十九年爲淮南節度使，在揚州，見《唐刺史考》。捭闔：猶分合，指戰國策士分化、拉攏的游説之術。周公：周公旦。《史記·魯周公世家》：「周公戒伯禽曰：『我文王之子，武王之弟，成王之叔父，我於天下亦不賤矣。然我一沐三捉髮，一飯三吐哺，起以待士，猶恐失天下之賢人。』」

〔二〕劉禹錫：此直呼其名，當經《廣記》編者改寫，下禹錫同。

〔三〕擺闔：猶捭闔。陳少游：《舊唐書》卷一二六、《新唐書》卷二二四上有傳。據《舊唐書》本傳，少游大曆中歷宣歙觀察使，浙東、淮南二節度使，「徵求貿易，且無虚日，斂積財寶，累巨億萬，多賂遺權貴，視文雅清流之士，蔑如也」；其殺王舍事未詳。

劉禹錫替高霞寓

唐劉禹錫牧連州，替高霞寓，寓後入爲羽林將軍，自京附書曰：「以承眷，輒舉自代矣。」〔一〕劉答書云〔二〕：「奉感，然有一話。〔三〕曾有老嫗，山行見大蟲，〔四〕羸然跬步而不進，若傷其足。嫗目之，〔五〕而虎遂自舉足以示嫗，乃有芒刺在掌，〔六〕因爲拔之。俄奮迅闞吼，别嫗而去，似愧其恩者。〔七〕及歸，翌日，自外擲麋鹿狐兔於庭，日無闕焉。〔八〕嫗登垣視之，乃前傷虎也。因爲親族具言其事，而心異之。一旦，忽擲一死人，血肉狼藉，嫗乃被村胥訶捕，〔九〕云殺人。〔一〇〕嫗具説其由，始得釋縛。嫗乃登垣，伺其虎至而語曰：『感矣，叩頭大王，已後更莫抛死人來也。〔一一〕』」（《太平廣記》卷二五一引《嘉話録》）

【校注】

〔一〕唐劉禹錫：四字當經《廣記》編者改寫。此條事又見《唐語林》卷六、《侯鯖録》卷六，未注出處。高霞寓：《廣記》無「霞」字，據《語林》、《侯鯖録》增。霞寓《舊唐書》卷一六二、《新唐書》卷一四一有傳，未載其守連州事。《舊唐書·憲宗紀下》：「（元和十年十月）以右羽林將軍高霞寓爲唐州刺史，充唐隨鄧節度使。」劉禹錫元和十年三月爲連州刺史，六月至任，高霞寓或於是時被代爲羽林將軍。入爲：《廣記》無「爲」字，據《語林》、《侯鯖録》增。

〔二〕劉答書云：《語林》作「公曰」，近原書口吻。

〔三〕奉感：《廣記》無此二字，據《侯鯖録》增。然：《廣記》作「昔」，據《語林》改。

〔四〕見大蟲：《語林》作「見一獸如大蟲」。

〔五〕目之：《語林》、《侯鯖録》作「因即之」。

〔六〕乃有：《語林》、《侯鯖録》「乃」上有「嫗看之」三字。

〔七〕似愧其恩者：《廣記》作「而愧其恩」，據《語林》改補。

〔八〕及歸翌日：四字《廣記》無，據《語林》補。自外：《廣記》作「自後」，據《語林》、《侯鯖録》改。

〔九〕村胥：《語林》作「村人兇者」。

〔一〇〕云殺人：《廣記》無此三字，據《語林》補，《侯鯖録》作「稱云殺人」。

〔一一〕拋死人：《語林》、《侯鯖録》無「死」字。

袁德師買婁師德園〔一〕

唐汝南袁德師，故給事高之子。〔二〕嘗於東都買得婁師德故園地，〔三〕起書樓，洛人語曰：「昔日婁師德園，今乃袁德師樓。」（《太平廣記》卷二五一）

【校注】

〔一〕《廣記》本條題原作「袁德師」，文末注云：「原闕出處，明鈔本作『出《嘉話録》』。」今據輯，並改擬標題。

〔二〕袁德師、袁高：見前「袁德師諱糕」條。

〔三〕婁師德：字宗仁，相武后，《舊唐書》卷九三、《新唐書》卷一〇八有傳。師德在東都擇善坊有宅，見《唐兩京城坊考》卷五。

崔護毀苗登

唐劉禹錫云〔一〕：崔護不登科，怒其考官苗登，即崔之三從舅也。〔二〕乃私試爲判頭毀其舅，曰：「甲背有猪皮之異。人問曰，何不去之？有所受。」其判曰：「曹人之坦重耳，駢脅再觀〔三〕；相里之剥苗登，〔四〕猪皮斯見。」初登爲東畿尉，〔五〕相里造爲尹，曾欲笞之，袒其背，有猪毛長數寸。〔六〕故又曰：「當偃兵之時，則隧而無用；在穴食之日，則摇而有求。」皆言其尾也。（《太平廣記》卷二五五引《嘉話録》）

【校注】

〔一〕唐劉禹錫云：五字當經《廣記》編者改寫。

〔二〕崔護：字殷功，見《新唐書·宰相世系二下》。《唐詩紀事》卷四〇：「護字殷功，貞元十二年登第，終嶺南節度使。」岑仲勉《郎官石柱題名新著録》司勛郎中、户部郎中均有崔護名。《唐會要》卷七六：元和元年才識兼茂明於體用科，崔護及第。《舊唐書・文宗紀上》：大和三年七月「丁酉，以京兆尹崔護爲御史大夫、嶺南節度使」。苗登：未詳。

〔三〕坦：疑當作「袒」。重耳：見前《韋絢序》注。《左傳・僖公二十三年》：「（重耳出亡）及曹，曹共公聞其駢脅，欲觀其裸。浴，薄而觀之。」

〔四〕相里：相里造，字公度，曾爲侍御史（見李華《卧疾舟中相里范二侍御先行贈别序》，獨孤及《李華中集序》稱此序爲《别相里造范倫序》），大曆三年爲户部郎中（見《舊唐書・魚朝恩傳》），歷江、杭二州刺史，終官河南少尹，贈禮部侍郎（見獨孤及《祭相里造文》）。

〔五〕東畿尉：東都洛陽所在地河南府轄縣縣尉。

〔六〕猪毛：疑當作「猪尾」。《廣記》原校：「明鈔本『猪』作『志』，當作『痣』」。

慈恩塔題名

唐柳宗元與劉禹錫同年及第，題名於慈恩塔。〔一〕談元茂秉筆。〔二〕時不欲名字著彰，曰：「押縫版子上者，率多不達，或即不久物故。」柳起草，暗斟酌之。張復元以下，馬徵、鄧文佐名盡著版子矣。〔三〕題名皆以姓望，而幸南容人莫知之。〔四〕元茂閣筆曰：「請幸先輩言其族望。」幸君適在他處。柳曰：「東海人。」〔五〕元茂曰：「爭得知？」柳曰：「東海之大，無所不容。」俄而幸至，人問其望，曰：「渤海。」〔六〕衆大笑。慈恩題名起自張莒，〔七〕本於寺中閒游而題其同年，人因爲故事。（《太平廣記》卷二五六引《嘉話録》）

【校注】

〔一〕此句有「唐」及「劉禹錫」字樣，當經《廣記》編者改寫。劉、柳貞元九年同年進士，見《登科記考》卷一三。慈恩塔：長安慈恩寺塔，即今西安大雁塔。

〔二〕談元茂：當亦是貞元九年進士，餘未詳。

〔三〕張復元：《廣記》奪「元」字，徑補。張復元、馬徵、鄧文佐均爲貞元九年進士，見《登科記考》卷一三。柳宗元《唐故嶺南經略副使御史馬君墓誌》：「嗣子隴西李氏出，曰徵，由進士爲右衛胄曹，早殁。」

〔四〕幸南容：原作「辛南容」，徑改，下同。《柳河東集》卷二二《送幸南容歸使聯句詩序》：「渤海幸君，既登太常之籍，又膺邯鄲之召。」舊注：「南容，洪州人。」渤海爲其族望。

〔五〕東海：郡名，即海州，今江蘇連雲港。

〔六〕渤海：郡名，即滄州，今屬河北。

〔七〕張莒：柳宗元《先君石表陰先友記》：「張莒，常山人。」舊注：「大曆九年進士。」爲知雜御史，見《御史臺精舍碑》碑陰額題名。《唐摭言》卷三：「進士題名自神龍之後，過關宴後，率皆期集於慈恩塔下題名。」《南部新書》卷二：「韋肇初及第，偶於慈恩寺塔下題名，後進慕效之，遂成故事。」諸説不同。

常愿本色語

唐劉禹錫云〔一〕：「貞元中，武臣常愿好作本色語。〔二〕曾謂余曰：『昔在奉天爲行營都虞候，〔三〕聖人門都有幾個賢郎？』他悉如此。且曰：『奉天城斗許大，更被朱泚喫兵馬楦，危如累鷄子。〔四〕今抛向南衙，被公措大偉齕鄧鄧把將他官職去！』〔五〕至永貞初，禹錫爲御史監察，見常愿攝事在焉，因謂之曰：『更敢道紇鄧否？〔六〕』曰：『死罪！死罪！』」

（《太平廣記》卷二六〇引《嘉話録》）

【校注】

〔一〕唐劉禹錫云：此當經《廣記》編者改寫。

〔二〕常愿：未詳。《舊唐書·德宗順宗諸子傳》：建中三年，李希烈叛，以舒王李誼爲諸軍行營兵馬元帥，「前秘書省著作郎常愿爲秘書少監，並充元帥府押衙」。此當别是一常愿，故此云「武臣常愿」。

〔三〕奉天：京兆府屬縣。建中四年，朱泚反，德宗奔奉天。

〔四〕朱泚：見前「崔造」條注。楦：同援，籬笆，借指圍困。《舊唐書·德宗紀上》：「（建中四年十月）戊申，至奉天。……邠寧節度使韓游瓌與論惟明率兵三千至，纔入奉天，賊軍亦至。……賊自丁未攻城，至己巳二十餘日，矢石不絶。……（十一月）賊由是攻城愈急，矢石雨下，死傷者衆，人心危蹙，上與渾瑊對泣。朱泚據乾陵作樂，下瞰城中，詞多侮慢。戊子，賊造雲橋，攻東北隅……城中憂恐，相顧失色。」

〔五〕南衙：指尚書、中書、門下省等官署，在長安宫城之南。措大：指貧困寒酸的讀書人。偉：唐代方言。唐本引樓鑰《攻媿集》卷七二《跋姜氏上梁文稿》：「所謂『兒郎偉』者，猶言『兒郎懣』，蓋呼而告之，此關中方言也。」跋云：措大偉，「猶言措大輩也」。偉、懣，即「們」。二句大意謂過去在奉天，朱泚兵馬圍城，十分危急，軍將喫盡苦頭，官職卻全被臺省的文官佔去。

〔六〕紇鄧：即齕鄧。紇、齕音同，記録口語，本無定字。

劉士榮

唐于頔之鎮襄陽也，朝廷姑息，除其子方爲太常丞。〔一〕頔讓之，表曰：「劉玄佐兒士榮以佐之功，〔二〕先朝爲太常丞。時臣與士榮同登朝列，見其凡劣，實鄙之。今臣功名不如玄佐，男某凡劣，不若士榮，若授此爵，更爲叨忝。」德宗令將其表宣示百僚，時士榮爲南衙將軍，目睹其表。有渾鐻者，鎬之客也。〔三〕時鎬宴客飲酒，更爲令曰：「徵近日凡劣，不得

即雨。」〔四〕鏤曰：「劉士榮。」鎬曰：「于方。」鎬謂席人曰：「諸公並須精除。」（《太平廣記》卷二六〇引《嘉話録》）

【校注】

〔一〕文首「唐」字當爲《廣記》編者所加。于頔：字允元，《舊唐書》卷一五六、《新唐書》卷一七二有傳。《舊唐書》本傳云：「貞元十四年，爲襄州刺史、充山南東道節度觀察。……因請昇襄州爲大都督府，府比鄆、魏。時德宗方姑息方鎮，聞頔事狀，亦無可奈何，但允順而已。頔奏請無不從，於是公然聚斂，恣意虐殺，專以淩上威下爲務。……俄而不奉詔旨，擅總兵據南陽，朝廷幾爲之旰食。及憲宗即位，威肅四方，頔稍戒懼。以第四子季友求尚主，憲宗以長女永昌公主降焉。其第二子方屢諷其父歸朝，入覲，册拜司空、平章事。」方元和中官秘書丞，坐弟敏停官，長慶中復至和王傅，坐事誅，附見《于頔傳》。其爲太常丞事未詳。《唐代墓誌匯編》元和〇〇八《唐裴氏子墓誌銘》，「秘書省校書郎于方撰」。其授太常丞當在元和中。

〔二〕劉玄佐：本名洽，從軍，興元中，大敗李希烈，率軍收汴州，「詔加汴宋節度。無幾，授本管及陳州諸軍行營都統，賜名玄佐」，《舊唐書》卷一四五、《新唐書》卷九〇有傳。士榮：未詳。《舊唐書·劉玄佐傳》載其子士寧，又有養子士幹、士朝，未及士榮。

〔三〕渾鏤：未詳；下云鎬，疑鏤亦爲鎬兄弟行。鎬之客也：「鎬」原作「錫」，按下文云「鎬」宴客，故「錫」爲「鎬」之形誤，據改。鎬，即渾鎬，名將渾瑊之子。權德輿《故朔方河中晉絳邠寧慶等州兵馬副元帥（略）渾公神道碑銘》：「有子五人，曰殿中少監鍊，太子中允鎬，太子司議郎鉅，櫟陽尉鋼，雲陽尉鐬。」劉禹錫與渾家過從甚密，貞元末曾客其家，有《渾侍中宅牡丹》詩，又有《傷循州渾尚書（鎬）》、《送渾大夫（鐬）赴豐州》等詩。

〔四〕即雨：疑當作「即飲」。

竇群知廚

唐竇群與袁德師同在浙西幕，〔一〕竇群知廚，〔二〕嘗嗔堂子曰：「須送伯禽。」〔三〕問德師曰：「會否？」曰：「某乙亦不到如此，也還曾把書讀，何乃相輕？」詰之：「且伯禽何人？」德師曰：「只是古之堂子也。」滿座大哂。（《太平廣記》卷二六〇引《嘉話録》）

【校注】

〔一〕文首「唐」字當爲《廣記》編者所加。竇群：字丹列，竇常之弟，元和中官至御史中丞、容管經略使，《舊唐書》卷一五五、《新唐書》卷一七五有傳。袁德師：見前「袁德師諱糕」條。浙西：唐方鎮名，治所在潤州，今江蘇鎮江市。竇、袁參浙西幕事未詳。此疑指浙江西道所轄常州，袁德師嘗爲常州軍事判官，竇群曾長期隱居常州，見《舊唐書》本傳。

〔二〕廚：《廣記》作「尉」，校云「明鈔本『尉』作『廚』」，據改。古有監廚之事。《魏書·刁沖傳》：

「於時學制，學生悉日直監廚。」

〔三〕伯禽：唐蘭校云：「伯禽名鯉，諧『理』，或『李』，指司法也。」按孔子子孔鯉，字伯魚，伯禽乃周公子，唐説未安。文中「堂子」、「伯禽」當是廋辭隱語，其義未詳。

劉孝綽輕薄〔一〕

梁劉孝綽輕薄到洽，〔二〕洽本灌園者，洽謂孝綽曰：「某宅東家有好地，擬買，被本主不肯，何計得之？」孝綽曰：「卿何不多輦其糞置其墉下以苦之。」洽怨恨，孝綽竟被傷害。〔三〕

（《太平廣記》卷二六五）

【校注】

〔一〕《廣記》此條題爲「劉孝綽」，正文摘引《梁書·劉孝綽傳》，附録此條，注云：「出《嘉話録》，據談氏初印本附録。」今據以輯入，並擬標題。

〔二〕劉孝綽：《梁書》卷三三、《南史》卷三九有傳。到洽：《梁書》卷二七、《南史》卷二五有傳。

〔三〕《南史·劉孝綽傳》：「初，孝綽與到溉兄弟甚狎。溉少孤，宅近僧寺，孝綽往溉許，適見黄卧具，孝綽謂僧物色也，撫手笑。溉知其旨，奮拳擊之，傷口而去。又與洽同游東宫，孝綽自以才優於洽，每於宴坐嗤鄙其文，洽深銜之。及孝綽爲廷尉，攜妾入廷尉，其母猶停私宅。洽尋爲御史中丞，遣令史劾奏之，云『攜少姝於華省，棄老母於下宅』。武帝爲隱其惡，改『姝』字爲

『妹』。孝綽坐免官。」

八陣圖〔一〕

王武子曾在夔州之西市俯臨江岸沙石，〔二〕下有諸葛亮八陣圖。〔三〕箕張翼舒，鵝形鸛勢，聚石分佈，〔四〕宛然尚存。峽水大時，三蜀雪消之際，澒涌滉瀁，〔五〕可勝道哉！大樹十圍，枯槎百丈，破磑巨石，隨波塞川而下，水與岸齊，雷奔山裂，〔六〕則聚石爲堆者，斷可知也。及乎水落川平，萬物皆失故態，惟諸葛陣圖小石之堆，標聚行列依然，如是者僅已六七百年。年年淘灑推激，迨今不動。劉禹錫曰〔七〕：是諸葛公誠明，一心爲先主效死。況此法出《六韜》，〔八〕是太公上智之材所構。自有此法，惟孔明行之，所以神明保持，一定而不可改也。東晉桓温征蜀過此，〔九〕曰：「此常山蛇陣，擊頭則尾應，擊尾則頭應，擊其中則頭尾皆應。」常山者，地名。其蛇兩頭，出於常山，其陣適類其蛇之兩頭，故名之也。温遂勒銘曰：「望古識其真，臨源愛往跡。恐君遺事節，聊下南山石。」（《太平廣記》卷三七四引《嘉話録》）

【校注】

〔一〕《廣記》引《嘉話録》，至「迨今不動」而止，題作「八陣圖」。《唐語林》卷二所載文字較多，但未載出處。今據《廣記》録文，以《語林》校補。

〔二〕武子：晉王濟字，《晉書》卷四二有傳。「王武子」句：《廣記》作「夔州西市俯臨江岸」，據《語林》補「王武」等八字。

〔三〕下有：《語林》作「下看」。

〔四〕聚：《廣記》作「象」，據《語林》改。

〔五〕滉瀁：《廣記》作「混瀁」，據《語林》改。

〔六〕雷奔山裂：《廣記》作「人奔山上」，據《語林》改。

〔七〕劉禹錫曰：此當經《語林》編者改寫。此下文字《廣記》所無，據《語林》録。

〔八〕《六韜》：古兵書名，相傳爲太公望所作。《隋書·經籍志三》：「《太公六韜》五卷。」注：「周文王師姜望撰。」

〔九〕桓温：字元子，《晉書》卷九八《桓温傳》云：「温志在立勛於蜀，永和二年，率衆西伐。……初，諸葛亮造八陣圖於魚復平沙之上，壘石爲八行，行相去二丈。温見之，謂：『此常山蛇勢也。』文武皆莫能識之。」

僧道宣〔一〕

唐劉禹錫云〔二〕：道宣持律第一。〔三〕忽一旦，霹靂繞户外不絶，宣曰：「我持律更無所犯，若有宿業，則不知之。」於是褫三衣於户外，謂有蛟螭憑焉。衣出而聲不已。宣乃視其十指甲，有一點如油麻者，在右手小指上，疑之，乃出於隔子孔中，一震而失半指，黑點是蛟龍之藏處也。禹錫曰：「在龍亦尤善求避地之所矣，〔四〕而終不免，則一切分定，豈可逃乎。」（《太平廣記》卷三九三、《分門古今類事》卷一八引《嘉話録》）

【校注】

〔一〕《古今類事》題作「禹錫分定」。此條又見《宣室志》卷七，文同《廣記》，不注出處，疑輯《宣室志》者自《廣記》誤輯入。

〔二〕唐劉禹錫云：五字當經《廣記》編者改寫。下「禹錫」字同。

〔三〕道宣：律僧，貞觀中居長安西明寺，《宋高僧傳》卷一四有傳。傳中載無畏三藏語云：「在天竺時，常聞西明寺宣律師，秉持第一。」傳又載昆明池龍求道宣法力加護事，與此相類。

〔四〕在龍亦尤：《宣室志》作「在龍亦已」，《古今類事》作「斯龍亦可謂」。

脂粉錢

湖南觀察使有夫人脂粉錢者，自顔杲卿妻始之也。〔一〕柳州刺史亦有此錢，是一軍將爲刺史妻致，不亦謬乎。（《太平廣記》卷四九七引《嘉話録》）

【校注】

〔一〕顔杲卿：天寶末爲常山太守，安禄山反，罵賊而死，《舊唐書》卷一八七下、《新唐書》卷一九二有傳。但湖南觀察使之制置在顔杲卿卒後十餘年，必誤。此疑爲「辛京杲」之誤。《新唐書·辛雲京傳》：「從弟京杲……代宗立，封肅國公，遷左金吾衛大將軍，進晉昌郡王，歷湖南觀察使，後爲工部尚書致仕。」《舊唐書·代宗紀》：「（大曆五年五月）癸未，以羽林大將軍辛京杲爲潭州刺史、湖南觀察使。」蓋辛京杲或作辛杲京，「辛」字模糊，與「顔」之偏旁「彦」相類，京、卿音近，後人遂誤改爲「顔杲卿」。

施士匄説毛詩〔一〕

劉禹錫云〔二〕：予嘗與柳八、韓十八詣施士匄聽《毛詩》〔三〕，説「維鵜在梁」〔四〕：「梁，人取魚之梁也。言鵜自合求魚，不合於人梁上取其魚，譬之人自無善事，攘人之美者，如鵜在人之梁。毛注失之矣。」又説：「『山無草木曰岵，所以言『陟彼岵兮』，言無可怙也。〔五〕以岵之無草木，故以譬之。」因言「罘罳」者，復思也，今之板障、屏牆也。天子有外屏，人臣將見，至此復思其所對揚、去就、避忌也。「魏」，大；「闕」，樓觀也。人臣將入，至此則思其遺闕。「桓楹」者，即今之華表也。桓、華聲訛，因呼爲桓。桓，亦丸丸然柱之形狀也。又說：「古碑有孔，今野外見碑有孔，古者於此孔中穿棺以下於墓中耳。〔六〕」又說：「《甘棠》之詩，『勿拜，召伯所憩』。〔七〕拜，言如人身之拜，小低屈也。上言『勿翦』，終言『勿拜』，明召伯漸遠，人思不得見也。毛注『拜猶伐』，〔八〕非也。」又言：「維北有斗，不可挹酒漿。」〔九〕言不得其人也。毛、鄭不注。（《唐語林》卷二「文學」）

【校注】

〔一〕《守山閣叢書》本《唐語林》自此條至後「中正」條，本爲一條，中或稱「劉禹錫云」，或稱「韋絢曰」，均當爲《嘉話録》中文，今本《嘉話録》唯存其中「詩用僻字須有來處」、「五夜」、「石季龍挾彈」三條，餘均佚去，唐本、羅本復據《語林》輯入。今從二本補入，參之其他典籍，分爲若干條，並爲各擬標題。周勛初《唐語林校證》據内容將本條分爲説詩、罘罳、碑、説詩四條。但此文本相連屬，末亦爲説詩，故其中「因言」、「又説」、「又言」者，均謂施士匄所言，今仍併爲一條。《韓昌黎集》卷二四《施先生墓誌》樊注引説「維鵜」、「陟岵」、「甘棠」、「北斗」四則，作《劉公嘉話拾遺》。

〔二〕劉禹錫：當作「劉公」，此爲《語林》編者改寫。

〔三〕予嘗：二字《語林》無，據《韓昌黎集》注引補。柳八：柳宗元，見《唐人行第録》。韓十八：韓愈，劉禹錫有《韓十八侍御見示岳陽樓别竇司直詩（略）》。韓十八，《語林》作「韓七」，據《韓昌黎集》注改。施士匄：即施士丐。韓愈《施先生墓銘》：「貞元十八年十月十一日，太學博士施先生士丐卒。……先生明毛、鄭《詩》，通《春秋左氏傳》，善講説。朝之賢士大夫從而執經考疑者，繼往于門。」《新唐書·儒學下·啖助傳》：「大曆時，（啖）助、（趙）匡、（陸）質以《春秋》，施士匄以《詩》，仲子陵、袁彝、韋彤、韋（裴）茝以《禮》，蔡廣成以《易》，强蒙以《論語》，皆自名其學，而士匄、子陵最卓異。士匄，吴人，兼善《左氏春秋》，以二經教授。繇四門助教爲博士，秩滿當去，諸生封疏乞留，凡十九年，卒於官。」

〔四〕維鵜在梁：《詩·曹風·候人》：「維鵜在梁，不濡其翼。」毛傳：「鵜，洿澤鳥也。梁，水中之梁。鵜在梁，可謂不濡其翼乎？」鄭箋：「鵜在梁，當濡其翼而不濡者，非其常也。」施説與此異。

〔五〕陟彼岵兮：《詩·魏風·陟岵》：「陟彼岵兮，瞻望父兮。」毛傳：「山無草木曰岵。」鄭箋：「孝子行役，思其父之戒，乃登彼岵山，以遥瞻望其父所在之處。」鄭箋以「登岵」爲賦，施説則謂義兼比興。

〔六〕穿棺以下於墓中：疑當作「穿索以下棺於墓中」。

〔七〕《甘棠》：《詩·召南》篇名。詩云：「蔽芾甘棠，勿翦勿敗，召伯所憩。蔽芾甘棠，勿翦勿拜，召伯所説。」傳：「憩，息也。説，舍也。」箋：「拜，拔也。」《史記·燕召公世家》：「召公之治西方，甚得兆民和。召公巡行鄉邑，有棠樹，決獄政事其下，自侯伯至庶人各得其所，無失職者。召公卒，而民人思召公之政，懷棠樹不敢伐，哥詠之，作《甘棠》之詩。」

〔八〕拜猶伐：今《十三經注疏》本《毛詩》傳中無此文，詩亦與此所引小異。

〔九〕維北有斗，不可挹酒漿：《詩・小雅・大東》中句。

司馬牆〔一〕

韋絢曰〔二〕：「司馬牆何也？」曰：「今唯陵寢繞垣，即呼爲司馬牆。」「而毬場是也，不呼之何也？」劉禹錫曰：「恐是陵寢，即呼臣下避之。」（《唐語林》卷二「文學」）

【校注】

〔一〕據《語林》輯，説見前「施士匄説毛詩」條注。

〔二〕韋絢：此云「韋絢」，下云「劉禹錫」，均當經《語林》編者改寫。

肥泉〔一〕

《詩》曰「我思肥泉」者，〔二〕源同而分之曰「肥」也，言我今衛女嫁於曹，如肥泉之分也。（《唐語林》卷二「文學」）

【校注】

〔一〕據《語林》輯，説見前「施士匄説毛詩」條注。此條當亦記施士匄所説。

〔二〕我思肥泉：《詩・邶風・泉水》：「我思肥泉，茲之永嘆。」小序：「《泉水》，衛女思歸也。嫁於諸侯，父母終，思歸寧而不得，故作是詩以自見也。」

畫舸覆緹油〔一〕

丈人曰：魏文帝詩云，「畫舸覆緹油」，即今江淮間艑船篷子上帷幕耳。〔二〕《唐書》盧藩傳言「船子著油」，〔三〕比惑之，及見魏文詩，〔四〕方悟。（《唐語林》卷二「文學」，又《永樂大典》卷八八四一引《嘉話録》）

【校注】

〔一〕據《語林》輯，説見前「施士匄説毛詩」條注。

〔二〕丈人曰：三字《語林》原無，據《永樂大典》補。魏文帝：曹丕。覆緹油：《語林》作「覆堤」，無「油」字，據《大典》改補。按《文苑英華》卷二八九載梁元帝《赴荆州泊三江口詩》，共七韻，第六聯作「蓮舟夾鶴氅，畫舸覆緹油」。《藝文類聚》卷二七録詩之前四韻，亦作梁元帝詩，唯題作《經巴陵行部伍》。疑詩非魏文帝作，劉禹錫誤記。江淮：《大典》作「淮浙」。艑：《語林》作「艙」，據《大典》改。

〔三〕《唐書》：唐代史館史官所修本朝史書。《新唐書·藝文志二》「正史類」：「吴兢……《唐書》一百卷，又一百三十卷。兢、韋述、柳芳、令狐峘、于休烈等撰。」《語林》原按：「《唐書》無《盧藩傳》，韋絢唐人，亦無引《唐書》之理，疑有脱誤。」岑仲勉《隋唐史》下册《學術與小説》：「開、天間吴兢撰《唐書》，韋述、柳芳、令狐峘、于休烈等續成之，即《舊唐書》一部分之底本而唐人稱曰《唐書》者也。」注：「《語林》卷二引《嘉話録》『《唐書》盧藩傳言之』，校注云……蓋以爲指《新唐書》也。按《酉陽雜俎》續四有一條亦引《唐書》，可參拙著《舊唐書軼文辨》。」盧藩傳言之：《大典》作「盧蕃傳言」，據删「之」字。

〔四〕及見魏文詩：《語林》無「及」、「文」二字，據《大典》補。

旄丘〔一〕

又曰：「旄丘」者，〔二〕上側下高曰旄丘，言君臣相背也。鄭注云「旄當爲堥」，又言「堥未詳」，何也？〔三〕（《唐語林》卷二「文學」）

【校注】

〔一〕據《語林》輯，説見前「施士匄説毛詩」條注。此條疑亦施士匄所説。

〔二〕旄丘：《詩經·邶風》篇名。

〔三〕所引鄭注，今《十三經注疏》本《毛詩正義》無。

郭璞山海經序〔一〕

郭璞《山海經序》曰：「人不得耳聞，眼不見爲無。」〔二〕非也，是自不知不見耳，夏蟲疑冰之類是矣。〔三〕仲尼曰：「加我數年，五十以學《易》，可以無大過矣。」〔四〕又韋編三絶，〔五〕所以明未會者多於解也。（《唐語林》卷二「文學」）

【校注】

〔一〕據《語林》輯，説見前「施士匄説毛詩」條注。

〔二〕郭璞：東晉人，注《山海經》，其《注山海經序》今存，中無此句引文。

〔三〕夏蟲疑冰：《莊子·秋水》：「夏蟲不可以語於冰者，篤於時也。」

〔四〕此引孔子語，見《論語·述而》。

〔五〕韋編：編綴簡牘的皮條。《史記·孔子世家》：「孔子晚而喜《易》……讀《易》，韋編三絶。」

楊何説禮〔一〕

有楊何者，有禮學，以廷評來夔州，轉雲安鹽官。〔二〕因過劉禹錫，與之□□。何云：「仲尼合葬於防，防，地名。〔三〕非也。仲尼以開墓合葬於防，防，隧道也。且潸然流涕，是以合葬也。若謂之地名，則未開墓而已潸然，何也？」（《唐語林》卷二「文學」）

【校注】

〔一〕據《語林》輯，説見前「施士匄説毛詩」條注。

〔二〕楊何：未詳。廷評：廷尉評，即大理評事。雲安：夔州屬縣名，今四川雲陽。《新唐書·地理志四》「夔州」：「縣四：雲安，上，有鹽官。」

〔三〕合葬於防：《史記·孔子世家》：「丘生而叔梁紇死，葬於防山。防山在魯東，由是孔子疑其父墓處，母諱之也。……孔子母死，乃殯五父之衢，蓋其慎也。郰人輓父之母誨孔子父墓，然後往合葬於防焉。」《禮記·檀弓上》：「孔子既得合葬於防，曰：『吾聞之，古也墓而不墳。今丘也，東西南北之人也，不可以弗識也。』於是封之，崇四尺。孔子先返，門人後，雨甚至。孔子問焉，曰：『爾來何遲也？』曰：『防墓崩。』孔子不應。三，孔子泫然流涕，曰：『吾聞之，古不修墓。』」注：「防墓，防地之墓。」

三詩用茱萸工拙〔一〕

劉禹錫曰〔二〕：茱萸二字，經三詩人用，〔三〕亦有能否。杜甫言「醉把茱萸子細看」，〔四〕王右丞云「遍插茱萸少一人」，〔五〕朱放云「學他年少插茱萸」，〔六〕杜公最優也。〔七〕（《唐語林》卷二「文學」；又見《紺珠集》卷五引《嘉話録》、《唐宋名賢分門詩話》卷一、《詩話總龜》前集卷五、《容齋隨筆》卷四）

【校注】

〔一〕據《語林》輯，説見前「施士匄説毛詩」條注。標題從《紺珠集》。

〔二〕劉禹錫曰：《名賢詩話》、《總龜》、《隨筆》作「劉夢得曰」，均經改寫；《紺珠集》無此四字。

〔三〕三：《語林》作「二」，據《紺珠集》、《名賢詩話》、《總龜》、《隨筆》改。

〔四〕「醉把」句：杜甫《九日藍田崔氏莊》末聯：「明年此會知誰健？醉把茱萸仔細看。」

〔五〕右丞云：《語林》無「云」字，據《紺珠集》、《名賢詩話》、《總龜》、《隨筆》補。王維《九月九日憶山東兄弟》：「遥知兄弟登高處，遍插茱萸少一人。」

〔六〕「朱放」句：《語林》無，據《紺珠集》、《名賢詩話》、《總龜》、《隨筆》補。朱放：字長通，《唐才子傳》卷五有傳。其《九日與楊凝崔淑期登江上山會有故不得往因贈之》：「那得更將頭上髮，學他年少插茱萸。」

〔七〕杜公：《語林》無此二字，據《紺珠集》、《名賢詩話》、《總龜》、《隨筆》補。

牛僧孺詩〔一〕

劉禹錫曰〔二〕：牛丞相奇章公初爲詩，務奇特之語，至有「地瘦草叢短」之句。〔三〕明年秋卷成，呈之，乃有「求人氣色沮，憑酒意乃伸」，〔四〕益加能矣。明年乃上第。〔五〕（《唐語林》卷二「文學」；又見《詩話總龜》卷一四引《劉禹錫佳話録》）

【校注】

〔一〕據《語林》輯，説見前「施士匄説毛詩」條注。

〔二〕劉禹錫曰：此當經《語林》編者改寫。

〔三〕牛丞相：牛僧孺，字思黯，隋僕射奇章公牛弘之後，曾相穆宗、文宗，封奇章公，《舊唐書》卷一七二、《新唐書》卷一七四有傳。地瘦草叢短：牛僧孺詩佚句。

〔四〕「求人」二句：牛僧孺詩佚句。

〔五〕明年：永貞元年。《舊唐書·李宗閔傳》：「宗閔貞元二十一年進士……與牛僧孺同年登進士第。」

楊茂卿詩　皇甫湜文〔一〕

楊茂卿云：「河勢崑崙遠，山形菡萏秋。」〔二〕此詩題云《過華山下作》，〔三〕初用蓮峰作菡萏，極的當而暗盡矣。〔四〕又皇甫博士湜《鶴處鷄群賦》云〔五〕：「若李君之在胡，但見異類；如屈原之相楚，唯我獨醒。」〔六〕然二君矜炫，俱爲朝野之絶倫。余亦昔時直氣，難以爲制。因作一口號贈歌人米嘉榮曰〔七〕：「唱得梁州意外聲，舊人唯有米嘉榮。近來年少輕前輩，好染髭鬚事後生。」（《唐語林》卷二「文學」；又見《雲溪友議》卷中「中山誨」；又見《詩話總龜》卷一四，引作《劉禹錫佳話録》）

【校注】

〔一〕此條《唐語林》、《詩話總龜》所引僅至「暗盡矣」止，今據《語林》輯録，以《雲溪友議》校補，並爲擬標題。參見前「施士匄説毛詩」條注。

〔二〕楊茂卿：《總龜》此上有「因曰」二字，《雲溪友議》卷中作「楊危卿校書」，《唐詩紀事》卷三九引作「楊茂卿校書」。作「危卿」誤。楊茂卿事跡，見前「杜佑楊茂卿」條。「河勢」二句，爲楊茂卿詩佚句。

〔三〕此詩題云過華山：《總龜》作「此過華陰山」。

〔四〕初用蓮峰作菡萏：《語林》作「而用蓮蓬之菡萏」，據《總龜》改。按，華山有蓮花峰，楊用「菡萏」代「蓮峰」，故「的當而暗盡」。「此詩……暗盡矣」三句：《友議》作「此句實爲佳對」。

〔五〕「又皇甫」以下九十四字，據《友議》補輯。皇甫湜：字持正，官終郎中，《新唐書》卷一七六有傳，未及其官博士事。其《鶴處鷄群賦》見《文苑英華》卷一一八。

〔六〕李君：李陵。《文選》李陵《答蘇武書》：「自從初降，以至今日，身之窮困，獨坐愁苦，終日無睹，但見異類。」唯我獨醒：《英華》載此賦作「衆人皆醉」。《楚辭·漁父》：「屈原曰：『舉世皆濁我獨清，衆人皆醉我獨醒，是以見放。』」

〔七〕贈歌人米嘉榮：此詩見《劉賓客文集》卷二五，題作《與歌者米嘉榮》；劉集外集卷八別有《米嘉榮》詩，文字有較大不同。

爲文鬥異〔一〕

又曰：爲文自鬥異，一對不得。〔二〕予嘗爲大司徒杜公之故吏。〔三〕司徒冢嫡之薨於桂林也，柩過渚宫。〔四〕予時在夔州，〔五〕使一介具奠酹，以申門吏之禮，爲一祭文云：〔六〕「事吴之心，雖云已矣；報智之志，豈可徒然！」〔七〕「報智」人或用之，「事吴」自思得者。（《唐語林》卷二「文學」）

【校注】

〔一〕據《語林》輯，説見前「施士匄説毛詩」條注。

〔二〕一對不得：疑有脱訛。

〔三〕大司徒杜公：杜佑，見前「杜佑自污」條注。劉禹錫貞元十六年入杜佑徐泗幕，繼參杜佑淮南幕。永貞中，杜佑爲崇陵使，奏劉爲判官；杜佑爲度支鹽鐵使，劉又以屯田員外郎判度支鹽鐵案，見卷十九《子劉子自傳》。劉禹錫《上杜司徒書》：「故吏守朗州司馬員外置同正員劉某，謹齋沐致誠，命僕夫持書，敢獻於司徒相公閣下。……小人自居門下，僅踰十年。」

〔四〕冢嫡：嫡長子，指杜式方。渚宫：江陵，今屬湖北省。《舊唐書·杜佑傳》：「式方，字考元。……穆宗即位，轉兼御史中丞，充桂管觀察都防禦使。長慶二年三月，卒於位。」《舊唐書·穆宗紀》：「（長慶二年四月）庚辰，桂管觀察使杜式方卒。」

〔五〕夔州：《語林》作「朗州」。按劉禹錫元和中在朗州，時杜式方健在。式方卒於長慶二年，時劉禹錫正在夔州，今徑改。夔州屬江陵尹、荆南節度使管轄，地近，故致祭。

〔六〕祭文：今《劉禹錫集》中無祭杜式方文，僅存此殘句。

〔七〕吴：荀吴，春秋晉臣，荀偃之子。《左傳·襄公十九年》：「（荀偃）卒，而視，不可含。宣子盥而撫之曰：『事吴，敢不如事主！』猶視。欒懷子曰：『其爲未卒事於齊故也乎？』乃復撫之曰：『主苟終，所不嗣事於齊者，有如河。』乃瞑，受含。」劉禹錫受恩於杜佑，今佑子杜式方又死，故空有「事吴」之志。報智：智伯爲趙襄子所殺，豫讓漆身爲厲，吞炭爲啞，行刺趙襄子，以報智伯，事見《戰國策·趙策一》。

韓碑柳雅〔一〕

柳八駁韓十八《平淮西碑》云〔二〕：「『左飧右粥』，何如我《平淮西雅》云『仰父俯子』。」〔三〕禹錫曰：「美憲宗俯下之道，〔四〕盡矣！柳曰：『韓《碑》兼有帽子，〔五〕使我爲之，便説用兵討叛矣。』」〔一〕（《唐語林》卷二「文學」；又見《唐宋分門名賢詩話》卷一、《詩話總龜》前集卷五、《唐詩紀事》卷三九）

【校注】

〔一〕據《語林》輯，説見前「施士匄説毛詩」條注。

〔二〕《名賢詩話》、《總龜》條首有「劉夢得曰」四字，《紀事》首有「夢得曰」三字。柳八：柳宗元，行八，見《唐人行第録》。韓十八：韓愈。《平淮西碑》，見前「蔡州怪異」條注。

〔三〕左飧右粥：韓愈《平淮西碑》：「始時蔡人，禁不往來；今相從戲，里門夜開。始時蔡人，進戰退戮；今盱而起，左飧右粥。」《平淮西雅》：柳宗元《平淮夷雅二篇》，見《柳河東集》卷一。其二《方城》云：「乃諭乃止，蔡有厚喜。完其室家，仰父俯子。」

〔四〕俯下：當作「撫下」，涉上「俯子」而誤。

〔五〕帽子：按韓愈《平淮西碑》首歷頌唐列代皇帝，自高祖迄於順宗，方及憲宗，即柳宗元所云「帽子」。

平蔡州詩〔一〕

劉禹錫曰〔二〕：韓《碑》柳《雅》，〔三〕予爲詩云：「城中晨鷄喔喔鳴，城頭鼓角聲和平。」〔四〕美李尚書愬之入蔡城也，〔五〕須臾之間，賊都不覺。又詩落句言：「始知元和十二載，四海重見昇平時。」〔六〕所以言「十二載」者，因以記淮西平之年。（見《唐語林》卷二「文學」；又見《唐宋分門名賢詩話》卷一、《詩話總龜》前集卷五、《唐詩紀事》卷三九）

【校注】

〔一〕據《語林》輯，説見前「施士匄説毛詩」條注。

〔二〕劉禹錫曰：《名賢詩話》、《總龜》作「劉曰」，《紀事》作「夢得曰」，均經編者改寫。

〔三〕韓《碑》柳《雅》：見前條。

〔四〕爲詩：《語林》無「爲」字，據《名賢詩話》、《總龜》、《紀事》補。詩指劉禹錫《平蔡州三首》，所引「城中」二句爲其二中句。城中:《劉賓客文集》作「汝南」。

〔五〕李愬:中唐名將李晟子,元和十二年爲隨鄧唐節度使,從裴度討淮西吴元濟,率兵夜襲蔡州,擒吴元濟,淮西遂平,《舊唐書》卷一三三、《新唐書》卷一五四有傳。其雪夜入蔡州事,詳見《資治通鑑》卷二四〇。

〔六〕「始知」二句:劉禹錫《平蔡州三首》其二末二句。始知,《劉賓客文集》作「忽驚」。

段文昌淮西碑〔一〕

段相文昌重爲《淮西碑》,〔二〕碑頭便曰「韓弘爲統,公武爲將」,〔三〕用《左氏》「欒書將中軍,欒黶佐之」文勢也,〔四〕甚善。亦是效班固《燕然碑》樣,〔五〕別是一家之美。(《唐語林》卷二「文學」)

【校注】

〔一〕據《語林》輯,説見前「施士匄説毛詩」條注。

〔二〕段文昌:字墨卿,一字景初,元和十二年爲翰林學士,奉詔重撰《平淮西碑》,後相穆宗,《舊唐書》卷一六七、《新唐書》卷八九有傳。其重撰《平淮西碑》事,參見前「蔡州怪異」條注。

〔三〕韓弘:元和十二年時,任征討淮西諸軍行營都統,《舊唐書》卷一五六、《新唐書》卷一五八有傳。公武:韓弘子,元和十二年任宣武馬步都虞候,事跡附見兩《唐書·韓弘傳》。按今《全唐文》卷六一七段文昌《平淮西碑》碑頭並無「韓弘爲統，公武爲將」之文，僅文中云：「宣武帥韓弘，請以子公武領精卒一萬二千，時集洄曲。欒書作帥，鍼爲戎右；充國討虜，卬統支軍。是能從帥之命，成父之志也。……命宣武軍帥韓弘爲諸道行營都統。」之文。

〔四〕欒書：即欒武子，春秋晉臣。欒黶：即欒桓子，欒書之子。《左傳·成公十六年》：「欒書將中軍，士燮佐之。」又《襄公十三年》：「欒黶將下軍，魏絳佐之。」並無「欒書將中軍，欒黶佐之」之文。

〔五〕班固：東漢人，《漢書》作者，《後漢書》卷四〇有傳。《燕然碑》：當指班固《封燕然山銘》，見《文選》卷五六。《後漢書·竇憲傳》載，憲率兵擊匈奴，大破之，斬名王已下萬三千級，獲生口馬牛羊橐駝百餘萬頭，降者前後二十餘萬人，憲遂登燕然山，「刻石勒功，紀漢威德，令班固作銘」。

薛伯皋修史〔一〕

又曰：薛伯皋修史，〔二〕爲愬傳：收蔡州，徑入爲能。禹錫曰：「我則不然。若作史官，以愬得李祐，釋縛委心用之爲能。〔三〕入蔡非能，乃一夫勇耳。」（《唐語林》卷二「文學」）

【校注】

〔一〕據《語林》輯，説見前「施士匄説毛詩」條注。

〔二〕薛伯皋：即薛伯高，《語林》原作「薛伯鼻」，當是薛伯皋之形誤。高、皋通用。《國史補》卷中：「老儒薛伯高遺書。」《太平御覽》卷四八二引作薛伯皋。柳宗元《道州文宣王廟碑》：「儒師河東薛公伯高，由尚書刑部郎中爲道州。」其《道州毀鼻亭神記》：「元和元年，河東薛公由刑部郎中刺道州。」伯高字景晦，見卷十五《含輝洞述》、《傳信方述》等。其修史事未詳。

〔三〕愬：李愬。其雪夜入蔡州事，見卷四《平蔡州三首》注。李祐：蔡州叛軍騎將，有膽略，官軍常苦之。初，蔡州降將吴秀琳謂愬曰，若欲破賊，須得李祐。愬乃設計擒祐，部下皆請殺之，愬不聽，解縛而客禮之，署爲散兵馬使，令佩刀出入帳中，略無猜間。襲蔡州夜，命李祐率三千人爲先鋒。是日，陰雨大雪，道路艱險，官軍未嘗歷其境，皆謂投身不測。監軍使哭曰：「果落李祐計中。」至蔡州，李祐等坎墉而先登，遂破蔡州，獲吴元濟。事見《舊唐書·李愬傳》。

帥能曰以〔一〕

劉禹錫曰〔二〕：《春秋》稱：「趙盾以八百乘。」〔三〕凡帥能曰「以」，由也，由趙盾也。（《唐語林》卷二「文學」）

【校注】

〔一〕據《語林》輯，説見前「施士丐説毛詩」條注。

〔二〕劉禹錫曰：此當經《語林》編者改寫。

〔三〕《春秋》：指《春秋左氏傳》。《左傳·文公十四年》：「晉趙盾以諸侯之師八百乘納捷菑於邾。」趙盾：春秋晉人。

王莽官名〔一〕

又曰：王莽以羲和爲官名，如今之司天臺，本屬太史氏。〔二〕故春秋史魚、史蘇、史亹，〔三〕皆知陰陽術數也。（《唐語林》卷二「文學」）

【校注】

〔一〕據《語林》輯，説見前「施士丐説毛詩」條注。

〔二〕王莽：字巨君，漢元帝王皇后侄，以外戚掌握政權，初始元年自立爲帝，改國號「新」，並更改制度、官名等，《漢書》卷九九有傳。《漢書·王莽傳中》：「始建國元年正月朔……更名大司農曰羲和。」司天臺：掌管天文曆數的官署。《新唐書·百官志二》：「司天臺，監一人，正三品。……監掌察天文，稽曆數，凡日月星辰、風雲氣色之異，率其屬而占。」注：武德四年，改太史監爲太史局，乾元元年改司天臺。太史氏：古代以太史掌史及曆法。秦置太史令。《史記·太史公自序》：「談爲太史公。」集解引瓚曰：「《茂陵中書》，司馬談以太史丞爲太史令。」

〔三〕史魚：即史鰌，春秋衛臣，見《左傳·定公十三年》。史蘇：春秋晉臣。《左傳·僖公十五年》注：「史蘇，晉卜筮之史。」史亹：未詳。

春茆夏韮〔一〕

《南都賦》言「春茆夏韮」，音子卯之卯也。〔二〕而公孫羅云「茆，鳥卵」，〔三〕非也。且皆言菜也，〔四〕何「卯」忽無言？（《唐語林》卷二「文學」）

【校注】

〔一〕據《語林》輯，説見前「施士匄説毛詩」條注。

〔二〕《南都賦》：東漢張衡著，見《文選》。春茆夏韮：今胡克家本《文選》作「春卵夏筍」。《語林》原無「音」字，唐蘭校云：「『春茆』下本有『夏韮』兩字，而無『音』字，齊之鸞本有『音』字。按『音』字當接『子卯之卯也』五字，爲卯字作音耳。後人既增『夏韮』二字，遂以『音』字爲誤而删之。」其説是，據增。

〔三〕公孫羅：江都人，《舊唐書》卷一八九上有傳。《新唐書·藝文志四》：「公孫羅注《文選》六十卷，又《音義》十卷。」二書均已佚。日本金澤文庫唐寫殘本《文選集注》十六卷，中有《文選鈔》佚文，一九三五年羅振玉印入其《嘉草軒叢書》。上海古籍出版社《唐抄文選集注匯存》二十三卷，增益了臺灣、北京、天津、日本所存四種殘卷，重加影印。

〔四〕皆言菜：指《南都賦》「春卵夏筍，秋韮冬菁」句中筍、韮、菁皆菜蔬。

勞薪〔一〕

方書中有「勞薪」。〔二〕亦有「勞水」者，〔三〕揚之使水力弱，亦勞也。亦用「筆心」，筆亦心勞，與「薪勞」之理一也，〔四〕皆藥家之妙用。（《唐語林》卷二「文學」）

【校注】

〔一〕據《語林》輯，説見前「施士匄説毛詩」條注。

〔二〕有勞薪：原無「有」字，當奪，覩下云「亦有」可知，今補。勞薪：《晉書·荀勖傳》：「又嘗在帝坐進飯，謂在坐人曰：『此是勞薪所炊。』咸未之信。帝遣問膳夫，乃云：『實用故車腳。』舉世伏其明識。」

〔三〕勞水：《外臺秘要方》卷三《天行差後勞發方》五首：「勞水八升，此水以杓揚之一千過。」又云：「右藥以勞水煎之。」

〔四〕一也：二字原在「與薪勞之理」前，據文義乙。

中正〔一〕

又曰：近代有中正。中正，鄉曲之表也，藻别人物，知其鄉中賢愚出處，魏重之。〔二〕至東晉，吏部侍郎裴楷乃請改爲九品法，即今之上、中、下，分爲九品官也。〔三〕（《唐語林》卷二「文學」）

【校注】

〔一〕據《語林》輯，説見前「施士匄説毛詩」條注。

〔二〕魏重之：原爲「晉重之」，按下云晉事，此必誤，徑改。《通典》卷一四：「魏氏革命，州郡縣俱置大小中正，各取本處人任諸府公卿及臺省郎吏有德充才盛者爲之，區别所管人物，定爲九等。」

〔三〕東晉：裴楷實爲西晉人，《晉書》卷三五有傳，「東」字當爲衍文。吏部侍郎：晉尚無吏部侍郎之官名，「侍」字當爲衍文。《晉書・裴楷傳》：「吏部郎缺，文帝問其人於鍾會。會曰：『裴楷清通，王戎簡要，皆其選也。』於是以楷爲吏部郎。」

諸葛亮箭鏃〔一〕

陸法和嘗征蜀，〔二〕及上白帝城，插標，曰：「此下必掘得諸葛亮鏃。」既掘之，得箭簇一斛。或曰：「當法和至此時，去諸葛亮猶近，應有人向説，故法和掘之耳。法和雖是異人，未必知諸葛亮箭鏃在此也。」（《唐語林》卷二「文學」）

【校注】

〔一〕據《語林》輯，説見前「施士匄説毛詩」條注。

〔二〕陸法和：《北齊書》卷三二有傳。傳云：「軍次白帝，謂人曰：『諸葛孔明可謂名將，吾自見之。此城旁有其埋弩箭鏃一斛許。』因插表令掘之，如其言。」

芍藥〔一〕

禹錫曰〔二〕：「芍藥，和物之名也，此物之性能調和物。〔三〕或音『著略』，語訛也。」絢時獻賦，用此「芍藥」字，以「煙兮霧兮，氣兮靄兮」，言四物調和爲雲也。公曰：「甚善。」因以解之。（《唐語林》卷二「文學」）

【校注】

〔一〕據《語林》輯，説見前「施士匄説毛詩」條注。

〔二〕禹錫曰：三字當經《語林》編者改寫。

〔三〕芍藥：《文選》司馬相如《子虛賦》：「芍藥之和具，而後御之。」郭璞注：「服虔曰：『具，美也。或以芍藥調食也。』文穎曰：『五味之和也。』」李善曰：「服氏一説，以芍藥爲藥名，或者因説今之煮馬肝，猶加芍藥，古之遺法。晉氏（晉灼）之説，以芍藥爲調和之意……於義爲得。」

杜黄裳拒裴延齡〔一〕

裴操者，延齡之子，應鴻辭舉。〔二〕延齡於吏部候消息。時苗給事及杜黄門同時爲吏部知銓，〔三〕將出門，延齡接見，採偵二侍郎口氣。〔四〕延齡乃唸操賦頭曰：「是沖仙人。」黄門顧苗給事曰：「記有此否？」苗曰：「恰似無。」延齡仰頭大呼曰：「不得，不得！」敕下，果無名操者。劉禹錫曰〔五〕：「當延齡用事之時，不預實難也。非杜黄門誰能拒之！」（《唐語林》卷三「方正」）

【校注】

〔一〕文云「劉禹錫曰」，當爲《嘉話録》中文，今據輯，並擬題。

〔二〕裴延齡：見前「韋渠牟」條注。《新唐書·宰相世系一上》「中眷裴氏」：「延齡，户部侍郎，生操。」《册府元龜》卷六五一：「（貞元）十一年，禮部侍郎吕渭知貢舉，結附户部侍郎判度支裴延齡。延齡之子操舉進士，文詞非工，渭擢之登第，爲正人嗤鄙。」鴻辭舉：即吏部試宏詞。《新唐書·選舉志下》，吏部銓選，「選未滿而試文三篇，謂之『宏詞』」。

〔三〕苗給事：苗粲，德宗時官至郎中，附見《新唐書》卷一四〇《苗晉卿傳》。《新唐書·宰相世系五上》「苗氏」：「粲，給事中。」杜黄門：杜黄裳，字遵素，相憲宗，《舊唐書》卷一四七、《新唐書》

卷一六九有傳。《新唐書》本傳云：「皇太子總軍國事，擢黄裳門下侍郎、同中書門下平章事。」門下省曾改名黄門省，故稱杜黄門。杜黄裳爲吏部侍郎知銓事，兩《唐書》本傳未載。《唐會要》卷七四：「貞元九年正月，御史中丞韋正伯劾奏稱：吏部貞元七年冬，以京兆府踰濫解送之人，已授官總六十六人。……由是，刑部尚書劉滋以前吏部尚書及吏部侍郎杜黄裳皆坐削階。」又卷五八「吏部員外郎」：「貞元十一年閏八月一日，侍郎杜黄裳奏，當司郎官判南曹廢置，請準舊例轉廳。」

〔四〕二侍郎：按苗粲未曾官侍郎，此當因苗粲時以給事中權知吏部銓選，故亦稱侍郎。

〔五〕劉禹錫曰：四字當經《語林》編者改寫。

杜佑出官〔一〕

司徒杜佑曾爲楊丞相炎判官，故盧新州見忌，欲出之。〔二〕公見桑道茂，〔三〕道茂曰：「年内出官，則福壽無疆。」既而自某官九十餘日出爲某官，〔四〕官名遺忘，福壽果然。（《唐語林》卷六「補遺」）

【校注】

〔一〕本條《語林》置「盧華州予之堂舅氏」條前，文風語氣與《嘉話録》一致，唐本定爲《嘉話録》佚文，從之。文又見《太平廣記》卷七六引《劇談録》，但該條乃集《北夢鎖言》卷一〇、《劇談録》

卷上及本條三條而成，《廣記》沈本引作《嘉訪録》，當即《嘉話録》之誤。

〔二〕司徒杜佑：四字《語林》作「司空」，據《廣記》改補。盧新州：《廣記》作「盧杞」。

〔三〕桑道茂：中唐術士，見前「潘炎榜六異」條。

〔四〕則福壽無疆……出爲某官：《語林》無此十八字，據《廣記》補。

李吉甫〔一〕

永寧王二十、光福王八二相皆出於先安邑李丞相之門。〔二〕安邑薨於位，〔三〕一王素服受慰，一王則不然，中有變色，是誰過歟？又曰：李安邑之爲淮海也，樹置裴光德，及去，則除授不同。〔四〕李再入相，對憲宗曰：「臣路逢中人送節與吴少陽，〔五〕不勝憤憤。」聖顔赬然。翌日罷李丞相藩爲太子詹事，〔六〕蓋與節是藩之謀也。又論征元濟時，饋運使皆不得其人，數日罷光德爲太子賓客，主饋運者裴之所除也。〔七〕劉禹錫曰：〔八〕宰相皆用此勢，自公孫弘始而增穩妙焉，〔九〕但看其傳，當自知之。蕭、曹之時，〔一〇〕未有斯作。（《唐語林》卷六「補遺」）

【校注】

〔一〕文云「劉禹錫曰」，當是《嘉話録》中文字，今據輯入，爲擬標題。

〔二〕永寧：唐長安中坊名，在朱雀門街東第三街從北第十坊。王二十：王涯，字廣津，相憲宗、文宗，《舊唐書》卷一六九、《新唐書》卷一七九有傳。王涯宅在永寧坊，見《唐兩京城坊考》卷三。光福：長安中坊名，在朱雀門街東從北第四坊，見《唐兩京城坊考》卷二。王八：王播，字明歇，相穆宗、文宗，《舊唐書》卷一六四、《新唐書》卷一六七有傳。《舊唐書・王龜傳》：「京城光福里第，起兄弟同居，斯爲宏敞。」王龜父王起，即王播之弟。安邑：長安城中坊名，在朱雀門街東第四街東市之南第二坊。李丞相：李吉甫，相憲宗，《舊唐書》卷一四八、《新唐書》卷一四六有傳。李吉甫宅在安邑坊，見《唐兩京城坊考》卷三。

〔三〕薨於位：《新唐書・宰相表中》：元和六年正月庚申，李吉甫爲中書侍郎、同中書門下平章事；九年十月丙午，吉甫薨。

〔四〕淮海：揚州，時爲淮南節度使治所。裴光德：裴垍，字弘中，相憲宗，《舊唐書》卷一四八、《新唐書》卷一六九有傳。光德：長安中坊名，在朱雀門街西第一街從北第六坊。《長安志》卷四「光德坊」：「太子賓客裴洎（垍）宅。」《舊唐書・李吉甫傳》：「吉甫以裴垍久在翰林，憲宗親信，必當大用，遂密薦垍代己，因自圖出鎮。其年（元和三年）九月，拜檢校兵部尚書，兼中書侍郎、平章事，充淮南節度使。」

〔五〕吳少陽：淮西節度使吳少誠軍將，少誠以爲堂弟。元和四年十一月，吳少誠死，少陽自爲留後，時朝廷欲專力討王承宗，遂授少陽彰義軍節度使，《舊唐書》卷一四五、《新唐書》卷二一四有傳。唐制，節度使賜雙旌雙節。中人送節，即指授少陽彰義軍節度使事。

〔六〕李藩：字叔翰，相憲宗，《舊唐書》卷一四八、《新唐書》卷一六九有傳。《新唐書·宰相表中》：元和「六年二月壬申，藩罷爲太子詹事」。原作「李蕃」，徑改。

〔七〕元濟：吴元濟，見前「蔡州怪異」條。光德：指裴垍。《舊唐書·裴垍傳》：「元和五年，中風病。……罷爲兵部尚書，仍進階銀青。明年，改太子賓客。」《新唐書·宰相表中》：元和「五年十一月庚申，垍罷爲兵部尚書」。裴垍罷相在李吉甫元和六年正月再入相之前，此所云不實。饋運使：即糧料使。《舊唐書·權德輿傳》：「運糧使董溪、于皋謨盜用官錢，詔流嶺南，行至湖外，密令中使皆殺之。」元和四年十月征王承宗，董溪等爲東道行營糧料使，五年七月兵罷，後下獄，六年一月賜死，詳見《韓昌黎集》卷二九《唐故朝散大夫商州刺史除名徙封州董府君墓誌銘》及注。此云「征元濟」，疑亦誤記。

〔八〕劉禹錫曰：四字當經《語林》編者改寫。

〔九〕公孫弘：漢武帝時爲丞相，《史記》卷一一二、《漢書》卷五八有傳。按《漢書》弘傳云，弘「每朝會議，開陳其端，使人主自擇，不肯面折庭争」，「奏事，有不可，不庭辯之」，「以此日益親貴」，「左右幸臣每毁弘，上益厚遇之」。「增穩妙」者，指此。

〔一〇〕蕭、曹：指蕭何、曹參，漢初功臣。

起居注〔一〕

劉禹錫曰〔二〕：史氏所貴著作起居注，〔三〕橐筆於螭首之下，〔四〕人君言動皆書之，君臣啟沃皆記之，後付史氏記之，故事也。今起居惟寫除目，〔五〕著作局可張雀羅，〔六〕不亦倒置乎！

（《唐語林》卷六「補遺」）

【校注】

〔一〕文首云「劉禹錫曰」，當是《嘉話録》中文字，今據輯入，爲擬標題。

〔二〕劉禹錫曰：四字當經《語林》編者改寫。

〔三〕著：疑當作「者」。起居注：《唐六典》卷八：「起居注者，記録人君動止之事。《春秋傳》曰：『君舉必書。』《禮》云：『動則左史書之，言則右史書之。』」唐置起居郎及起居舍人，分別司記事及記言之職，季終則送付史官。

〔四〕螭首：宮殿陛階上刻鑿的雕飾。《雲麓漫鈔》卷七：「唐制，起居郎、起居舍人在紫宸内閣，則夾香案立殿下，直第二螭首，和墨濡筆，皆即坳處，時號螭頭。所謂螭首者，蓋殿陛間壓階石上鐫鑿之飾，今僧寺佛殿多有之。」

〔五〕除目：除授官吏的名單。

〔六〕著作局：官署名，屬秘書省，掌國史，貞觀中方別置史館。參見《唐六典》卷九。

韋絢〔一〕

開成末，韋絢自左補闕爲起居舍人。〔二〕時文宗稽古尚文，多行貞觀、開元之事，妙選左右史，以魏謩爲右史。〔三〕俄兼大諫，〔四〕入閣秉筆，直聲遠聞，帝倚以爲相者，期在旦暮。對敭進諫，〔五〕細大必行。公望美事，朝廷拭目以觀文貞公之風彩。〔六〕會文宗晏駕，時事變移，〔七〕遂中輟焉。時絢已除起居舍人，楊嗣復於殿下先奏曰：〔八〕「左補闕韋絢新除起居舍人，未中謝，奏取進止。」帝頷之。李珏招而引之，〔九〕絢即置筆札於玉階欄檻之石，遽然趨而致詞拜舞焉。左史得中謝，自開成中。至武宗即位，隨仗而退，無復簪筆之任矣。〔一〇〕遇簪筆之際，因得密邇天顔，故時人謂兩省爲侍從之班，則登選者不爲不達矣。（《太平廣記》卷一八七引《嘉話録》）

【校注】

〔一〕此條當接於前條之後。蓋韋絢因記劉禹錫關於起居注的談話，遂附及己開成中爲起居舍人事。《語林》、《廣記》二書分引，遂分爲兩條。

〔二〕韋絢：原文當無「韋」字，此爲《廣記》編者改寫。

〔三〕魏謩：字申之，魏徵五代孫，相宣宗，《舊唐書》卷一七六、《新唐書》卷九七有傳。

〔四〕大諫：諫議大夫。《舊唐書·魏謩傳》：「（開成）四年，拜諫議大夫，仍兼起居舍人，判弘文館事。」

〔五〕敭：同揚；《廣記》作「剔」，唐本以意改爲「敭」，從之。

〔六〕文貞公：魏徵，卒謚文貞，見兩《唐書》本傳。《舊唐書·魏謩傳》載文宗語曰：「昔太宗皇帝得魏徵，裨補闕失，弼成聖政。我得魏謩，於疑似之間必能極諫。不敢希貞觀之政，庶幾處無過之地矣。」

〔七〕時事變移：《舊唐書·魏謩傳》：「謩初立朝，爲李固言、李玨、楊嗣復所引，數年之内，至諫議大夫。武宗即位，李德裕用事，謩坐楊、李之黨，出爲汾州刺史。楊、李貶官，謩亦貶信州長史。」

〔八〕楊嗣復：字繼之，相文宗，《舊唐書》卷一七六、《新唐書》卷一七四有傳。

〔九〕李玨：原作「李珪」，徑改。玨字待價，開成中與楊嗣復同時爲相，《舊唐書》卷一七三、《新唐書》卷一八二有傳。

〔一〇〕簪筆：插筆於髮如簪。起居郎與起居舍人簪筆入紫宸記事，見前條。

酷好之物必佳〔一〕

劉禹錫曰〔二〕：「大抵諸物須酷好則無不佳，有好騎者必蓄好馬，有好瑟者必善彈，皆好而別之，不必富貴而亦獲之。」韋絢曰：「蔡邕焦尾，〔三〕王戎牙籌，〔四〕若不酷好，豈可得哉！」（《唐語林》卷六「補遺」）

【校注】

〔一〕文首云「劉禹錫曰」，當是《嘉話録》中文字，今據輯入，爲擬標題。

〔二〕劉禹錫曰：四字當經《語林》編者改寫。

〔三〕蔡邕：東漢人。《後漢書·蔡邕傳》：「吴人有燒桐以爨者，邕聞火烈之聲，知其良木，因請而裁爲琴，果有美音，而其尾猶焦，故時人名曰『焦尾琴』焉。」

〔四〕王戎：晉人。《晉書·王戎傳》：「性好興利，廣收八方園田水碓，周遍天下，積實聚錢，不知紀極。每自執牙籌，晝夜算計，恒若不足。而又儉嗇，不自奉養，天下人謂之膏肓之疾。」

四兇八元〔一〕

丈人曰：元伯和、季騰、騰弟准、王縉子某，時人謂之「四兇」。〔二〕劉宗經、執經兄弟入「八元」數。〔三〕（《永樂大典》卷二九七九引《劉公嘉話録》）

【校注】

〔一〕此條又見《唐語林》卷五，今據《永樂大典》輯入，並爲擬題。

〔二〕元伯和：元載長子，見《舊唐書》卷一一八、《新唐書》卷一四五《元載傳》。季騰：疑爲元伯和之弟，《語林》作「李騰」，未詳。《新唐書・藝文志一》：「李騰《説文字源》一卷。」注：「陽冰從子。」據《新唐書・宰相世系二上》，李騰爲李澥子、李陽冰侄，非此人。《舊唐書・元載傳》云載有子伯和、仲武、季能，季騰與季能似爲一人。淮：《語林》作「淮」，未詳。王縉：見前「王縉夜醮」條。王縉子，未詳。四兇：《左傳・文公十八年》：「流四兇族，渾敦、窮奇、檮杌、饕餮，投諸四裔，以禦魑魅。」《舊唐書・元載傳》：「載長子伯和。……（載妻）王氏，開元中河西節度使忠嗣之女也，素以兇戾聞，恣其子伯和等爲虐。伯和恃父威勢，唯以聚斂財貨、徵求音樂爲事。」

〔三〕劉宗經、執經：劉晏之子。《舊唐書・劉晏傳》，晏建中初爲楊炎譖毁，貶忠州刺史，被誅，「貞元五年，上悟，方録晏子執經，授太常博士；少子宗經，秘書郎」。八元：《史記・五帝本紀》：「昔高陽氏有才子八人，世得其利，謂之八愷；高辛氏有才子八人，世謂之八元。」

顧少連笏擊姦臣〔一〕

丈人曰：當裴延齡之横也，丈人座主顧侍郎挺笏欲擊之，曰：「段秀實笏擊賊臣，顧少連笏擊姦臣。」〔二〕時會於田鎬之宅，元友直爲酒糾，各罰一盞以彌縫之，俗謂「籠合」是也。〔三〕（《永樂大典》卷一二〇四四引《劉公嘉話録》）

【校注】

〔一〕題爲整理者所擬。此條曾爲《新唐書・顧少連傳》採入。

〔二〕裴延齡：見前「韋渠牟」條注。顧侍郎：顧少連，字夷仲，歷吏部侍郎，《新唐書》卷一六二有傳。丁居晦《重修承旨學士壁記》：顧少連「貞元七年，遷中書舍人，八年四月，改户部侍郎，賜紫金魚袋，出院」。《柳河東集》卷二二《送苑論登第後歸覲詩序》：「八年冬，余與馬邑苑言揚聯貢於京師。……是歲小司徒顧公守春官之缺，而權擇士之柄。」舊注：「户部侍郎顧少連權禮部侍郎，知貢舉。」劉、柳同爲貞元九年顧少連門下進士。段秀實：字成公，《舊唐書》卷一二八、《新唐書》卷一五三有傳。賊臣：朱泚。《舊唐書・段秀實傳》：「四年，朱泚盜據宫闕。……泚以秀實嘗爲涇原節度，頗得士心，後罷兵權，以爲蓄憤且久，必肯同惡，乃召與謀議。秀實初詐從之。……語至譖位，秀實勃然而起。執（源）休腕，奪其象笏，奮躍而前，唾泚面大罵曰：『狂賊，吾恨不斬汝萬段，我豈逐汝反焉！』遂擊之。泚舉臂自捍，纔中其顙，流血匍匐而走。」《全唐文》卷四七八杜黄裳《東都留守顧公神道碑》：「珥貂騎省，以直方備顧問，以謇諤處朋儕。時有權臣怙寵，人多附麗，公面折其短，數而絶之。群臣爲危，正色不撓。」權臣即裴延齡。

〔三〕田鎬：未詳。元友直：元結長子。《元和姓纂》卷四「太原元氏」：「結，容府經略兼中丞；生友直，京兆少府（尹）。」友直貞元三年以度支員外郎爲河南、江淮南句勘兩税錢帛使，見《資治通鑑》卷二三二。岑仲勉《郎官石柱題名新著録》度支郎中第八行有元友直名。酒糾：即酒録事，酒宴中掌酒令者。

牛僧孺、劉禹錫唱和〔一〕

襄陽牛相公赴舉之秋，〔二〕每爲同袍見忽，及至升超，諸公悉不如也。嘗投贄於劉補闕禹錫，〔三〕對客展卷，飛筆塗竄其文，且曰：「必先輩未期至矣。」然拜謝礱礪，〔四〕終爲怏怏。歷三十餘歲，劉轉汝州，隴西公鎮漢南，枉道駐旌旆信宿，酒酣，直筆以詩喻之。〔五〕劉公承詩意，方悟往年改張牛公文卷。因誡子弟咸允、承雍等曰：〔六〕「吾立成人之志，豈料爲非。況漢上尚書，高識達量，罕有其比。〔七〕昔主父偃家爲孫弘所夷，嵇叔夜身死鍾會之口，是以魏武誡其子云：『吾大忿怒、小過失，慎勿學焉。』汝輩修進，守中爲上也。」〔八〕《席上贈汝州劉中丞》，〔九〕襄州節度牛僧孺詩曰：「粉署爲郎四十春，〔一〇〕今來名輩更無人。休論世上昇沉事，且鬥樽前見在身。珠玉會應成咳唾，山川猶覺露精神。莫嫌恃酒輕言語，曾把文章謁後塵。」《奉和牛尚書》汝州刺史劉禹錫〔一一〕：「昔年曾忝漢朝臣，〔一二〕晚歲空餘老病身。初見相如成賦日，後爲丞相掃門人。〔一三〕追思往事咨嗟久，幸喜清光語笑頻。〔一四〕猶有當時舊冠劍，待公三日拂埃塵。」〔一五〕牛公吟和詩，前意稍解，曰：「三日之事，何敢當焉。」宰相三朝後，主印，可以升降百司也。於是移宴竟夕，方整前驅也。（《雲溪友議》卷中「中山誨」）

【校注】

〔一〕范攄《雲溪友議·序》：「近代何自然《續笑林》，劉夢得撰《嘉話録》，或偶爲編次，論者稱美。」《友議》「中山誨」一則記劉禹錫談話或事跡，其中楊茂（誤危）卿詩條，《詩話總龜》云出《嘉話録》。其餘亦當本於《嘉話録》，但范攄做了較多改寫，有的基本上保存了原貌，有的很可能面目全非，今仍予輯入，分爲五條，各擬標題。

〔二〕襄陽牛相公：《太平廣記》卷四九七作「牛僧孺」。《舊唐書》本傳：「（開成）四年八月，復檢校司空、兼平章事、襄州刺史、山南東道節度使。」

〔三〕劉補闕禹錫：按，劉禹錫未官補闕，但牛僧孺實有投謁劉禹錫事。李珏《故丞相太子太師贈太尉牛公神道碑銘》：「業成，舉進士，軒然有聲。時韋崖州作相，網羅賢雋，知公名，願與交。公袖文往謁，一見如舊。由是公卿籍甚，名動京師，得上第。」杜牧《唐故太子太師奇章郡開國公贈太尉牛公墓誌銘》：「公年十五……故丞相韋公執誼以聰明氣勢急於褒拔，如柳宗元、劉禹錫輩，以文學秀少，皆在門下。韋公亟命柳、劉於樊鄉訪公，曰願得一相見。」據《登科記考》卷一五，牛僧孺永貞元年進士，故牛、劉交往當在貞元末、永貞初，時劉禹錫官監察御史或屯田員外郎。

〔四〕拜：原作「物」，據《廣記》改。

〔五〕汝州：今河南臨汝縣。隴西公：牛僧孺。李珏《牛公神道碑》：「隴西狄道人。」漢南：即山南東道襄州。但劉禹錫大和八年秋自蘇州刺史改授汝州刺史，牛僧孺開成四年方爲山南東道節度使，其時劉禹錫已在洛陽官太子賓客，故《友議》所云與史不合。杜牧《牛公墓誌銘》：「大和六年，檢校右僕射、平章事、淮南節度使。經六年至開成二年，連上章請休官……夏五月，以兵付監軍使，拜疏訖，就道，除檢校司空，留守東都。」劉禹錫自蘇州赴汝州，道經揚州，時牛僧孺正在淮南節度使（治所揚州）任上。二人唱和當在此時。或《友議》録此文，「淮南」訛爲「漢南」，後人遂一並改「揚州」爲「襄州」。岑仲勉《唐史餘瀋》卷三「牛僧孺枉道過汝」條，謂《友議》所載「無一而適」，甚是，然全然目爲「瞎説」，則又未免過當。

〔六〕咸允、承雍：劉禹錫子。劉禹錫《名子説》：「今余名爾長子曰咸允，字信臣；次曰同廙，字敬臣。」無承雍。承雍似即同廙改名。《資治通鑑》卷二五二：「（咸通十四年十月）韋保衡再貶崖州澄邁令，尋賜自盡。又貶……所親翰林學士、户部侍郎劉承雍爲涪州司馬。」承雍，禹錫之子也。《舊唐書·僖宗紀》：「（乾符三年）七月，草賊王仙芝……攻汝州，下之，虜刺史王鐐。刑部侍郎劉承雍在郡，爲賊所害。」《唐代墓誌彙編》乾符〇二六《唐故嶺南節度使右常侍楊公女子書墓誌》：「子書之諸姊皆託華胄，如户部侍郎、翰林學士劉公承雍五朝達，皆子書之姊婿。」咸允，《友議》原作「咸元」，據劉禹錫文改。

〔七〕漢上尚書：襄陽臨漢水，故稱漢上。按牛僧孺在淮南檢校右僕射，鎮襄陽時則檢校司空，此云「尚書」均不合。達量：《廣記》作「遠量」。

〔八〕主父偃：漢武帝時人，官中大夫，貴幸。孫弘：公孫弘，漢武帝時丞相。武帝元朔中，主父偃爲齊相，趙王使人發其陰事，會齊王自殺，乃徵下吏治，武帝欲勿誅，公孫弘争曰：「齊王自殺無後，國除爲郡入漢，偃本首惡，非誅偃無以謝天下。」遂族偃。事見《漢書》卷六四上《主父偃傳》。嵇叔夜：晉嵇康，字叔夜。《晉書·嵇康傳》：「（吕）安爲兄所枉訴，以事繫獄，辭相證引，遂復收康。……初，康居貧，嘗與向秀共鍛於大樹之下，以自贍給。潁川鍾會，貴公子也，精練有才辯，故往造焉。康不爲之禮，而鍛不輟。……會以此憾之。及是，言於文帝曰：『……康、安等言論放蕩，非毁典謨，帝王者所不宜容。宜因釁除之，以淳風俗。』帝既昵聽信會，遂並害之。」魏武：魏武帝曹操。其誡子語出處未詳。

〔九〕《席上贈汝州劉中丞》：《全唐詩》卷四六六作《席上贈劉夢得》。

〔一〇〕四十春：《詩話總龜》前集卷一四引《古今詩話》作「二十春」。按前云「歷三十餘年」，故無復歷四十春之理，疑爲「三十」之誤。劉禹錫永貞元年始爲尚書郎，至大和八年整「三十年」。若作「四十」，則爲會昌二年，其年劉卒。

〔一一〕《奉和牛尚書》：《劉賓客文集》作《酬淮南牛相公述舊見貽》。

〔一二〕朝臣：《劉賓客文集》作「庭臣」。

〔一三〕後爲：《劉賓客文集》作「尋爲」。

〔一四〕幸喜：《劉賓客文集》作「喜奉」。

〔五〕三日：集作「三入」。

劉禹錫自悔〔一〕

中山公謂諸賓友曰〔二〕：「予昔與權丞相德輿廋詞，〔三〕同舍郎莫之會也。廋詞隱語，時人罕知。與韓退之愈優劣人物，而浙袁給事同肩。〔四〕與李表臣程突梯，而侮李兵部紳。〔五〕與柳子厚宗元評修國史，而薄侍郎衮。〔六〕與吕化光論制誥，而鄙席舍人夔。〔七〕余二十八年在外，五爲刺史，〔八〕言遵道路，知蘇、杭五郡。而不復親臺省，以此將知清途隔絶，其自取乎。」（《雲溪友議》卷中「中山誨」）

【校注】

〔一〕《友議》本條當出《嘉話録》，説見前「牛僧孺劉禹錫唱和」條注。

〔二〕中山公：劉禹錫，其《子劉子自傳》云：「其先漢景帝賈夫人子勝，封中山王，謚曰靖，子孫因封爲中山人也。」

〔三〕權德輿：已見前「權德輿廋詞」條。

〔四〕袁給事同肩：未詳，疑字誤。

〔五〕李程：見前「李程善謔」條注。突梯：滑稽，戲謔。李紳：字公垂，相武宗，《舊唐書》卷一三

七、《新唐書》卷一八一有傳。按李紳未曾爲兵部尚書或侍郎，本傳但云紳開成二年在宣武節度使任上加檢校兵部尚書。

〔六〕衮：常衮，大曆中官禮部侍郎，後爲相，《舊唐書》卷一一九、《新唐書》卷一五〇有傳。

〔七〕吕化光：吕温，字化光，《舊唐書》卷一三七、《新唐書》卷一六〇有傳。席夔：見前「席夔草韓愈貶官制詞」條注。

〔八〕五爲刺史：劉禹錫元和至寶曆中官連、夔、和三州刺史，大和中又官蘇、汝、同三州刺史。原注「言遵道路，知蘇、杭五郡」，當爲范攄所加；云「蘇、杭五郡」誤，禹錫未歷杭州刺史。

爲文不愜意〔一〕

或有淡薄相於緘翰莽鹵者，〔二〕每吟張博士籍詩云：「新酒欲開期好客，朝衣暫脱見閑身。」〔三〕對花木則吟王右丞詩云：「興闌啼鳥换，坐久落花多。」〔四〕則幽居之趣少安乎？余友稀舊人，苦爲異代，近日爲文，都不愜意。洛中白二十二居易苦好余《秋水詠》曰：「東屯滄海闊，南壤洞庭寬。」〔五〕又《石頭城下作》云：「山連故國周遭在，潮打空城寂寞回。」〔六〕余自知不及蘇州韋十九郎中應物詩曰「春潮帶雨晚來急，野渡無人舟自横」。〔七〕嘗過洞庭，雖爲一篇，〔八〕静思杜員外甫落句云「年去年來洞庭上，白蘋愁殺白頭人」，〔九〕

鄙夫之言，有愧於杜公也。（《雲溪友議》卷中「中山誨」）

【校注】

〔一〕《友議》本條當出《嘉話録》，説見前「牛僧孺劉禹錫唱和」條注。今據輯入，爲擬標題。

〔二〕「或有」句：疑有奪誤。

〔三〕張籍：字文昌，《舊唐書》卷一六〇、《新唐書》卷一七六有傳。《韓昌黎集》卷二九《舉薦張籍狀》舊注：「公時爲國子祭酒，以狀薦籍，籍用是由校書郎除國子博士，元和十五年也。」「新酒」二句見其《題韋郎中新亭》詩，「新酒」作「藥酒」。

〔四〕王右丞：王維，官終尚書右丞，《舊唐書》卷一九〇下、《新唐書》卷二〇二有傳。「興闌」二句見其《從岐王過楊氏别業應教》。

〔五〕白二十二：白居易，行二十二，見《唐人行第録》。《秋水詠》：今劉禹錫集中未見，詩僅存此二句。壞：《詩話總龜》前集卷五引《古今詩話》作「漾」。

〔六〕《石頭城下作》：《劉賓客文集》作《金陵五題·石頭城》。山連：集作「山圍」。

〔七〕韋應物：德宗朝官左司郎中、蘇州刺史，見《賓退録》卷九沈明遠《補韋應物傳》。「春潮」二句爲其《滁州西澗》中句。

〔八〕一篇：劉集中今有《過洞庭》、《洞庭秋月作》等詩，此未詳何詩。

〔九〕「年去」二句：當即杜甫《清明二首》末二句：「風水春來洞庭闊，白蘋愁殺白頭翁。」

司空見慣〔一〕

夫人游尊貴之門，常須慎酒。昔赴吴臺，〔二〕揚州大司馬杜公鴻漸爲余開宴，沈醉歸驛亭，稍醒，見二女子在旁，驚非我有也。乃曰：「郎中席上與司空詩，特令二樂伎侍寢。」且醉中之作，都不記憶。明旦修狀啟陳謝，杜公亦優容之，何施面目也。余郎署州牧，輕忤三司，〔三〕豈不過哉！詩曰：「高髻雲鬟宫樣妝，春風一曲杜韋娘。司空見慣尋常事，斷盡蘇州刺史腸。」（《雲溪友議》卷中「中山誨」）

【校注】

〔一〕《友議》此條，舛誤特甚，疑非本《嘉話録》改撰。然雜於「中山誨」中，事與劉禹錫有關，又似非空穴來風。姑録於此，爲擬標題。參見附録三「備考詩文」中《贈李司空妓》一詩考辨。

〔二〕吴臺：即蘇州。劉禹錫大和五年冬自尚書省禮部郎中出爲蘇州刺史，見其《蘇州謝上表》注。

〔三〕三司：即三公，唐以太尉、司徒、司空爲三公。

劉禹錫獨吟〔一〕

中山劉公後以太子校書尚書今呼爲劉州牧也。曰〔二〕：「頃在夔州，少逢賓客，縱有停舟相訪，不可久留。乃獨吟曰：『巴人淚逐猿聲落，蜀客舟從鳥道來。』〔三〕忽得京洛故人書題，對之零涕。」又曰：「浮生誰至百年？倏爾衰暮，富貴窮愁，實其常分，胡爲嗟惋焉。」（《雲溪友議》卷中「中山誨」）

【校注】

〔一〕《友議》本條當出《嘉話録》，説見前「牛僧孺劉禹錫唱和」條注。

〔二〕中山劉公：劉禹錫，見前「劉禹錫自悔」條注。後以太子校書尚書今呼爲劉州牧也：此注當《友議》所加，然舛誤特甚，似當作「後以太子賓客檢校尚書，今呼爲劉賓客也」。

〔三〕「巴人」二句：劉禹錫《松滋渡望硤中》詩頸聯。淚逐：《劉賓客文集》作「淚應」。舟從：集作「船從」。

備考

昭明太子脛骨

公嘗於貴人家見梁昭明太子脛骨，微紅而潤澤，豈非異也！又嘗見人腊長尺許，眉目手足悉具，或以爲僬僥人也。（《顧氏文房小説》本《劉賓客嘉話録》）

按：此條見李綽《尚書故實》，分爲兩條，當爲《尚書故實》之文。

盧元公病疽

元公鎮南海日，疽生於鬢，氣息惙然。忽有一年少道士，直來房前，謂元公曰：「本師知病瘡，遣某將少膏藥來，可便傅之。」元公寵姬韓氏，家號静君，遂取膏疾貼之於瘡上，至暮而拔，數日平復。於蒼黄之際不知道士所來，及令勘中門至衙門十餘重，並無出入處，方知是其異也。盛膏小銀合子，韓氏收得，後猶在。（同前）

按：此條見李綽《尚書故實》，云「進士盧融嘗説盧元公鎮南海日……」盧元公，即盧鈞，開成元年至五年爲嶺南節度使，懿宗咸通中卒，謚曰元，《舊唐書》卷一七七、《新唐書》卷一八二有傳。其卒已在《嘉話録》成書之後，故斷非《嘉話録》之文。

蜀王琴

蜀王嘗造千面琴，散在人間，王即隋文之子楊秀也。（同前）

按：此條見李綽《尚書故實》，《太平廣記》卷二〇三亦引作《尚書故實》，非《嘉話録》之文。

李勉百衲琴

李汧公勉取桐絲之精者雜綴爲之，謂之百衲琴。用蝸殼爲徽，其間三面尤絶異，通謂之「響泉韻磬」。絃一上，可十年不斷。（同前）

按：此條見李綽《尚書故實》，《太平廣記》卷二〇三亦引作《尚書故實》，非《嘉話録》之文。

絳州碧落碑

絳州《碧落碑》文，乃高祖子韓王元嘉四男訓、誼、譔、諶爲先妃所製，陳惟玉書。今不知者，皆妄有指説。（同前）

按：此條見李綽《尚書故實》，非《嘉話録》之文。

狸骨帖

荀輿能書，嘗寫狸骨方。狸骨，理勞方也。右軍臨之，謂之《狸骨帖》。（同前）

按：此條見李綽《尚書故實》，非《嘉話録》之文。

張嘉貞貶台州

昔中書令河東公開元中居相位，有張憬藏者，能言休咎，一日，忽詣公，以一幅紙大書「台」字授公。公曰：「余見居台司，此意何也？」後數日，貶台州刺史。（同前）

按：此條見李綽《尚書故實》，《太平廣記》卷七七亦引作《尚書故實》。按李綽《尚書故實·序》云：「賓護尚書河東張公，三相盛門，四朝雅望。……綽避難莆田，寓居佛廟……叨遂迎塵，每容侍話。……遂纂集尤異者……作《尚書故實》云耳。」故其書所記爲張某談話。此及下條皆張賓護（太子賓客）自述其先世，故不書姓。「河東公」爲「張嘉貞」。《舊唐書·張嘉貞傳》：「（開元）八年春，宋璟、蘇頲罷知政事，擢嘉貞爲中書侍郎、同中書門下平章事。……明年（十二年），坐與王守一交往，左轉台州刺史。」此爲《故實》之文無疑。河東公，《廣記》作「裴光庭」，亦非。

張嘉貞念弟

河東公出鎮并州日，上問：「有何事？但言之。」奏曰：「臣有弟嘉祐，遠牧方州。不記去處。手足支離，常繫念慮。」上因口敕「張嘉祐可忻州刺史」。忻州，河東屬郡，上意不疑，

公亦不讓，豈非至公無隱，出於常限也。（同前）

按：此條見李綽《尚書故實》，斷非《嘉話録》之文。參見前條按語。

王廙善書畫

王平南廙，右軍之叔也，善書畫，嘗謂右軍曰：「諸事不足法，唯書畫可法。」晉明帝師其畫，右軍學其書。（同前）

按：此條見李綽《尚書故實》，《太平廣記》卷二〇九亦引作《尚書故實》，非《嘉話録》之文。

刺猬對打令

京國頃歲街陌中有聚觀戲場者，詢之，乃二刺猬對打令，既合節奏，又中章程。（同前）

按：此條見李綽《尚書故實》，《太平廣記》卷四四二亦引作《尚書故實》，非《嘉話録》之文。

汲冢書

汲冢書，蓋魏安釐王時衛郡汲縣耕人於古冢中得之，竹簡漆書科斗文字，雜寫經史。與今

本校驗，多有同異。耕人忘其姓名。（同前）

按：此條見李綽《尚書故實》，《太平廣記》卷二〇六亦引作《尚書故實》，非《嘉話録》之文。

牡丹花詩畫

世謂牡丹花近有，蓋以前朝文士集中無牡丹歌詩。公嘗言，楊子華有畫牡丹處，極分明。子華北齊人，則知牡丹花亦久矣。（同前）

按：此條見李綽《尚書故實》，《太平廣記》卷四〇九亦引作《尚書故實》，《記纂淵海》卷九三花卉部「牡丹」引作《尚書故事（實）》，非《嘉話録》之文。

王僧虔書

王僧虔，右軍之孫也。齊高祖嘗問曰：「卿書與我書孰優？」對曰：「陛下書帝王第一，臣書人臣第一。」帝不悦。嘗以撅筆書，恐帝所忌故也。（同前）

按：此條見李綽《尚書故實》，非《嘉話録》之文。

陸暢蜀道易

陸暢常謁韋皋，作《蜀道易》一，首句曰：「蜀道易，易於履平地。」皋大喜，贈羅八百匹。皋薨，朝廷欲繩其既往之事，復閲先所進兵器，其上皆刻「定秦」二字，不相與者欲窘成罪名。暢上疏理之云：「臣在蜀日，見造所進兵器，『定秦』者，匠之名也。」由是得釋。《蜀道難》，李白罪嚴武作也，暢感韋之遇，遂反其詞焉。（同前）

按：此條見李綽《尚書故實》，《太平廣記》卷四九六亦引作《尚書故實》，非《嘉話録》之文。

魏受禪碑

魏《受禪碑》，王朗文，梁鵠書，鍾繇鐫字，謂之「三絶」。古鐫字皆須妙於篆籀，故繇方得鐫刻。張懷瓘《書斷》曰：篆、籀、八分、隸書、草書、章書、飛白、行書，通謂之八體，而右軍皆在神品。右軍嘗醉書，點畫類龍爪，後遂爲龍爪書，如科斗、玉箸、偃波之類，諸家共五十二般。（同前）

按：此條見李綽《尚書故實》，《太平廣記》卷二〇九亦引作《尚書故實》，非《嘉話録》之文。

舒州灊山九井

舒州灊山下有九井，其實九眼泉也。旱則殺一犬投其中，大雨必降，犬亦流出焉。（同前）

按：此條見李綽《尚書故實》，非《嘉話録》之文。

投虎骨致雨

南山久旱，即以長繩繫虎頭骨投有龍處。入水即掣不定，俄頃雲起潭中，雨亦隨降。龍虎，敵也，雖枯骨猶能激動如此。（同前）

按：此條見李綽《尚書故實》，《太平廣記》卷四二三亦引作《尚書故實》，非《嘉話録》之文。

畫五星禳災

五星惡浮圖佛像。今人家多圖畫五星，雜於佛事，或謂之禳災，真不知也。（同前）

按：此條見李綽《尚書故實》，非《嘉話録》之文。

王方慶進寶章集

武后朝宰相石泉公。王方慶，瑯邪王。后嘗御武成殿閲書畫，問方慶曰：「卿家舊法書帖存乎？」方慶遂進自右軍已下以至僧虔、智永禪師等二十五人各書帖一卷。命崔融作序，謂之《寶章集》，亦曰《王氏世寶》。（同前）

按：此條見李綽《尚書故實》，非《嘉話録》之文。

宰相傳小延英

今延英殿，靈芝殿也，謂之小延英。苗韓公居相位，以足疾步驟微蹇，上每於此待之。宰相傳小延英，自此始也。（同前）

按：《苕溪漁隱叢話》後集卷二五《復齋漫録》引劉禹錫《嘉話》：「延英殿即靈芝殿也，謂之小延英。」考《長安志》卷六大明宮：「後有延英門，内有延英殿。肅宗時御座上生玉芝，一莖三華。至僖宗乾符中，改爲靈芝殿。自蜀還，復舊名。」殿之改名在《嘉話録》成書之後。此條見李綽《尚書故實》，當是《故實》之文。

八分書

八分書起於漢時王次仲。次仲有道術，詔徵聘，於車中化爲大鳥飛去，遺二翮於山谷間。今有大翮山、小翮山，偶忘其處。(同前)

按：此條見李綽《尚書故實》，非《嘉話録》之文。

李約密行

李約嘗江行，與一商胡舟楫相次。商胡病，固邀與約相見，以二女託之，皆異色也，又遺一大珠。約悉唯唯。及商胡死，財寶數萬，約皆籍送官，而以二女求配。始殮商胡時，自以夜光含之，人莫知之也。後死胡親屬來理資財，約請官司發掘驗之，夜光在焉。其密行有如此者。(同前)

按：此條見李綽《尚書故實》，《太平廣記》卷一六八、陶本《説郛》卷三六均引作《尚書故實》，當爲《故實》之文。

楊敬之説項斯

楊祭酒愛才公心，嘗知江表之士項斯，贈詩曰：「處處見詩詩總好，及觀標格過於詩。平生不解藏人善，到處相逢説項斯。」項斯由此名振，遂登高科。（同前）

按：此條見李綽《尚書故實》，《太平廣記》卷二〇二亦引作《尚書故實》，非《嘉話録》之文。

鴻都學石經

東都頃年創造防秋館，穿掘多得蔡邕鴻都學所書石經，至今人家往往有之。（同前）

按：此條見李綽《尚書故實》，非《嘉話録》之文。

王羲之借船帖

王内史《借船帖》，書之尤工者也。盧公尚書寶惜有年矣，張賓獲（護）致書借之不得，云：「只可就看，未嘗借人。」盧公除潞州，旌節在途，纔數程，忽有人將書帖來，就公求售。閲

之，乃《借船帖》也。公驚異，問之，云：「盧家郎君要錢，遣賣耳。」公嗟訝移時，不問其價，還之。後不知落何處。（同前）

按：此條見李綽《尚書故實》，中云「張賓護」，與李綽《尚書故實》自序云所記得自「賓護尚書河東張公」合，爲《故實》文無疑。

飛白始蔡邕

飛白書始於蔡邕，在鴻都學見匠人施堊帚，遂創意焉。梁蕭子雲能之。武帝謂曰：「蔡邕飛而不白，羲之白而不飛，飛白之間，在卿斟酌耳。」（同前）

按：此條見李綽《尚書故實》，《太平廣記》卷二〇七、《記纂淵海》卷八二字學部「飛白」均引作《尚書故實》，非《嘉話録》之文。

舞竿女童

章仇兼瓊鎮蜀日，仇嘗設大會，百戲在庭，有十歲女童，舞於竿杪。忽有物，狀如雕鶚，掠之而去。群衆大駭，因而罷樂。後數日，其父母見在高塔上，梯而取之，則神形如痴。久

之方語，云：「見壁畫飛天夜叉者，將入塔中，日飼果食飲饌之類，亦不知其所自。」四日，方精神如初。（同前）

按：此條見李綽《尚書故實》，《太平廣記》卷三五六亦引作《尚書故實》，非《嘉話録》之文。

金鳳轄

傳記所傳，漢宣帝以皂蓋車一乘賜大將軍霍光，悉以金較具。至夜，車轄上金鳳皇輒亡去，莫知所之，至曉乃還。如此非一，守車人亦嘗見。後南郡黄君仲北山羅鳥，得鳳皇子，入手即化成紫金，毛羽冠翅，宛然具足，可長尺餘。守車人列上云：「今月十二日夜，車轄上鳳皇俱飛去，曉則俱還，今日不返，恐爲人所得。」光甚異之，具以列上。後數日，君仲詣闕，上金鳳皇子，云「今月十二日夜北山羅鳥所得」。帝聞而疑之，以置承露盤上，俄而飛去。帝使尋之，直入光家，止車轄上，乃知信然。帝取其車，每游行，輒乘御之。至帝崩，鳳皇飛去，莫知所在。嵇康詩云：「翩翩鳳轄，逢此綱（網）羅。」正謂此也。（同前）

按：此條見吴均《續齊諧記》，《太平廣記》卷四〇〇亦引作《續齊諧記》，所不同者，《嘉話録》文首加「傳記所傳」四字而已。《四庫全書總目》卷一四二《續齊諧記》提要：「韋絢《劉禹錫嘉話》引其霍光金鳳轄一條、蔣潛通天犀導一條……是在唐時已援爲典據。」蓋據後人編《嘉話》，非原本即有此文。

通天犀纛

昔東海蔣潛嘗至不其縣，路次林中，遇一屍，已臭爛，烏來食之。輒見小兒長三尺，驅烏，烏飛起，如此非一。潛異之，看見屍頭上著通天犀纛，揣其價可數萬錢，潛乃拔取。既去，衆烏争集，無復驅者。潛以此纛上晉武靈王晞，晞薨，以襯衆僧。王武綱以九萬錢買之，後落褚太宰處，復以餉齊故丞相豫章王。王薨後，内人江夫人遂斷以爲釵。每夜輒見一兒，繞床啼叫，云：「何爲見屠割，天當相報。」江夫人惡之，月餘乃亡。（同前）

按：此條見吴均《續齊諧記》，《太平廣記》卷四〇三亦引作《續齊諧記》，非《嘉話録》之文。

寒具

《晉書》中有飲食名寒具者，亦無注解處。後於《齊民要術》並《食經》中檢得，是今所謂鐶餅。桓玄嘗盛陳法書名畫，請客觀之，有客食寒具，不濯手而執書，因有污處，玄不懌，自是命賓不設寒具。（同前）

按：此條見《尚書故實》、《太平廣記》卷二〇九引，注出《尚書故實》，非《嘉話録》之文。

金根車

昌黎生，名父之子，雖教有義方而性頗闇劣。嘗爲集賢校理，史傳中有説「金根車」處，皆臆斷之曰：「豈其誤歟，必金銀車也。」悉改「根」字爲「銀」字。至除拾遺，果爲諫院不受，俄有以故人之子愍之者，因辟爲鹿門從事。（同前）

按：此條見《尚書故實》、《記纂淵海》卷四一人道部「不克紹」引，亦作《尚書故實》，非《嘉話録》之文。《太平廣記》卷二六一引，首有「唐韓昶」，即此條，但未注出處。

進士登第爲遷鶯

今謂進士登第爲遷鶯者久矣。蓋自《毛詩·伐木》篇。《詩》云：「伐木丁丁，鳥鳴嚶嚶，出自幽谷，遷於喬木。」又曰：「嚶其鳴矣，求其友聲。」並無「鶯」字。頃歲試《早鶯求友》詩，又《鶯出谷》詩，別書固無證據，豈非誤歟？（同前）

按：此條見《尚書故實》，非《嘉話録》之文。

謝太傅墓碑

東晉謝太傅墓碑，但樹貞石，初無文字，蓋重難製述之意也。（同前）

按：此條見《尚書故實》，非《嘉話録》之文。

千字文

《千字文》梁周興嗣編次而有王右軍書者，人皆不曉。其始，梁武教諸王書，令殷鐵石於大王書中撮一千字不重者，每字一片紙，雜碎無叙。武帝召興嗣，謂曰：「卿有才思，爲我韻之。」興嗣一夕編次進上，鬢髮皆白，而賞錫甚厚。右軍孫智永禪師自臨八百本，散與人外，江南諸寺各留一本。永公住永欣寺，積年學書，後有筆頭十瓮，每瓮皆數萬，人來覓書兼請題頭者如市，所居户限爲之穿穴，乃用鐵葉裹之，人謂之「鐵門限」。後取筆頭瘞之，號「退筆冢」，自製銘誌。（同前）

按：此條見《尚書故實》，又見《太平廣記》卷二〇七、《記纂淵海》卷八二字學部「筆」引智永「退筆冢」事，均云出《尚書故實》，非《嘉話録》之文。

鄭虔三絶

鄭廣文學書而病無紙，知慈恩寺有柿葉數間屋，遂借僧房居止，日取紅葉學書，歲久殆遍。後自寫所製詩並畫，同爲一卷，封進，玄宗御筆書其尾曰：「鄭虔三絶。」（同前）

按：此條見《尚書故實》，又見《太平廣記》卷二〇八，注出《尚書故實》，非《嘉話録》之文。

郭承嘏見鬼

郭侍郎承嘏嘗寶惜法書一軸，每隨身攜往。初應舉，就雜文試。寫畢，夜色猶早，以紙緘裹，置於篋中。及納試而誤納所寶書帖。卻歸鋪，於燭籠中取書帖觀覽，則程試宛在篋中。遽驚嗟，計無所出，來往棘圍門外。忽有老吏詢其事，具以實告。吏曰：「某能換之，然某家貧，居興道里，倘換得，願以錢三萬見酬。」公悦，以許之。逡巡賫程試入，而以書帖出授公，公愧謝而退。明日歸親仁里，遽以錢送詣興道。款關久之，吏有家人出，公以姓氏質之，對曰：「主人死已三日矣，力貧未辦周身之具。」公驚嘆久之，方知棘圍所見乃鬼也，遂以錢贈其家。（同前）

按：此條見《尚書故實》，又見《太平廣記》卷三四五，注出《尚書談録》，當爲《尚書故實》之文。

堯女冢

張尚書牧弘農日，捕獲發墓盜十餘輩。中有一人，請間言事。公因屏吏獨問，對曰：「願以他事贖死。盧氏南川有堯女冢，近亦曾爲人開發，獲一大珠並玉碗，人亦不能計其直，餘寶器極多，世莫之識也。」公因遣吏發驗其冢，果有開處。旋獲其黨，考訊，與前通無異。及牽引其徒，皆在商州冶務中。時商牧，名卿也。州移牒，公致書，皆怒而不遣。竊知者云：珠玉之器，皆入京國貴人家矣。然史傳及地里書並不載此冢，且堯女舜妃者，死於湘嶺，今所謂者豈傳説之誤歟？矧貽訓於茅茨土階，不宜有厚葬之事，即此墓果何人哉？（同前）

按：此條見《尚書故實》，《太平廣記》卷四〇二引，注云出《尚書故實》，首「張尚書」作「張文規」，非《嘉話録》之文。

聖善寺銀佛

聖善寺銀佛，天寶亂，爲截將一耳。後少傅白公奉佛，用銀三鋌添補，然猶不及舊者。

（同前）

按：此條見《尚書故實》，非《嘉話録》之文。

謝真人念珠

果州謝真人上昇前，在金泉山道場上，帝錫以馬鞍，使安其心也。刺史李堅遺之玉念珠，後問念珠在否，云已在玉皇之前矣。一日，真人於紫極宫致齋，金母下降，郡郭處處有虹霓雲氣之狀，至白晝輕舉，萬目睹焉。（同前）

按：此條見《尚書故實》，非《嘉話録》之文。

官人服色

舊官人所服唯黄紫二色。貞觀中，始令三品已上服紫，四品五品以朱，六品七品以緑，八品九品以青。（同前）

按：此條見《隋唐嘉話》卷中，非《嘉話録》之文。

郝州杜若

謝朓詩云：「芳洲多杜若。」貞觀中醫局求杜若，度支郎乃下郝州，令貢之。判司云：「郝州不出杜若，應由謝朓詩誤。」太宗聞之大笑，改雍州司户。（同前）

按：此條見《隋唐嘉話》卷中；又見《太平廣記》卷四九三，注云：「出《國史》，明鈔本、陳校本作出《國史纂異》。」《新唐書·藝文志三》：「《劉餗傳記》三卷。」注：「一作《國史異纂》。」《舊唐書·劉子玄傳》附《劉餗傳》云：「著《傳記》三卷。」《隋唐嘉話》卷數與《傳記》合，其中所載《廣記》亦有注出《國史異纂》者。由是可證《隋唐嘉話》即《傳記》，亦即《國史異纂》。當爲《隋唐嘉話》之文。

人日

鄭公嘗出行，以正月七日謁見太宗，太宗勞之曰：「卿今日至，可謂人日矣。」（同前）

按：此條《嘉話録》次於羼入之《隋唐嘉話》僞文中，記初唐事，唐本謂當爲《隋唐嘉話》佚文，從之。

北堂書鈔

虞公之爲秘書，於省後堂集群書中事可爲文用者，號爲《北堂書鈔》。今北堂猶存，而《書鈔》盛傳於世。（同前）

按：此條見《隋唐嘉話》卷中，《太平廣記》卷一六四、《太平御覽》卷六〇一並引作《國朝雜記》，《類説》卷六引作《傳記》，《説郛》卷三六引作《隋唐嘉話》，《説郛》張本引作《國史異纂》；《傳記》、《國史異纂》即《隋唐嘉話》之異名，故當爲《隋唐嘉話》之文。

傅奕不懼咒術

貞觀中，西域獻胡僧，咒術能生死人。太宗令飛騎中揀壯勇者試之，如言而死，如言而蘇。帝以告宗正卿傅奕，奕曰：「此邪法也。臣聞邪不干正，若使咒臣，必不能行。」帝令咒奕，奕對之，初無所覺，須臾，胡僧忽然自倒，若爲物所擊者，便不復蘇。（同前）

按：此條見《隋唐嘉話》卷中，《太平廣記》卷二八五引作《國朝雜記》，《類説》卷五四、陶本《説郛》卷三六並引作《隋唐嘉話》，當爲《隋唐嘉話》之文。

閻立本觀張僧繇畫

閻立本善畫，至荆州，見張僧繇舊跡，曰：「定虚得名耳。」明日又往，曰：「猶近代佳手。」明日又往，曰：「名下定無虚士。」坐卧觀之，留宿其下，十日不能去。張僧繇遂作《醉僧圖》，每以此嘲之。於是諸僧聚錢十萬，資閻立本作《醉道士圖》，今並傳於世。(同前)

按：此條見《隋唐嘉話》卷中，《太平廣記》卷二一一引作《國史異纂》，《類説》卷五四引作《隋唐嘉話》，當爲《隋唐嘉話》之文。

歐陽詢觀索靖書碑

率更令歐陽詢行見古碑，晉索靖所書，駐馬觀之，良久而去。數百步復還，下馬佇立，疲倦則布毯坐觀，因宿其下，三日而去。(同前)

按：此條見《隋唐嘉話》卷中，《太平廣記》卷二〇八引作《國史異纂》，《太平御覽》卷五八九引作《國朝傳記》，陶本《説郛》卷三六引作《隋唐嘉話》，當爲《隋唐嘉話》之文。

琵琶廢撥

貞觀中彈琵琶，裴洛兒始廢撥用手，今俗爲掐琵琶是也。（同前）

按：此條見《隋唐嘉話》卷中，《太平廣記》卷二〇五、張本《説郛》卷六七並引作《國史異纂》，當爲《隋唐嘉話》之文。

許敬宗性傲

許敬宗性輕傲，見人多忘，或謂之不聰。敬宗曰：「卿自難記，若遇何、劉、沈、謝，暗中摸索著亦可識之。」（同前）

按：此條見《隋唐嘉話》卷中，《類説》卷二六、《紺珠集》卷三並注出《國史異纂》，《太平廣記》卷二四九引作《國朝雜記》，同書卷二六五條據談氏初印本附録，注出《國史異纂》，當爲《隋唐嘉話》之文。

許敬宗謚

高陽許敬宗奏流其子昂於南。及敬宗死，博士袁思古議謚爲「謬」。昂子彦伯於衆中將擊

之。袁曰：「今爲賢家君報仇讎，何爲反怒？」彦伯慚而止。(同前)

按：此條見《隋唐嘉話》卷中，《類説》卷五四引亦作《隋唐嘉話》，當爲《隋唐嘉話》之文。

虞世南評褚遂良書

褚遂良問虞監曰：「某書何如永師？」曰：「聞彼一字直五百金，豈得若此。」曰：「何如歐陽詢？」曰：「不擇紙筆，皆能如志。」褚恚曰：「既然，某何更留意於此。」虞曰：「若使手和筆調，遇合作者，亦深可尚。」褚喜而退。(同前)

按：此條見《隋唐嘉話》卷中，《太平廣記》卷二〇八引作《國史異纂》，當爲《隋唐嘉話》之文。

盧承慶考内外官

盧承慶尚書總章初考内外官。有督運遭風失米，盧考之曰：「監運損糧，考中下。」其人容色自若，無言而退。盧重其雅量，改注曰：「非所及，考中中。」既無喜容，亦無愧詞，又改曰：「寵辱不驚，考中上。」(同前)

按：此條見《隋唐嘉話》卷中，《太平廣記》卷一七六引作《國史異纂》，陶本《説郛》卷三六引作

《隋唐嘉話》，當爲《隋唐嘉話》之文。

戴至德僕射

劉仁軌爲左僕射，戴至德爲右僕射，人皆多劉而鄙戴。有老婦陳牒，至德方欲下筆，老婦問其左右：「此是劉僕射？」曰：「戴僕射。」因急就前曰：「此是不解事僕射，卻將牒來。」至德笑令授之。戴僕射在職無異跡，當朝似不能言。及薨，高宗嘆曰：「自吾喪至德，無復聞讜言。在時，有不是者，未嘗放我過。」因索其前後所陳，章奏盈篋，閲而流涕，朝廷始重之。（同前）

按：此條見《隋唐嘉話》卷中，《太平廣記》卷一七六引作《國史異纂》，陶本《説郛》卷三六引作《隋唐嘉話》，當爲《隋唐嘉話》之文。

上官儀步月詠詩

高宗承貞觀之後，天下無事。上官侍郎獨持國政，常凌晨入朝，巡落（洛）水堤，步月徐轡，詠云：「脈脈廣川流，驅馬入長洲。鵲飛山月曙，蟬噪野風秋。」音韻清亮，群公望若神仙

焉。（同前）

按：此條見《隋唐嘉話》卷中，《太平廣記》卷二〇一引作《國史異纂》，《詩話總龜》前集卷二七引作《小説舊聞》，當爲《隋唐嘉話》之文。

賈嘉隱

賈嘉隱年七歲，以神童召見。時長孫太尉無忌，徐司空勣於朝堂立語，徐戲之曰：「吾所倚何樹？」嘉隱云：「松樹。」徐曰：「此槐也，何言松？」嘉隱云：「以公配木，何得非松？」長孫復問：「吾所倚何樹？」曰：「槐樹。」公曰：「汝不能復矯對耶？」嘉隱白：「何煩矯對，但取其鬼木耳。」徐嘆曰：「此小兒作獠面，何得如此聰明！」嘉隱曰：「胡頭尚爲宰相，獠面何廢聰明。」徐狀胡也。（同前）

按：此條見《隋唐嘉話》卷中，《太平廣記》卷二五四引作《國史異纂》，《類説》卷五四、陶本《説郛》卷三六並引作《隋唐嘉話》，當爲《隋唐嘉話》之文。

東方虯 西門豹

左史東方虯每云：「二百年後，乞你與西門豹作對。」（同前）

按：此條《太平廣記》卷二〇一引作《國史異纂》，《異纂》即《隋唐嘉話》之異名，當爲《隋唐嘉話》佚文。

定昆池

昆明池者，漢孝武所制，蒲魚之利，京師賴之。中宗樂安（安樂）公主請之。帝曰：「前代已來，不以與人，此則不可。」主不悦，因役人别鑿一池，號曰「定昆池」。既成，中宗往觀，令公卿賦詩。李黄門日知詩曰：「但願暫思居者逸，無使時傳作者勞。」及睿宗即位，謂之曰：「定昆池詩當時朕亦不敢言，非卿忠正，何能若此。」尋遷侍中。（同前）

按：此條見《隋唐嘉話》卷下，《類説》卷五四、《能改齋漫録》卷六、陶本《説郛》卷三六並引作《隋唐嘉話》，當爲《隋唐嘉話》之文。

徐彦伯不悦武職

徐彦伯常侍，睿宗朝以相府之舊拜羽林將軍。徐既文士，不悦武職。及遷，謂賀者曰：「不喜有遷，且喜出軍。」（同前）

按：此條見《隋唐嘉話》卷下，陶本《説郛》卷三六亦引作《隋唐嘉話》，當爲《隋唐嘉話》之文。

山東士大夫類例

代有《山東士大夫類例》三卷，其非士類及假冒者不見録。署云：「相州僧曇剛撰。」時柳常侍沖亦明於族姓，中宗朝爲相州刺史，詢問舊老，云：「自隋以來，不聞有僧名曇剛。」蓋疾於時，故隱其名氏云。（同前）

按：此條見《隋唐嘉話》卷下，當爲《隋唐嘉話》之文。

謝靈運鬚

晉謝靈運鬚美，臨刑，因施爲南海祇洹寺維縻（摩）詰像鬚。寺人寶惜，初不虧損。中宗朝樂安（安樂）公主五日鬥草，欲廣其物色，令馳騎取之，又恐爲他所得，因翦棄其餘，今遂無。（同前）

按：此條見《隋唐嘉話》卷下，《類説》卷五四引作《隋唐嘉話》，《類説》卷二六、《紺珠集》卷三並引作《國史異纂》，當爲《隋唐嘉話》之文。

畫匠解奉先

洛陽畫匠解奉先爲嗣江王家畫像，未畢而逃，及見擒，乃妄云：「工直未相當。」因於像前誓曰：「若負心者，願死爲汝家牛。」歲餘，王家産一騂犢，有白文於背曰：「是解奉先。」觀者日夕如市，時開元二十年也。（同前）

按：此條見《隋唐嘉話》卷下，《太平廣記》卷一三四引作《國史異纂》，《類説》卷六、《紺珠集》卷十並引作《國朝傳記》，當爲《隋唐嘉話》之文。

玉樹

雲陽縣界多漢離宫故地，有似槐而葉細，土人謂之玉樹。楊子雲《甘泉賦》云：「玉樹青葱。」後左思以雄爲「假稱珍怪」，蓋不詳也。（同前）

按：此條見《隋唐嘉話》卷下，《太平廣記》卷四〇六、《紺珠集》卷三、張本《説郛》卷六七並引作《國史異纂》，當爲《隋唐嘉話》之文。

長明燈

江寧縣寺有晉長明燈，歲久火色變青而不熱。隋文帝平陳，已訝其古，至今猶在。（同前）

按：此條見《隋唐嘉話》卷下，《類説》卷五四引作《隋唐嘉話》，張本《説郛》卷六七引作《國史異纂》，當爲《隋唐嘉話》之文。

王右軍告誓文

王右軍《告誓文》，今之所傳，即其稿本，不具年月日朔。其真本云「維永和十年三月癸卯朔九日辛亥」，而書亦是真小文。開元初年閏月，江寧縣瓦官寺修講堂，匠人於鴟尾内竹筒中得之，與一沙門。至八年，縣丞李延業求得之，上岐王。岐王以獻帝，便留不出。或云：後借得岐王，十年，王家失火，圖書悉爲煨燼，此書亦見焚。（同前）

按：此條見《隋唐嘉話》卷下，《太平廣記》卷二〇九引作《國史異纂》，當爲《隋唐嘉話》之文。

僧房磬自鳴

洛陽有僧，房中磬子日夜輒自鳴，僧以爲怪，懼而成疾，求術士百方禁之，終不能已。曹紹夔素與僧善，夔來問疾，僧具以告。俄擊齋鐘，磬復作聲。紹夔笑曰：「明日設盛饌，余當爲除之。」僧雖不信紹夔言，冀或有效，乃力置饌以待。紹夔食訖，出懷中錯，鑢磬數處而去，其聲遂絶。僧問其所以，紹夔曰：「此磬與鐘律合，故擊彼應此。」僧大喜，其疾便愈。（同前）

按：今本《隋唐嘉話》無此條，陶本《説郛》卷三六引作《隋唐嘉話》，《太平廣記》卷二〇三引此文，與「樂工衛道弼」共爲一條，云出《國史異纂》，「衛道弼」條見《隋唐嘉話》卷下，此條當亦《隋唐嘉話》之文。

踏摇娘

隋末，有河間人皻鼻酗酒，自號郎中，每醉必毆擊其妻。妻美而善歌，每爲悲怨之聲，輒摇頓其身。好事者乃爲假面以寫其狀，呼爲「踏摇娘」，今謂之「談娘」。（同前）

按：此條今本《隋唐嘉話》無之。唐本校云：「按崔令欽《教坊記》及《太平御覽》引《樂府雜録》均有此事而微異，當皆本此。」按此條次於羼入《嘉話録》之《隋唐嘉話》諸文中，所記爲隋事，故從唐本，定爲《隋唐嘉話》之文。

許景先罷射

故事，每三月三日、九月九日，賜王公以下射，中鹿鳴賜馬，第一賜綾，其餘布帛有差。至開元八年秋，舍人許景先以爲徒耗國用而無益於事，罷之。（同前）

按：此條見《隋唐嘉話》卷下，當爲《隋唐嘉話》之文。

徐有功守法

皇甫文備，武后時酷吏也。與徐大禮（理）論獄，誣徐黨逆人，奏成其罪，武后特出之。無何，文備爲人所告，有功許之在寬。或曰：「彼曩時將陷公於死，今公反欲出之，何也？」徐曰：「汝所言者私怨，我所守者公法，安可以公容私耶？」（同前）

按：此條見《隋唐嘉話》卷下，陶本《説郛》卷三六引作《隋唐嘉話》，當爲《隋唐嘉話》之文。

糊名考判

武后以吏部選人多不實，乃令試日自糊其名，暗考以定等。判之糊名，自此始也。（同前）

按：此條見《隋唐嘉話》卷下，《太平廣記》卷一八五引作《國史異纂》，《類説》卷五四、《紺珠集》卷十並引作《隋唐嘉話》，當爲《隋唐嘉話》之文。

武元衡遇害之異

武氏諸碑，一夕風雨，失龜趺之首，凡碑上「武」字，皆不存，已而元衡遇害。（同前）

按：王明清《揮麈録餘話》卷二「韋絢《嘉話》虚誕」：「趙德夫明誠《金石録》云：『唐韋絢著《劉公嘉話》載……後來考之，武字皆完，龜首固自若，韋絢之妄明矣，而益知小説傳記之不足信也。』明清後見《元和姓纂》，韋絢乃執誼子，其虚誕有從來也。」按《金石録》卷二五《周武士彠碑》跋：「《戎幕閒談》載李德裕言，昔爲太原從事，見公牘中有文水縣牒，稱武士彠墓碑，元和年忽失龜頭所在，碑上有『武』字凡十一處，皆鐫去之，碑高大，非人力所及，未幾武元衡遇害。今此碑『武』字最多，皆刻畫完好，無訛缺者，以此知小説所載，事多荒誕不可信類如此。」知此爲《戎幕閒談》語，非《嘉話録》佚文。

燕許文工部詩

鄭□□云：「張燕公文逸而學奧，蘇許公文似古，學少簡而密。張有《河朔刺史冉府君碑》，序金城郡君云：『蕣華前落，蒿瘞城隅。天使馬悲，啟滕公之室；人看鶴舞，閉王母之墳。』亦其比也。」公又云：「張巧於才，近世罕比。《端午三殿侍宴詩》云：『甘露垂天酒，芝盤捧御書。含丹同蝘蜓，灰骨慕蟾蜍。』上親解紫拂菻帶以賜焉。蘇嘗夢書壁云：『元老見逐，讒人孔多。既誅群兇，方宣大化。』後十三年視草禁中，拜劉幽求左僕射制，上親授其意，及進本，上自益前四句，乃夢中詞也。」又云：「杜工部詩如爽鶻摩霄，駿馬絶地，其《八哀詩》，時人比之大謝《擬魏太子鄴中八篇》。杜曰：『公知其一，不知其二。吾詩曰：「汝陽讓帝子，眉宇真天人。虬髯似太宗，色映塞外春。」八篇中有此句不？』或曰：『「百川赴巨海，衆星拱北辰。」所謂世有其人。』杜曰：『使昭明再生，吾當出劉、曹、二謝上。』杜善鄭廣文，嘗以《花卿》及《姜楚公畫鷹歌》示鄭，鄭曰：『足下此詩可以療疾。』他日鄭妻病，杜曰：『爾但言：「子章髑髏血模糊，手提擲還崔大夫。」如不瘥，即云：「觀者徒驚帖壁飛，畫師不是無心學。」未間，更有「太宗拳毛騧，郭家師子花」。如又不瘥，雖和、扁不能爲也。』其自得如此。」（《唐語林》卷二「文學」）

按：唐本分此條爲二條，輯入「補遺」，校云：「詳其文義，當亦出《嘉話録》。文中引『公又云』即韋書通例。末云『其自得如此』，按張巡守睢陽條云『其忠勇如此』，杜丞相鴻漸條云『貴人多知人也如此』，苗給事條云『其父子之情切也如此』，貞元末太府卿韋渠牟條云『名場嶮巇如此』，均與此相類，故定爲《嘉話録》佚文。」《唐語林校證》亦云「本條疑出《嘉話録》」。按此條中之評杜甫詩，《觀林詩話》引作《樹萱録》；杜甫詩療瘧疾事，《苕溪漁隱叢話》前集卷一一引《西清詩話》亦云出《樹萱録》。《新唐書·藝文志三》：「《樹萱録》一卷。」不著撰人。《直齋書録解題》卷一一：「《樹萱録》一卷，不著名氏。序稱纂尚書滎陽公所談者，亦不知何人。又云『普聖圜丘之明年』，『普聖』者，僖宗由普王踐位也。書雖見《唐志》，今亦未必真本。或云劉燾無言所爲也。」普王李儇於咸通十四年七月即位，其明年則乾符元年，韋絢已前此卒。條首云「鄭□□云」，唐蘭校云：「疑本作『劉禹錫云』，既脱『禹錫』兩字，又誤『劉』爲『鄭』耳。」按《樹萱録》爲其作者記録「尚書滎陽公所談」而成，滎陽鄭氏著望，「滎陽公」當是鄭姓，故原文不誤，當出自《樹萱録》。《樹萱録》、《嘉話録》均係記録名公談話而成，體裁相類，有「公又云」等語尤不足爲據。

賈島推敲

島初赴舉京師，一日，於驢上得句云：「鳥宿池邊樹，僧敲月下門。」始欲著「推」字，又欲著「敲」字，練之未定。遂於驢上吟哦，時時引手作推敲之勢。時韓愈吏部權京兆，島不覺衝至第三節，左右擁至尹前，島具對所得詩句云云。韓立馬良久，謂島曰：「作敲字佳矣。」遂與並轡而歸，留連論詩，與爲布衣之交。自此名著。後以不第，乃爲僧，居法乾寺，號無本。一日，宣宗微行至寺，聞鐘樓吟詠聲，遂登樓，於島案上取詩卷覽之。島不識帝，遂攘臂睨帝曰：「郎君何會此邪？」遂奪取詩卷，帝慚恧下樓而去。遂除島爲遂州長江簿。（《苕溪漁隱叢話》前集卷一九引《靖康緗素雜記》引《劉公嘉話》）

按：此與《鑒誡録》卷八《賈忤旨》條略同，疑黄朝英誤記。

夔州異蟲

河南少尹韋絢，少時，嘗於夔州江岸見一異蟲，初疑棘針一枝。從者驚曰：「此蟲有靈，不可犯，或致風雷。」韋試令踏地驚之，蟲伏地如滅，細視地上若石脈焉。良久，漸起如舊，每刺上有一爪，忽入草，疾走如箭，竟不知是何物。（《酉陽雜俎》續集卷三）

按：此韋絢述夔州事，或爲《劉賓客嘉話録》中文，附録以備考。韋絢爲河南少尹事，未見它書，疑爲「江陵」或「荆南」之誤。

附録二　傳信方

傳信方述

予爲連州四年，江華守河東薛景晦以所著《古今集驗方》十通爲贈，其志在於拯物，予故申之以書。異日，景晦復寄聲相謝，且咨所以補前方之闕。醫拯道貴廣，庸可以淺學爲辭？遂於篋中得已試者五十餘方，用塞長者之問。皆有所自，故以「傳信」爲目云。元和十三年六月八日中山劉禹錫述。（《劉賓客文集·外集》卷九）

按：「劉禹錫《傳信方》二卷」，《新唐書·藝文志三》醫術類即已著録（《宋史·藝文志六》同）。這部醫書所集醫方都經過臨牀檢驗，有着良好的療效，方中的藥物大都價格低廉，容易求得，所以曾廣爲流傳，在醫藥學和中醫史的研究上有着較高的價值。南唐筠州刺史王紹顔曾在《傳信方》的影響下撰有《續傳信方》一書（見《重修政和經史證類本草》卷一一、卷一三等）；《傳信方》中所載醫方曾爲宋以後的醫學著作，如蘇頌的《圖經本草》、沈括等的《蘇沈良方》、許叔微的《本事方》、洪遵的《集驗方》、陳師文的《太平惠民和劑局方》、金人楊用道的《廣肘後方》、日人丹波康賴永觀二年（宋雍熙元年，九八四年）的《醫心方》等廣爲載録。由於上述醫書流傳甚廣，《傳信方》本身反而逐漸湮沒，終於亡佚了。

《傳信方》一書，對於我們瞭解唐代人物和史事也不無助益。例如，文中言及「邕州從事張岩」，即可和劉禹錫《送華陰尉張苕赴邕府使幕》一詩相印證。又如，文中提到澤潞李抱真因擊毬傷指、柳宗元元和十二年得腳氣將死、張薦曾爲劍南張延賞判官、禹錫元和中在朗州得子等事，都爲其他載籍所未載。所以，它的價值不僅在醫學史方面。

二十世紀中葉，馮漢鏞先生曾集録佚文，著《傳信方集釋》一書，一九五九年由上海科技出版社出版。該書除了收集佚文外，還對方劑的藥性、適應症和治驗情況作了介紹。該書共輯出四十五方，已接近原書五十餘方的十之八九。但前人引録《傳信方》時，往往有所增改，《集釋》重在保持醫方的完整性，往往連同他人文字一同輯入，亦偶有重出、漏輯、誤輯或誤注出處等情況。今據《四部叢刊》本《重修政和經史證類本草》等書重新輯録，附於集中，以見劉禹錫在醫學方面的造詣。重輯時作了必要的校勘，並對其中涉及的人物史事稍加注釋，醫藥方面的知識則從略。

治氣痢巴石丸

治氣痢巴石丸，取白礬一大斤，以炭火浄地燒，令汁盡，則其色如雪，謂之巴石。取一大兩，細研治，以熟猪肝作丸，空腹飲下，丸數隨氣力加減。水牛肝更佳。如素食人，蒸餅丸

之，亦通。（《重修政和經史證類本草》卷三「礬石」、《本草綱目》卷一一）

治蛇咬蝎螫方

又治蛇咬蝎螫，燒刀子頭令赤，以白礬置刀上，看成汁，便熱滴咬處，立差。此極神驗，得力者數十人。貞元十三年，有兩僧流向南，到鄧州，俱爲蛇嚙，令用此法救之，傅藥了便發，更無他苦。（《重修政和經史證類本草》卷三「礬石」、《肘後備急方》卷七「附方」）

治喉痹方〔一〕

取皂莢礬，入好米醋，或常用釅醋亦通，二物同研，咽之，立瘥。如苦喉中偏一旁痛，即側臥，亦痛處含之，勿咽。云此法出於李謨，甚奇。（《重修政和經史證類本草》卷三「礬石」、《本草綱目》卷一一）

【校注】

〔一〕《政和證類本草》：「又有皂莢礬，亦入藥，或云即緑礬也。《傳信方》治喉痹用之。」其後即録此方。

石旻山人甘露飯

石旻山人甘露飯，〔一〕療熱壅，涼膈上，驅積滯。蜀朴消成末，每一大斤用蜜，冬用十三兩，春夏秋用十二兩，先擣篩朴消成末，後以白蜜和令勾，便入新青竹筒。隨小大者一節著藥，得半筒已上即止，不得令滿。卻入炊甑中，令有藥處在飯内，其虚處出其上，不妨甑箪即得。候飯熟取出，承熱綿濾入一瓷鉢中，竹篦攪，勿停手，令至凝即藥成，收入合中。如熱月，即於冷水中浸鉢，然後攪。每食後或欲卧時含半匙，漸漸咽之。如要通轉，亦得。（《重修政和經史證類本草》卷三「朴消」、《本草綱目》卷一一）

【校注】

〔一〕石旻：《綱目》作「王旻」。甘露飯：《綱目》作「甘露飲」。

柳柳州纂救三死治霍亂鹽湯方〔一〕

元和十一年十月，得乾霍亂，上不可吐，下不可利，出冷汗三大斗許，氣即絶。河南房偉傳此湯，入口即吐，絶氣復通。其法：用鹽一大匙，熬令黄，童子小便一升，二物温和服之，少頃吐下即愈。（《重修政和經史證類本草》卷四「食鹽」）

【校注】

〔一〕《政和證類本草》卷四稱「柳柳州纂救三死治霍亂鹽湯方」，同書卷二二：「唐劉禹錫纂『柳州救三死方』云……」，知此方亦載於劉禹錫《傳信方》中。柳柳州：柳宗元，元和十年爲柳州刺史，十四年卒於柳州任所，見《舊唐書》卷一六〇、《新唐書》卷一六八本傳。

崔中丞煉鹽黑丸方〔一〕

鹽一升，搗末，納粗瓷瓶中實築，泥頭訖。初以塘火燒，漸漸加炭火，勿令瓶破。候赤徹，鹽如水汁，即去火。其鹽冷即凝，破瓶取之。豉一升，熬煎；桃仁一大兩，和麩炒令熟；巴豆二大兩，去心膜，紙中熬令油出，須生熟得所，熟即少力，生又損人。四物各用研搗成熟藥，秤量蜜和丸，如梧子。每服三丸，皆平旦時服。天行時氣，豉汁及茶下並得。服後多吃茶汁，行藥力。心痛，酒下，入口便止。血痢，飲下初變水痢，後便止。鬼瘧，茶飲下，骨蒸白蜜湯下。忌冷漿水。合藥久則丸稍加令大。凡服藥後，吐痢，勿怪。服藥二日忌口，兩日吐痢若多，即煎黄連汁服止之。平旦服藥，至小食時已來不吐痢者，或遇殺藥人藥久不動者，即更服一兩丸投之。其藥冬中合，臘月尤佳，瓷合子中盛貯，勿令泄氣。清河崔能云：「合得一劑，可救百人。天行時氣，卒急覓藥不得，又恐過時，或在道途，或在村落，無諸藥可求，但將此藥一刀圭，即敵大黄、朴消數兩。曾試有效，宜行於閭里間及所使輩。若小兒女子，不可服多，被攪作耳。」（《重修政和經史證類本草》卷四「食鹽」、《本草綱目》卷一一）

【校注】

〔二〕崔中丞：崔能。《舊唐書》本傳：「貶永州刺史。」柳宗元《湘源二妃廟碑》：「元和九年八月二十日，湘源二妃廟災，司功掾守令彭城劉知剛、主簿安邑衛之武告於州刺史御史中丞清河崔公能曰……」知崔能元和九年爲永州刺史。此方當得自柳宗元。

鉛灰治瘰癧方〔一〕

取鉛三兩，鐵器中熬之，久當有腳如黑灰，取此灰和脂塗癧子上，仍以舊帛貼之。數數去帛，拭惡汁又貼。如此半月許，亦不痛不破不作瘡，但内消之，爲永差。雖流過項亦差。

（《重修政和經史證類本草》卷五「鉛」）

【校注】

〔一〕《政和證類本草》云：「又鉛灰治瘰癧方，劉禹錫著其法云……」

療心痛地黄冷淘方〔一〕

貞元十年，通事舍人崔抗女患心痛，〔二〕垂氣絶。遂作地黄冷淘食之，便吐一物，可方一寸已來，如蝦蟆狀，無目足等，微似有口，蓋爲此物所食。自此遂愈。〔三〕食冷淘不用著鹽。〔四〕（《重修政和經史證類本草》卷六「乾地黄」）

【校注】

〔一〕《政和證類本草》此條前云：「崔玄亮《海上方》：以生地黄一味，隨人所食多少，擣絞取汁，搜麵作餺飥，或冷淘食，良久，當利，出蟲長一尺許，頭似壁宫，後不復患矣。昔有人患此病，二年不差，深以爲恨。臨終，戒其家人：『吾死後，當剖去病本。』果得蟲，置於竹節中，每所食，皆飼之。因食地黄餺飥，亦與之，隨即壞爛，由此得方。劉禹錫《傳信方》亦紀其事，云……」又許叔微《類證普濟本事方》卷七云：「崔玄亮《海上方》，治一切心痛，無問新久。……劉禹錫《傳信方》……」後即引此方。

〔二〕崔抗：《新唐書・宰相世系二下》「博陵安平崔氏第三房」：「抗，揚府司馬、兼通事舍人、將作少監。」光迪子，崔光遠侄，崔玄亮父。《白居易集》卷七〇《唐故虢州刺史贈禮部尚書崔公（玄亮）墓誌銘》：「祖光迪，贈贊善大夫。考抗，揚州司馬、兼通事舍人，贈太子少師。」

〔三〕遂愈：《本事方》作「頓愈」。

〔四〕冷淘不用著鹽：《本事方》作「麵中忌用鹽」。

羊肝丸治目方

治目方，取黄連末一大兩，白羊子肝一具去膜，同於砂盆内研，令極細，衆手捻爲丸，如梧子。每食以暖漿水吞二七枚，連作五劑，差。但是諸眼目疾及障、翳、青盲皆主之。禁食猪肉及冷水。劉禹錫云，有崔承元者，因官治一死罪囚，出活之，囚後數年以病目致死。〔一〕一旦崔爲内障所苦，喪明逾年，後半夜嘆息獨坐，時聞階除間悉窣之聲，崔問爲誰，曰：「是昔所蒙活者囚，今故報恩至此。」遂以此方告訖而没。崔依此合服，不數月，眼復明，因傳此方於世。（《重修政和經史證類本草》卷七「黄連」、《肘後備急方》卷六「附方」）

【校注】

〔一〕病目：《證類本草》作「病自」，據《普濟方》卷八六、《名醫類案》卷七改。

藍實治蟲豸傷咬方〔一〕

治蟲豸傷咬，取大藍汁一碗，入雄黄、麝香二物，隨意著多少，細研，投藍汁中，以點咬處。

若是毒者，即並細服其汁，神異之極也。昔張薦員外在劍南爲張延賞判官，〔二〕忽被斑蜘蛛咬項上，一宿咬處有二道赤色，細如箸，繞項上，從胸前下至心。經兩宿，頭面腫疼如數升碗大，肚漸腫，幾至不救。張相素重薦，因出家資五百千，並薦家財又數百千，募能療者。忽一人應召，云可治。張相初甚不信，欲驗其方，遂令目前合藥。其人云：「不惜方，當療人性命耳。」遂取大藍汁一磁碗，取蜘蛛投之藍汁，良久方出得汁中，甚困，不能動。又别擣藍汁，加麝香末，更取蜘蛛投之，至汁而死。又更取藍汁、麝香復加雄黄和之，更取一蜘蛛投汁中，隨化爲水。張相及諸人甚異之，遂令點於咬處，兩日内悉平復，但咬處作小瘡，痂落如舊。（《重修政和經史證類本草》卷七「藍實」、《肘後備急方》卷七「附方」）

【校注】

〔一〕《政和證類本草》：「藍汁治蟲豸傷咬，劉禹錫《傳信方》著其法云……」

〔二〕張薦：《舊唐書》卷一四九、《新唐書》卷一六一有傳。兩《唐書》本傳及《全唐文》卷五〇六權德輿《張薦墓誌銘》均未及其參張延賞劍南西川幕事。張延賞：《舊唐書·德宗紀上》：「（大曆十四年十一月癸巳）以荆南節度使、檢校禮部尚書、兼江陵尹、御史大夫張延賞檢校兵部尚書、兼成都尹、御史大夫、劍南西川節度度支營田觀察等使。……（貞元元年八月）延賞罷鎮西川還，行至興元，改左僕射。」

李亞治一切嗽及上氣者方

李亞治一切嗽及上氣者，[一]用乾薑，須是台州至好者，皂莢炮去皮子，取肥大無孔者，桂心紫色辛辣者，削去皮。三物並別擣下篩了，各秤等分，多少任意。和合後，更擣篩一遍，煉白蜜和搜，又擣一二千杵。每飲服三丸，丸稍加大如梧子，不限食之先後，嗽發即服，日三五服。禁食葱油鹹腥熱麵，其效如神。劉在淮南與李同幕府，李每與人藥而不出方，或譏其吝，李乃情話曰：「凡人患嗽，多進冷藥，若見此方，見藥熱燥，即不肯服。故但出藥，多效。」試之，信然。（《重修政和經史證類本草》卷八「生薑」、《肘後備急方》卷三）

【校注】

〔一〕李亞：未詳，據文，當是貞元十七八年與劉禹錫同在淮南杜佑府中者。

療暴中風方

療暴中風，用緊細牛蒡根，取時須避風，以竹刀或荆刀刮去土，用生布拭了，擣絞取汁一大升，和灼然好蜜四大合，温分爲兩服，每服相去五六里，初服得汗，汗出便差。此方得之岳鄂鄭中丞。〔一〕鄭頃年至潁陽，因食一頓熱肉，便中暴風。外生盧氏爲潁陽尉，有此方，當時便服，得汗隨差，神效。（《重修政和經史證類本草》卷九「惡實」）

【校注】

〔一〕鄭中丞：鄭伸。《舊唐書·德宗紀下》：「（貞元十八年三月）己巳，以蘄州刺史鄭紳爲鄂州刺史、鄂岳蘄沔觀察使。」《八瓊室金石補正》卷六八《唐故朝請大夫守國子祭酒鄭伸碑》：「以本官權刺蘄春。貞元十八年，授朝散大夫、鄂州刺史、兼御史□丞、鄂□□□□□□……」

治氣痢方〔一〕

《唐太宗實録》云：「貞觀中，上以氣痢久未痊，服它名醫藥不應，因詔訪求其方。有衛士進乳煎蓽撥法，御用有效。」後累試，年長而虚冷者必效。（《重修政和經史證類本草》卷九「蓽撥」）

【校注】

〔一〕《政和證類本草》：「《唐太宗實録》云……劉禹錫亦記其事，云『後累試，年長而虚冷者必效』。」知其爲《傳信方》文。

盧會治濕癢方〔一〕

余少年曾患癬，初在頸項間，後延上左耳，遂成濕瘡。用斑猫、狗膽、桃根等諸藥物，徒令蜇蠚，其瘡轉盛。偶於楚州，賣藥人教用盧會一兩研，炙甘草半兩末，相和令匀，先以温漿水洗癬，乃用舊乾帛子拭乾，便以二味合和傅之，立乾便差，神奇。（《重修政和經史證類本草》卷九「盧會」）

【校注】

〔一〕《政和證類本草》云：「盧會治濕癢搔之有黄汁者，劉禹錫著其方云……」

造桂漿法〔一〕

造桂漿法：夏月飲之，解煩渴，益氣消痰。桂末二大兩，白蜜一升。以水二斗，先煎取一斗，待冷，入新瓷瓶中，後下二物，攪二三百轉，令匀。先以油單一重復上，加紙七重，以繩封之。每日去紙一重，七日開之。藥成，氣香味美，格韻絶高。（《重修政和經史證類本草》卷一二「桂」）

【校注】

〔一〕《傳信方集釋》云：「造桂漿法，蘇頌《圖經本草》謂係王紹顔《續傳信方》所載，然葉夢得《避暑録話》卷上則説：『劉禹錫《傳信方》有桂漿法，善造者暑月極快美。』則記載桂漿的造法，最先的當是劉禹錫，不是王紹顔。」

王及郎中槐湯灸痔法〔一〕

硤州王及郎中槐湯灸痔法：以槐枝濃煎湯，便以艾灸其上七壯，以知爲度。及早充西川安撫使判官，乘騾入駱谷，及宿有痔疾，因此大作，其狀如胡瓜，貫於腸頭，熱如煻灰火，至驛殭仆。主郵吏云：「此病某曾患來，須灸即差。」及命所使作槐湯洗熱瓜上，令用艾灸，至三五壯，忽覺一道熱氣入腸中，因大轉瀉，先血後穢，一時至痛楚。瀉後遂失胡瓜所在，登騾而馳。（《重修政和經史證類本草》卷一二「槐實」）

【校注】

〔一〕《政和證類本草》云：「劉禹錫《傳信方》著硤州王及郎中槐湯灸痔法……」此條亦見《類證普濟本事方》卷七，次於崔玄亮《海上方》引劉禹錫《傳信方》後，原另起一行。《本事方》「主郵」作「主驛」，「及命所使作槐湯洗熱瓜上令用艾灸至三五壯」作「用柳枝濃煎湯先洗瘡便以艾注灸其上連灸三五壯」。

治女子月經不絶來無時方[一]

治女子月經不絶來無時者，取案紙（楮皮紙）三十張，燒灰，以清酒半升和調服之，頓定。如冬月則暖酒服。蓐中血暈，服之立驗。已斃者，去板齒灌之，經一日亦活。（《重修政和經史證類本草》卷一二「楮實」）

【校注】

〔一〕《政和證類本草》卷十二「楮實」：「紙亦入藥，見劉禹錫《傳信方》，治女子月經不絶來無時者……」

治眼方[一]

眼風癢，或生翳，或赤眦，一切皆主之。宣州黄連擣篩末，蕤核仁去皮，碾爲膏，緣此性稍濕，末不得故耳。與黄連等分和合。取無蟲病乾棗三枚，割頭少許，留之，去卻核。以二物滿填於中，卻取所割下棗頭依前合定，以少綿裹之。惟薄綿爲佳。以大茶碗量水半碗於銀器中，文武火煎取一鷄子以來，以綿濾，待冷點眼，萬萬不失。前後試驗數十人皆應。

（《重修政和經史證類本草》卷一三「蕤核」）

【校注】

〔一〕《政和證類本草》云：「治眼，劉禹錫《傳信方》所著法最奇，云……」

訶梨勒治赤白下方〔一〕

予曾苦赤白下，諸藥服遍，久不差，轉爲白膿。令狐將軍傳此法，用阿（訶）梨勒三枚上好者，兩枚炮取皮，一枚生取皮，同末之，以沸漿水一兩合服之。淡水亦得。若空水痢，加一錢匕甘草末。若微有膿血加二匕，若血多加三匕，皆效。（《重修政和經史證類本草》卷一四「訶梨勒」）

【校注】

〔一〕《政和證類本草》「訶梨勒」云：「劉禹錫《傳信方》云……」，後即載此條及下二條，今録之，仍分爲三條。

治目風赤澀痛方〔一〕

又取其核（訶梨勒核）入白蜜，研注目中，治風赤澀痛，神良。（《重修政和經史證類本草》卷一四「訶梨勒」）

【校注】

〔一〕此條與前條及後條，原爲一條，今分列。

治痰嗽咽喉不利方〔一〕

其子（訶梨勒子）未熟時風飄墮者，謂之隨風子，暴乾收之，彼人尤珍貴，益小者益佳，治痰嗽咽喉不利，含三數枚殊勝。（《重修政和經史證類本草》卷一四「訶梨勒」）

【校注】

〔一〕此條與前二條原爲一條，今分列。

樗根餛飩皮治久痢及疳痢方〔一〕

每至立秋前後即患痢，或是水穀痢兼腰痛等，取樗根一大兩，〔二〕搗篩，以好麵捻作餛飩子，如皂莢子大，清水煮，每日空腹服十枚。並無禁忌。神良。（《重修政和經史證類本草》卷一四「樗木」）

【校注】

〔一〕《政和證類本草》卷一四「樗木」：「唐劉禹錫著樗根餛飩法云……」

〔二〕樗根一大兩：《説郛》卷二二宋林洪《山家清供》引「劉禹錫煮椿根餛飩皮法」作「取椿根一兩握」，並云：「椿實而香，樗疏而臭，惟椿根可也。」與此不同。

療瘻方〔一〕

孫思邈《千金月令》療忽生瘻疾一二年者，以萬州黄藥子半斤，須堅重者爲上，如輕虛，即是他州者，力慢，須用一倍。取無灰酒一斗，投藥其中，固濟瓶口，以塘火燒一復時，停騰待酒冷即開。患者時時飲一盞，不令絶酒氣。經三五日後，常須把鏡自照，覺銷即停飲，不爾便令人項細也。劉禹錫《傳信方》亦著其效，云得之邕州從事張岧，〔二〕岧目擊有效，復已試，其驗如神。其方並同，有小異處，惟燒酒候香氣出外，瓶頭有津出即止，不待一宿，火仍不得太猛，酒有灰。（《重修政和經史證類本草》卷一四「黄藥根」）

【校注】

〔一〕按此條已經改寫，今照録。

〔二〕張岧：劉禹錫有《送華陰尉張苕赴邕府使幕》詩：「昔忝南宮郎，往來東觀頻。常披燕公傳，聳若窺三辰。」燕公：張説，封燕國公，謚曰文。《新唐書·宰相世系二下》，張説孫八人：岯、密、濛、嵍、岩、渙、岱、嵲。張苕當即張岧，疑即張岩。

治口瘡並發背方

主大人口中瘡瘡並發背，萬不失一。用山李子根，亦名牛李子，薔薇根，野外者佳，各切細五升，以水五大斗，煎至半日已來，汁濃，即於銀銅器中盛之。重湯煎至一二升，看稍稠，即於磁瓶子中盛，少少温含咽之，必差。忌醬醋油膩熱麵，大約不宜食肉。如患發背，重湯煎，令極稠和如膏，以帛塗之瘡上，神效。襄州軍事柳岸妻竇氏，患口瘡十五年，齒盡落，斷亦斷壞不可近，用此方遂差。（《重修政和經史證類本草》卷一四「鼠李」）

柳柳州纂救三死方治脚氣方〔一〕

唐柳柳州纂《救三死方》云：元和十二年二月得脚氣，夜半痞絶，脅有塊，大如石，且死，因大寒不知人三日。家大號哭。滎陽鄭洵美傳杉木湯，服半食頃，大下。三下，氣通塊散。杉木節一大升，橘葉切一大升，北地無葉，可以皮代之，大腹檳榔七枚，合子碎之，童子小便三大升，共煮。取一大升半，分兩服，若一服得快利，即停後服。已前三死真死矣，會有教者，皆得不死。恐他人不幸，有類余病，故傳焉。（《重修政和經史證類本草》卷一四「杉材」）

【校注】

〔一〕柳柳州：柳宗元，其「三救死方」實載於劉禹錫《傳信方》，見前「柳柳州纂救三死治霍亂鹽湯方」注。此方又載許叔微《類證普濟本事方》卷七，「因大寒」作「困塞」，「家大」作「家人」，「快利」作「决利」。

羊乳療蜘蛛咬遍身生絲方〔一〕

貞元十一年，余至奚吏部宅，〔二〕坐客有崔員外，〔三〕因話及此。崔云，目擊有人爲蜘蛛咬，腹大如有妊，遍身生絲，其家棄之，乞食於道。有僧教吃羊乳，未幾而疾平。（《重修政和經史證類本草》卷一七「羖羊角」、《醫心方》卷一八）

【校注】

〔一〕《政和證類本草》：「乳療蜘蛛咬遍身生絲者，生飲之即愈。劉禹錫《傳信方》載其效云……」同書卷二二「蜘蛛」：「此蟲中人尤慘，惟飲羊乳可制其毒，出劉禹錫《傳信方》云。」

〔二〕奚吏部：奚陟。《舊唐書》本傳：「貞元八年，擢拜中書舍人。……遷刑部侍郎。……陟尋以本官知吏部選事，銓綜平允，有能名，遷吏部侍郎。所莅之官，時以爲稱職。貞元十五年卒。」

〔三〕崔員外：《醫心方》作「刑部崔從質」。《舊唐書·德宗紀下》：「（貞元十六年九月）以户部郎中崔從質爲户部侍郎。」權德輿《祭户部崔侍郎文》：「維貞元十九年歲次癸未十月戊寅朔十二日己丑：……敬祭於故户部侍郎、贈右散騎常侍崔君之靈。」權德輿又有《祭奚吏部文》。劉禹錫蓋因權德輿而與崔、奚二人相識。

治小兒熱瘡鷄子髮煎方〔一〕

亂髮鷄子膏，主孩子熱瘡。鷄子五枚，去白取黄，亂髮如鷄子許大，二味相和，於鐵銚子中炭火熬。初甚乾，少頃即髮焦，遂有液出，旋取置一磁碗中，以液盡爲度，取塗熱瘡上，即以苦參末粉之。頃在武陵生子，蓐内便有熱瘡發於臀腿間。初塗以諸藥及他藥，無益，日加劇，蔓延半身，狀候至重，晝夜啼號，不乳不睡。因閲《本草》，至「髮髲」，本經云：「合鷄子黄煎之，消爲水，療小兒驚熱下痢。」注云：「俗中嫗母爲小兒作鷄子煎，用髮雜熬，良久得汁，與小兒服，去痰熱，主百病，用髮皆取久梳頭亂者。」又檢「鷄子」，本經云：「療火瘡。」因是用之，果如神，立效。（《重修政和經史證類本草》卷一九「鷄子」）

【校注】

〔一〕《政和證類本草》卷一九：「鷄子入藥最多，而髮煎方特奇。劉禹錫《傳信方》云……」

甘少府治腳轉筋兼暴風通身冰冷如攤緩者方

甘少府治腳轉筋兼暴風通身冰冷如攤緩者，取蠟半斤，以舊帛，絁絹並得，約闊五六寸，看所患大小加減闊狹，先銷蠟塗於帛上，看冷熱，但不過燒人，便承熱纏腳，仍須當腳心，便著襪裹腳，待冷即便易之。亦治心躁驚悸，如覺是風毒，兼裹兩手心。（《重修政和經史證類本草》卷二〇「石蜜」）

柳柳州救三死方蜣螂治疔方〔一〕

柳州《救三死方》云：元和十一年，得丁瘡，凡十四日，日益篤，善藥傅之，皆莫能知。長樂賈方伯，教用蜣螂心，一夕而百苦皆已。明年正月食羊肉，又大作，再用亦如神驗。其法，一味貼瘡半日許，可再易，血盡根出遂愈。蜣螂心，腹下度取之，其肉稍白是也。所以云食羊肉又大作者，蓋蜣螂畏羊肉故耳。其法蓋出葛洪《肘後方》。〔二〕（《重修政和經史證類本草》卷二二「蜣螂」）

【校注】

〔一〕《政和證類本草》云：「劉禹錫纂柳州《救三死方》云……」知柳宗元所撰方載於《傳信方》中。

〔三〕「其法」句：此語似《本草》編者所加。

蜣螂巴豆拔箭鏃並療諸瘡方〔一〕

又主箭鏃入骨不可拔者，微熬巴豆與蜣螂，並研勻，塗所傷處。斯須痛定，必微癢，且忍之，待極癢不可忍，便撼動箭鏃，拔之立出。此方傳於夏侯鄆。鄆初爲閬州録事參軍，有人額上有箭痕，問之，云隨馬侍中征田悦，〔二〕中射，馬侍中與此藥，立可拔鏃出，後以生肌膏藥傅之，遂無苦。因並方獲之，云諸瘡亦可療。鄆得方後，至洪州逆旅，主人妻患瘡，呻吟方極，以此藥試之，立愈。又主沙塵入眼不可出者，取生蜣螂一枚，手持其背，遂於眼上影之，沙塵自出。（《重修政和經史證類本草》卷二二「蜣螂」）

【校注】

〔一〕《政和證類本草》此條緊接前條之後，當亦爲《傳信方》中文。

〔二〕馬侍中：馬燧。田悦：德宗時魏博節度使。《舊唐書·馬燧傳》：「大曆十四年六月，檢校工部尚書、太原尹、北都留守、河東節度留後，尋爲節度使。……建中二年六月，朝於京師，加檢校兵部尚書，令還太原。初田悦新代承嗣統兵，恐人不附己，詐效誠款，燧上疏明其必反，宜先備之。其年，悦果與淄青、恒冀通謀，自將兵三萬圍邢州，次臨洺……乃詔燧將步騎二萬……

救臨洺。……（貞元三年）六月，以燧守司徒，兼侍中、北平王如故。」傳載其屢大破田悦兵事。

合香法〔一〕

每甲香一斤，以泔一斗半於鐺中，以微煻火煮，經一復時，即換新泔。經三換，即漉出。衆手刮去香上惡物訖，用白蜜三合，水一斗，又煻火煮一復時。水乾，又以蜜三合、水一斗再煮，都三復時，以香爛止。炭火熱燒地，灑清酒令潤，鋪香於其上，以新瓷瓶蓋合密埿一復時，待香冷硬，即臼中用木杵擣令爛。以沉香三兩、麝香一分和合，略擣，令相亂，入印香成，以瓷瓶貯之，更能埋之，經久方燒，尤佳。凡燒此香，須用大火爐，多著熱灰及剛炭。至合翻時，又須換火猛燒，令盡訖，去之爐旁，著火暖水，即香不散。甲香須用合州小者佳。此法出於劉兖奉禮也。（《重修政和經史證類本草》卷二二「甲香」）

【校注】

〔一〕《政和證類本草》：「合香家……《傳信方》載其法云……」

治嗽補肺丸

治嗽補肺丸：杏仁二大升，山者不中，揀卻雙仁及陳臭，以童子小便一斗浸之，春夏七日，秋冬二七日。並皮尖於砂盆子中研細，濾取汁，煮令魚眼沸，候軟如麵糊即成。仍時以柳枝攪，勿令著底，後即以馬尾羅或粗布下之，日曝，可丸即丸。服之時，食前後，總須服三十丸、五十丸。任意茶酒下，忌白水粥，只是爲米泔耳。自初浸至成，常以紙蓋之，以畏塵土也。如無馬尾羅，即以粗布袋下之，如取棗穰法。（《重修政和經史證類本草》卷二三「杏核」）

治蚰蜒入耳方

蚰蜒入耳，以油麻油作煎餅，枕卧，須臾，蚰蜒自出而差。李元淳尚書在河陽日，〔一〕蚰蜒入耳，無計可爲。半月後，腦中洪洪有聲，腦悶不可徹，至以頭自擊門柱。奏疾狀危急，因發御藥以療之，無差者。其爲受苦，不念生存。忽有人獻此方，乃愈。（《重修政和經史證類本草》卷二四「油麻」）

【校注】

〔一〕李元淳：見乾隆《孟縣志》卷四下潘孟陽《祁連郡王李公（元淳）墓誌》。《舊唐書·德宗紀下》：「（貞元四年十月）丙戌，以右神策將軍李長榮爲河陽三城懷州團練使，仍賜名元〔淳〕。……（十五年三月）戊辰，以河陽三城節度使李元〔淳〕爲潞州長史、昭義軍節度。」二「淳」字均因避唐憲宗李純諱而省。

稻稈灰治撲損方

湖南李從事治馬墜撲損，用稻稈燒灰，用新熟酒未壓者和糟入鹽和合，淋前灰取汁，以淋痛處，立差。直至背損，亦可淋用。好糟淋灰亦得，不必新壓酒也。（《重修政和經史證類本草》卷二六「稻米」）

煨葱治打撲損方〔一〕

煨葱治打撲損，得於崔給事。取葱新折者，便入煻灰火煨，承熱剥皮擘開，其間有涕，便將罨損處，仍多煨取續，續易熱者。崔云：「頃在澤潞，與李抱真作判官。〔二〕李相方以毬杖接毬子，其軍將以杖相隔，便乘勢不能止，因傷李相拇指，並爪甲擘裂。遽索金創藥裹之，强坐，頻索酒喫，至數盞，已過量，而面色愈青，忍痛不止。有軍吏言此方，遂用之。三易，面色卻赤。斯須云已不痛，凡十數度用熱葱並涕纏裹其指，遂畢席笑語。」（《重修政和經史證類本草》卷二八「葱實」）

【校注】

〔一〕《政和證類本草》云：「煨葱治打撲損，見劉禹錫《傳信方》，云得於崔給事，取葱新折者……」《類證普濟本事方》卷七引此事，未注出處。

〔三〕李抱真：《舊唐書》卷一三二、《新唐書》卷一三八有傳。《舊傳》云：「德宗即位，拜檢校工部尚書，兼潞州長史、昭義軍節度支度營田、澤潞磁邢觀察使。」

煉石法〔一〕

白麥飯石，色黄白，類麥飯者尤佳。炭火燒，取出，醋中浸十遍。白斂末，鹿角二三寸截之，不用自脱者，元帶腦骨者，炭火燒之，煙盡爲度，杵爲末，各等分。上並搗細末，取多年米醋，於銚中煎，並令魚眼沸，即下前件藥末，調如稀餳。以篦子塗附腫上，只當瘡頭留一指面地，勿令合，以出熱氣。如未膿，當内消。如已作頭，當撮小。若日久瘡甚，肌肉潰爛，筋骨出露，即於布上塗藥，貼之瘡上，乾即再换。但以膈中不穴，無不差。瘡切忌手按，宜慎之。（《蘇沈良方》卷七、《重修政和經史證類本草》卷五「薑石」、《洪氏集驗方》卷二）

【校注】

〔一〕《政和證類本草》：「大凡石類多主癰疽。北齊馬嗣明醫楊遵彦背瘡，取粗理黄石，如鵝卵大，猛烈火燒令赤，内酸醋中，因有屑落醋裏，頻燒淬石至盡。取屑暴乾，搗篩和醋塗之，立愈。劉禹錫謂之煉石法。世人又傳麥飯石亦治發背瘡。麥飯石者，粗，黄白類麥飯，曾作磨磑者尤佳。中岳山人吕子華方云……此方孫思邈《千金月令》已有之，與此大同小異，但此本論説稍備耳。」《蘇沈良方》卷七載周南記吕西華傳此方事，復載其方如後，云：「劉夢得《傳信方》亦有，不及如此之備。」然核之《政和證類本草》，所云「論説稍備」者乃指「世人又傳」之「中岳山人吕西華方」，並非指《傳信方》。洪遵《集驗方》卷二「神授癧疽靈方」亦載此方，云劉禹錫《傳信方》亦載。今録其文，以備考。

治夏秋之交露坐夜久腹内痞如群石在腹中痛者方

治夏秋之交露坐夜久腹内痞如群石在腹中痛者方：大荳半升，生薑八分。以水二升，煎取一升已下，頓服，其堅痞立散。（《醫心方》卷一〇）

療赤白痢如鵝鴨肝方

療赤白痢如鵝鴨肝方：黄芩、黄連各八分。上二味以水二升，煎取一升，分二服。（《醫心方》卷一一）

治一切痢神效方

治一切痢神效方：黄連二兩半，黄柏一兩半，羚羊角半兩，茯苓半兩。上四味爲散，蜜和丸，用薑蜜湯下。（《醫心方》卷一一）

療蚰蜒咬方[一]

療蚰蜒咬方：蚰蜒咬，常濃作鹽湯，數浸洗而愈。浙西軍將張韶爲此蟲所嚙，其形如患大風，眉鬢皆落，每夕則蚰蜒鳴於體中。有僧遇諸途，教用此法，尋愈。（《醫心方》卷一八）

〔一〕按：此方又見《重修政和經史證類本草》卷四「食鹽」，云出《經驗方》。

治腸痛方

治腸痛方：鱉甲燒存性，研，水服一錢，日三。（《本草綱目》卷四五）

治血痢内熱方

治血痢内熱方：海蛤末，蜜水調服二錢，日二。（《本草綱目》卷四六）

治毒風方

治毒風腰脚無力腫痛腹脹心煩悶氣上衝咽喉頭面浮腫嘔逆方：旋復花頭子、白茯苓、橘皮去瓤、桑白皮銼炒黄色各三兩，犀角屑一兩，紫蘇莖二兩，豉三合，生薑四兩切，棗十枚去核。上除薑、棗外，細銼，都以水八升，煎至三升，攪，去滓，分三服，每服如人行十里。（《脚氣治法總要》卷下）

蘇合香〔一〕

用蘇合香多薄葉，子如金色，按之則少，放之則起，良久不定，如蟲動，氣烈者佳也。（《蘇沈良方拾遺》卷上）

【校注】

〔一〕《蘇沈良方》：「今之蘇合香如堅木，赤色，又有蘇合油如䊧膠，今多用之爲蘇合香。按劉禹錫

《傳信方》用蘇合香，云……如此則全非今所用者，更當精考之。」

［附］《傳信方集釋》據《本草綱目》卷一四輯《黄牛乳煎蓽茇方》云：「黄牛乳煎蓽茇方，御用有效。劉禹錫亦記其事云。後累試，於虚冷者必效。」按，此即前《治氣痢方》文。又《重修政和經史證類本草》卷一三輯《治腰膝痛不可忍方》云：「治腰膝痛不可忍方：海桐皮二兩，牛膝、芎藭、羌活、地骨皮、五加皮各一兩，甘草半兩，薏苡仁二兩，生地黄十兩。八物浄洗焙乾細銼，生地黄以蘆刀子切，用綿一兩，都包裹，入無灰酒二斗浸，冬二七日，夏一七日。候熟，空心食。早午晚卧時飲一杯，長令醺醺。合時不用添減，禁毒食。」然檢《政和證類本草》卷一三，實云出《續傳信方》。又據任廣《書叙指南》卷二〇録《傳信方》逸文三則：

切脈曰布指於位。

不曉脈曰第知息至。

單方曰一物足了病。

按《劉賓客文集》卷一〇《答道州薛郎中論方書書》：「果惠以所著奇方十通，商古今之宜，而去其併猥，以一物足以了病者居多。」又云：「學切脈以探表候，而天機昏淺，布指於位，不能分累菽之重輕，第知息至而已。」均非《傳信方》佚文。

附録三　備考詩文

詩

重別

二十年來萬事同，今朝岐路忽西東。皇恩若許歸田去，歲晚當爲鄰舍翁。（《劉賓客文集》外集卷七）

按：此詩見《柳河東集》卷四二，爲柳宗元作，題作《重別夢得》，其後附劉禹錫《重答柳柳州》詩。宋敏求編《外集》時據《柳柳州集》録詩，誤將柳宗元此詩録入而遺劉詩。參見卷四《重答柳柳州》注。

三贈

信書誠自誤，經事漸知非。今日臨湘別，何年待汝歸。（《劉賓客文集》外集卷七）

按：此詩見《柳河東集》卷四二，爲柳宗元作，題作《三贈劉員外》，其後附劉禹錫《答柳子厚》詩。宋敏求編《外集》時據《柳柳州集》録詩，誤將柳宗元此詩録入而遺劉詩。參見卷四《重答柳柳州》注。

虎丘寺路宴

青林虎丘寺，林際翠微路。立見山僧來，遥從鳥飛處。兹峰淪寶玉，千載惟丘墓。埋劍人空傳，鑿山龍已去。捫蘿披翳薈，路轉夕陰遽。虎嘯崖谷寒，猿鳴松杉暮。徘徊北樓上，海江窮一顧。日映千里帆，鴉歸萬家樹。暫因愜所適，果得捐外慮。庭暗棲還雲，檐香滴甘露。久迷空寂理，多爲聲華故。永欲投此山，餘生豈能誤。（《全唐詩》卷三五五）

按：此詩劉禹錫本集不載，《全唐詩》當據《吴郡志》輯入。該書卷一六「虎丘寺詩文」録此詩作劉禹錫詩，無題（其前有白居易《虎丘寺路宴留别》詩，故《全唐詩》據以擬題），其後又録劉禹錫《虎丘寺見元相公二年前題名愴然有詠》、《發蘇州後登武丘寺望海樓》二詩。依《吴郡志》體例，如前詩爲劉禹錫作，則後同人之作不另署名，今既重復署名，知前詩原非劉作。按此詩見《劉隨州詩集》卷七、《全唐詩》卷一五〇劉長卿卷，題爲《題虎丘寺》。據傅璇琮《唐代詩人叢考·劉長卿事跡考辨》，長卿大曆中自淮南鄂岳轉運留後貶授睦州司馬，詩即赴睦州時經蘇州作。詩與長卿被貶時心情甚合，亦無一字及路宴事，實爲劉長卿作。蓋南宋時，禹錫、長卿二人詩曾合刻爲《二劉集》，故范成大録詩時誤植，或抄刻時涉下而誤。

望夫山

何代提戈去不還，獨留形影白雲間？肌膚銷盡雪霜色，羅綺點成苔蘚斑。江燕不能傳遠信，野花空解妒愁顔。近來豈少征人婦，笑採蘼蕪上北山。（《全唐詩》卷三六一）

按：此詩劉禹錫本集不載。《文苑英華》卷一六〇「地部」望夫山詩五首，録劉禹錫《望夫山》（終日望夫夫不歸）一詩，其後即此詩，未題撰者姓名，《全唐詩》當據以輯入。但此詩實爲嚴郾作。《文苑英華》目録作嚴郾，《全唐詩》卷七二七亦收爲嚴郾詩。

白鷹

毛羽斑爛白紵裁，馬前擎出不驚猜。輕抛一點入雲去，喝殺三聲掠地來。緑玉嘴攢鷄腦破，玄金爪擘兔心開。都緣解搦生靈物，所以人人道俊哉。（《全唐詩》卷三六一）

按：此詩劉禹錫本集不載。詩詞意淺露，不類劉作。詩見於宋蜀刻本《張承吉文集》卷七，當爲張祜作。

楊柳枝

春江一曲柳千條，十五年前舊板橋。曾與美人橋上别，恨無消息到今朝。（《全唐詩》卷三六五）

按：此詩劉禹錫本集不載。《雲溪友議》卷下「温裴黜」：「湖州崔郎中芻言初爲越副戎，宴席中有周德華。德華者，乃劉采春女也。雖《囉嗊》之歌不及其母，而《楊柳枝詞》采春難及。……所唱者七八篇，乃近日名流之詠也。……劉禹錫尚書一首：『春江一曲柳千條……』」即此詩。事又見《詩話總龜》前集卷二引《古今詩話》。《升庵詩話》卷一一：「《麗情集》載湖州妓周德華者，劉采春女也，唱劉禹錫《柳枝詞》云：『春江一曲柳千條……』此詩甚佳，而劉集不載。然此詩隱括白香山古詩爲一絶，而其妙如此。」楊慎所云白居易「古詩」實爲一三韻小律《板橋路》：「梁苑城西二十里，一渠春水柳千條。若爲此路重經過，十五年前舊板橋。曾共玉顔橋上别，不知消息到今朝。」見《白居易集》卷一九。唐代歌人截取詩作以入樂歌唱者甚多。周德華所唱《楊柳枝》即删改白詩而成，誤記爲劉禹錫詩。《四庫全書總目》卷一九二《詞海遺珠》提要，摘發其中紕繆云：「劉禹錫『春江一曲柳千條』詩，以爲本集不載，乃元稹詩，删八句爲四句。」亦以詩非劉作，但誤白居易爲元稹，又誤六句爲八句。然詩爲周德華所唱，改編者非必爲周德華，故以作無名氏爲是。

贈李司空妓

高髻雲鬟宫樣妝，春風一曲杜韋娘。司空見慣渾閒事，斷盡蘇州刺史腸。（《全唐詩》卷三六五）

按：此詩劉禹錫本集不載。《雲溪友議》卷中《中山誨》載劉禹錫語：「夫人游尊貴之門，常須慎酒。昔赴吴臺，揚州大司馬杜公鴻漸爲余開宴，沈醉歸驛亭，稍醒，見二女子在旁，驚非我有也。乃曰：『郎中席上與司空詩，特令二樂伎侍寢。』且醉中之作，都不記憶。明旦修狀啟陳謝，杜公亦優容之，何施面目也？余以郎署州牧，輕忤三司，豈不過哉！詩曰：『高髻雲鬟宫樣妝，春風一曲杜韋娘。司空見慣尋常事，斷盡蘇州刺史腸。』」《本事詩・情感》：「劉尚書禹錫罷和州，爲主客郎中、集賢學士，李司空（此或有紳字）罷鎮在京，慕劉名，嘗邀至第中，厚設飲饌。酒酣，命妙妓歌以送之。劉於席賦詩曰：『鬈鬌梳頭宫樣妝，春風一曲杜韋娘。司空見慣渾閒事，斷盡江南刺史腸。』李因以妓贈之。」《苕溪漁隱叢話》後集卷九引《唐宋遺史》則云：「韋應物赴大司馬杜鴻漸宴，醉宿驛亭，醒見二佳人在側，驚問之。對曰：『郎中席上與司空詩，因令二樂妓侍寢。』問記得詩否，一妓强記，乃誦曰：『高髻雲鬟宫樣妝……』」則又以爲韋應物作。岑仲勉《唐史餘瀋》卷三「司空見慣」條略云：「劉生大曆七年，而據《舊紀》一一，鴻漸卒大曆四年十一月己亥，禹錫與鴻漸遠不相及，且鴻漸固未鎮淮南，此涉於鴻漸之全誤者也。劉自和州追入，約大和元、二年，至六年復出，於時紳方貶降居外，曾未作鎮，何云『罷鎮在京』？且唐制重内輕外，郎官尤名貴，自稱刺史，口吻尤不類，同時守司空者乃裴度，此涉於李紳之全誤者也。質言之，此詩總當存疑而已。宋人傳説又與唐末不同，似因事實不合故加以改動，將劉禹錫改韋應物，而不知亦與事實相違也。」所論甚確。但《友議》、《本事詩》均謂詩爲劉禹錫作，恐非憑空杜撰。按《舊唐書·李逢吉傳》：「逢吉檢校司空、平章事、襄州刺史、山南東道節度使……大和……五年八月，入爲太子太師、東都留守、東畿汝防禦使，加開府儀同三司。」劉禹錫赴蘇州任時，道經洛陽，有《將赴蘇州途出洛陽留守李相公累申宴餞寵行（略）》詩（參見卷八），疑劉禹錫原有「司空見慣」一詩，「司空」指李逢吉而言，詩亦不過酒宴間一時興起而作，至揚州杜鴻漸宴餞、樂妓侍寢事，則是從詩演化而出的一段故事，或即范攄杜撰。

夢揚州樂妓和詩

花作嬋娟玉作妝，風流争似舊徐娘。夜深曲曲灣灣月，萬里隨君一寸腸。（《全唐詩》卷八六八）

按：此詩劉禹錫本集未載，未詳所出。《全唐詩》收入「夢」詩中，解題云：「禹錫於揚州杜鴻漸席上，見二樂妓侑觴，醉吟一絶。後二年，之京，宿邸中，二妓和前詩，執板歌云。」前詩，即前所謂《贈李司空妓》詩。此詩爲好事者在前詩基礎上踵事增華而作，非劉作無疑。

樓上

江上樓高二十梯，梯梯登遍與雲齊。人從別浦經年去，天向平蕪盡處低。（《全唐詩》卷三六五）

按：此詩劉禹錫本集不載，未詳所出。《塵史》卷中：「鄭武仲侍郎，嘗從劉賓學。賓有父，尤善於詩。嘗云：『人從別浦經年去，天向平蕪盡眼低。』」《宋朝事實類苑》卷三九載：「郢州白雲樓，素多題詠。一日，郡守倅燕集是樓，方命坐客賦詩，時劉太傅賓以心恙羈置是郡，不得預會，遂使人持詩以獻，才致蕭散，盡江山之勝，一坐爲之閣筆。詩曰：『江工（原注：似爲上之誤）樓高十二梯，梯梯登遍與雲齊。人從別浦經年去，天向平蕪盡眼低。寒色不堪長黯黯，秋光無奈更淒淒。闌干曲盡愁無盡，水正東流日正西。』」厲鶚《宋詩紀事》卷三〇據收爲宋人劉賓詩。劉禹錫詩即截取其詩前半而成，誤。蓋禹錫人稱劉賓客，故與劉賓相混。

麻姑山

曾游仙跡見豐碑，除卻麻姑更有誰？雲蓋青山龍卧處，日臨丹洞鶴歸時。霜凝上界花開晚，月冷中天果熟遲。人到便須拋世事，稻田還擬種靈芝。（《全唐詩》卷三六一）

按：此詩劉禹錫本集不載，未詳所出。麻姑山有二，一在今江西南城縣西南，一在安徽宣城縣東。《太平寰宇記》卷一一〇建昌軍南城縣：「麻姑山在縣西南二十二里，山頂有古壇，相傳麻姑得道於此。……刺史顏真卿按《神仙傳》撰《仙壇碑》，備載其詳。」此詩云「曾游仙跡見豐碑」，似即指顏真卿《麻姑山仙壇記碑》而言。然考禹錫行踪，未及撫州南城。長慶四年，禹錫赴任夔州時，曾經宣州，有可能至宣州麻姑山，但此前禹錫未履宣城，「曾游」之語亦不能落實。故疑此詩非禹錫作。但《輿地紀勝》卷三五建昌軍詩已録「雲蓋青山」一聯作劉禹錫詩，則南宋時已傳爲劉詩。

虎丘西寺

吴王冠劍作塵埃，葬地翻爲七寶臺。石砌百口光似鏡，井輪千轉響成雷。昔年棣萼聯枝發，今日蓮宫並蒂開。更有女郎墳在此，時時雲雨試僧來。(《全唐詩外編·全唐詩續補遺》卷五)

按：詩據清康熙顧湄《虎丘志》卷三録出。《山堂肆考》卷一七四亦録作劉禹錫詩。《古今合璧事類備要》卷四九則引作白居易《虎丘東寺》。此詩風格不類劉詩，疑地志誤録。

瀑布泉

時出西郊霽色開，尋真欲去重徘徊。風泉浄洗高人耳，松柏化爲君子材。翠巘絶高尖插

漢，碧潭無底攪轟雷。上盤下際非凡境，個裏何曾俗客來。（《全唐詩外編·全唐詩續補遺》卷五）

按：詩據《正德南康府志》卷一〇録出，疑非劉禹錫作。

競渡歌

五月五日天晴明，楊花繞江啼曉鶯。使君未出郡齋外，江上早聞齊和聲。使君出時皆有準，馬前已被紅旗引。兩岸羅衣破鼻香，銀釵照日如霜刃。鼓聲三下紅旗開，兩龍躍出浮水來。棹影幹波飛萬劍，鼓聲劈浪鳴千雷。鼓聲漸急標將近，兩龍望標目如瞬。波上人呼霹靂驚，竿頭彩掛虹蜺暈。前船搶水已得標，後船失勢空揮橈。瘡眉血首争不定，輸岸一朋心似燒。只將輸赢［分罰］賞，兩岸十舟五來往。須臾戲罷各東西，競脱文身請書上。吾今細觀競渡兒，何殊當路權相持。不思得所各休去，會到摧舟折楫時。（《文苑英華》卷三四八）

按：此詩劉禹錫本集不載。《全唐詩》卷二七五收爲張建封詩，注云「一作劉禹錫詩」。同書卷五四八又收爲薛逢詩，注云：「一作劉禹錫詩，一作張建封詩。」《古今歲時雜詠》卷一七收薛逢詩。按《文苑英華》卷三四八收此篇，作者題劉禹錫，其後即劉禹錫《競渡曲》（沅江五月平堤流），作者亦題劉禹錫。依《英華》編纂慣例，如二詩均爲劉禹錫作，則後詩當署「前人」。今兩詩均署劉禹錫，知前詩可能爲誤植。前詩次張建封《酬韓校書愈打毬歌》後，疑此篇當爲薛逢作，因次張、劉二詩間，故或誤爲張作，或誤爲劉作。

送人下第

君此卜行日，高堂應夢歸。莫將和氏泪，滴向老萊衣。（《詩話總龜》前集卷四三）

按：《總龜》云：「劉夢得《送人下第》詩云……」録此四句。然此詩《全唐詩》卷一一四作殷遥《送友人下第歸省》，卷五四四又作劉得仁詩，爲五律。末四句爲：「岳雨連河細，田禽出麥飛。到家調膳後，吟苦落蟬暉。」《文苑英華》卷二八四收爲劉得仁詩，詩當劉得仁作。

翠微寺有感

翠微寺本翠微宫，樓閣亭臺幾十重。天子不來僧又去，樵夫時倒一株松。（《類編長安志》卷九）

按：《類編長安志》卷九「勝游」翠微宫條云：「劉禹錫《翠微寺有感》，其詩曰……」同書卷二「宫殿室庭」引此詩，則未署作者姓名。曾慥《類説》卷五三引《談苑》：「翠微寺在驪山絶頂，舊離宫也，唐太宗避暑於此。後有人題詩云……」即此詩。《全唐詩》卷七八四又據《談苑》收爲驪山游人詩。詩非劉禹錫作。蓋劉禹錫有《翠微寺有感》詩，故相混。

公主下嫁

天母親調粉，日兄憐賜花。（《唐音癸籤》卷二三）

按：《唐音癸籤》卷二三「詁箋」劉禹錫條云：「又劉有《公主下嫁》詩。」引此二句。然此乃陸暢《雲安公主下降奉詔作催妝詩》中句，見《雲溪友議》卷中「吴門秀」條，又見《唐詩紀事》卷三五、《全唐詩》卷四七八。胡震亨誤植。

送戴立之往蘇州

夜月紅甘樹，秋風白藕花。（《輿地紀勝》卷五平江府）

按：此乃張籍《送從弟戴玄往蘇州》中句，見《全唐詩》卷三八四，《紀勝》誤收。

瓜洲送客

眇眇雲山去幾重，依依獨聽廣陵鐘。明朝借問南來客，五馬雙旌何處逢？（《輿地紀勝》卷三

七揚州）

按：此乃劉長卿《瓜洲驛重送梁郎中赴吉州》詩，劉長卿别有《送梁郎中赴吉州》詩可證，《紀勝》誤收。

句

雄風添七澤，異産控三巴。秋原被蘭葉，春渚漲桃花。（《輿地紀勝》卷七十澧州）

按：此爲柳宗元《同劉二十八院長述舊言懷感時書事奉寄澧州張員外使君五十二韻之作因其韻增至八十通贈二君子》中句，見《柳河東集》卷四二，《紀勝》誤收。

送人之桂州

旌旆過湘潭，幽奇得遍探。莎城百粤地，荇露九嶷南。有地多生桂，無家不養蠶。聽歌難辨曲，風俗自相諳。（《輿地紀勝》卷一〇三静江府）

按：此乃張籍《送嚴大夫之桂州》詩，見《文苑英華》卷二七七、《全唐詩》卷三八四。

送建州陸使君

漢廷初拜建安侯，天子臨軒寄所憂。從此向南無限路，雙旌已去水悠悠。（《輿地紀勝》卷一二九建州）

按：此乃劉長卿詩，見《劉隨州集》卷一〇、《全唐詩》卷一五〇。

雪

銀花垂院榜，翠羽撼緣鈴。（《全唐詩》卷三六五）

按：《全唐詩》注云此句「出《天中記》」。按此實即劉禹錫《浙西李大夫示述夢四十韻（略）》中句，已見卷六。

句

湖上收宿雨。（《全唐詩》卷三六五）

按：此即劉禹錫《到郡未浹日登西樓見樂天題詩因即事以寄》之首句，已見卷九。

翠粒照晴露。（同前）

按：《全唐詩》注云「見《侯鯖録》」。按此即劉禹錫《和兵部鄭侍郎省中四松詩十韻》中句，已見卷八。

翁仲遺墟草樹平。（《西溪叢語》卷下）

按：此實爲柳宗元《衡陽與夢得分路贈别》中句，見《柳河東集》卷四二。

盛時一失難再得，桃笙葵扇安可常。（《猗覺寮雜記》卷上）

按：此即柳宗元《行路難》其三中句，見《柳河東集》卷四三，作「盛時一失貴反賤，桃笙葵扇安可當」，校「當」一作常」。

晨起

曉色教不睡，卷簾清氣中。林殘數枝月，髮冷一梳風。並鳥含鐘語，欹河隔霧空。莫疑營白日，道路本無窮。（《瀛奎律髓》卷一四）

按：此詩劉禹錫本集不載，實爲曹松詩，見《全唐詩》卷七一六。

寄李蘄州

下車書奏龔黄課，動筆詩傳鮑謝風。江郡謳謡誇杜母，洛陽歡會憶車公。笛愁春盡梅花裏，簟冷秋生薤葉中。蘄州出好笛並薤葉簟。不道蘄州歌酒少，使君難稱與誰同？（《瀛奎律髓》卷四二）

按：此詩劉禹錫本集不載，實爲白居易詩，見《白居易集》卷三四、《全唐詩》卷四五七。

夜宿江浦聞元八改官因寄此什

君游丹陛已三遷，我泛滄浪欲二年。劍佩曉趨雙鳳闕，煙波夜宿一漁船。交親盡在青雲上，鄉曲遥抛白日邊。若報生涯應笑殺，結茅栽芋種畬田。（《瀛奎律髓》卷四七）

按：此詩劉禹錫本集不載，實爲白居易詩，見《白居易集》卷一六、《全唐詩》卷四三九。

送文暢上人東游

得道即無著，隨緣西復東。貌依年臘老，心到夜禪空。山宿馴溪虎，江行濾水蟲。悠悠塵客思，春滿碧雲中。（《瀛奎律髓》卷四七）

按：此詩劉禹錫本集不載，實爲白居易詩，見《白居易集》卷一三、《全唐詩》卷四三六。

旅次景空寺宿幽上人院

不與人境接，寺門開向山。暮鐘鳴鳥聚，秋雨病僧閒。月隱雲樹外，螢飛廊宇間。幸投花界宿，暫得静心顔。（《瀛奎律髓》卷四七）

按：此詩劉禹錫本集不載，實爲白居易詩，見《白居易集》卷一三、《全唐詩》卷四三六。

晚春登天雲寺南樓贈常禪師

花盡頭新白，登樓意若何？歲時春日少，世界苦人多。愁醉非因酒，悲吟不是歌。求師治此病，唯聽讀楞伽。（《瀛奎律髓》卷四七）

按：此詩劉禹錫本集不載，實爲白居易詩，見《白居易集》卷一六、《全唐詩》卷四三九，題中「天雲寺」作「大雲寺」。

龍化寺主家小尼

郭代公愛姬薛氏幼嘗爲尼，小名仙人子。

頭青眉眼細，十四女沙彌。夜静雙林怕，春深一食飢。步慵行道困，起晚誦經遲。應似仙人子，花宫未嫁時。（《瀛奎律髓》卷四七）

按：此詩劉禹錫本集不載，實爲白居易詩，見《白居易集》卷一九、《全唐詩》卷四四二，題中「龍化寺」作「龍花寺」。

題報恩寺

好是清涼地，都無繫絆身。晚晴宜野寺，秋景屬閒人。浄石堪敷坐，寒泉可濯巾。自慚衰鬢上，猶帶郡庭塵。（《瀛奎律髓》卷四七）

按：此詩劉禹錫本集不載，實爲白居易詩，見《白居易集》卷二四、《全唐詩》卷四四七。

武丘寺路 去年重開寺路，桃李蓮荷約種數千株。

自開山寺路，水陸往來頻。銀勒牽驕馬，花船載麗人。芰荷生欲遍，桃李種仍新。好在湖堤上，長留一道春。（《瀛奎律髓》卷四七）

按：此詩劉禹錫本集不載，實爲白居易詩，見《白居易集》卷二四、《全唐詩》卷四四七。

上淮南令狐楚相公

新詩轉詠忽紛紛，楚老吴娃徧耳聞。盡道呼爲好才子，不知官是大將軍。詞人命薄多無位，戰將功高少有聞。謝朓篇章韓信鉞，一生雙美不如君。（《夾注名賢十抄詩》卷上）

按：此乃白居易《宣武令狐相公以詩寄贈傳播吴中聊奉短章用申酬謝》，見《白居易集》卷二四、《全唐詩》卷四四七。

寒具

纖手搓來玉數尋，碧油煎出嫩黄深。夜來春睡無輕重，壓扁佳人纏臂金。（《丹鉛總録》卷十六）

按：《丹鉛總録》云：「晉桓玄喜陳書畫，客有不濯手而執書帙者，偶涴之，後遂不設寒具。《齊民要術》並《食經》皆云環餅，世疑饊子也。劉禹錫《寒具》詩……」此詩見《蘇軾詩集》卷三二，題下自注云：「乃捻頭，出劉禹錫《佳話》。」高似孫《緯略》卷一〇「寒具」云：「劉禹錫《佳話》有『寒具』。詩云……乃以捻頭爲寒具也（即饊子也）。《東坡集》有此詩，言《佳話》謂之捻頭。」「寒具」條實爲竄入《劉賓客嘉話録》之《尚書故實》中文。《緯略》叙述已欠分明，楊慎輾轉徵引，未加細考，遂並蘇軾詩亦誤爲劉禹錫詩。

文

謝賜冬衣表

臣某言：德音爰錫，降自煙霄；黔黎沐賜，共成睿渥。臣某中謝。伏惟皇帝陛下，誕敷文教，丕變時雍，遐邇剋清，翔泳咸若。臣謬膺寵任，每愧素餐，荷海岳之私，無毫釐之績。式用衣裳在笥之戒，惟愧輕暖被身；載詠維鵜在梁之詩，罔知死節之所。誓當訓勵士伍，寧輯閭里，盡瘁竭心，以酬天造。臣與大將等無任感戴屏營之至。（《文苑英華》卷五九三、《全唐文》卷六〇二）

按：此文劉禹錫本集不載。此及下六表均出自《文苑英華》。但何時何地代何人作，均難確考。《文苑英華》中詩文常有脱奪作者名字承「前人」而誤主名的情況，諸文是否劉禹錫所作亦有疑問，附録於此以俟識者。

謝賜冬衣表

臣某言：恭承御封，捧授恩錫，喜懼交集，精魂若飛。臣某中謝。臣夙荷寵榮，累仗旄鉞。西戎未殄，無式遏之勞；東郡已安，有息偃之逸。高秋空度，永夕知慚。陛下亭育深慈，生成大德。三軍挾纊，俯聽綸言；九月授衣，載馳天使。臣被服既畢，感戴難勝。誓當罄節苦心，死生立效，敢以微軀陋質，麗靡自安！臣所守有限，不獲奔走丹墀，犬馬微誠，伏增竊戀。臣無任云云。（《文苑英華》卷五九三、《全唐文》卷六〇二）

按：此文劉禹錫本集不載。文云已「累仗旄鉞」，「西戎未殄，無式遏之勞；東郡已安，有息偃之逸」。蓋表主累更方鎮，曾鎮西陲，今來東郡，而杜佑無此經歷，故非代杜佑作。劉禹錫未參他人幕府，疑文非劉作。

謝端午賜衣及器物等表

臣某言：德音曲被，喜溢群情；厚賜遐頒，榮沾陋質。臣某中謝。伏以蕤賓在律，端午御辰。慶列丹墀，守藩莫及；恩隨彩縷，捧軸難勝。况衣極珍纖，涼生溫暑；器皆照爛，光發户庭。竊慚彼己之詩，敢忘滿盈之誡！惟當莅戎有勇，訓俗知方，永懷銘縷之誠，冀申赴蹈之節。臣與大將，無任感戴踴躍之至。（《文苑英華》卷五九五、《全唐文》卷六〇二）

謝敕書賜臘日口脂等表

臣某言：今日中使某官至，奉宣詔書，賜臣及將士臘日口脂、香藥、紅雪等。自天有命，蹐地無容，虛受寵光，翻成憂負。臣某中謝。臣位居方鎮，才實凡庸。郡邑臨人，未移風於弊俗；歲時頒物，空竊賜於聖明。特降璽書，重加靈藥，潤之膏液，襲以蘭芳。期美疢以蠲除，冀頹顔而可駐。殊私不遺於一物，曲澤下及於三軍。未報主恩，慚於犬馬；惟將臣節，死於封疆。無任。（《文苑英華》卷五九六、《全唐文》卷六〇二）

謝手詔慰撫表

臣某言：臣監軍使判官劉寄至，伏奉敕書手詔，兼奉宣口敕。奏事官王穆回，又奉尺書手詔，兼宣口敕，並慰撫問臣及將士等。聖慈稠疊，感戴無階。臣某中謝。臣跡忝總戎，力慚致果。一昨勵兵秣馬，破賊攻城，皆承睿略指蹤，廟謀制勝，豈臣庸妄，敢竊勛勞！每佳馮異推功，見稱良史；常惡樂羊求賞，翻謝謗書。拳拳血誠，天實諒只。但以孤根獨立，衆口易誣，銷骨爲虞，撫心是懼。樹楊恐拔，非獨一人；采葛畏讒，信如三月。忘寢與食，以榮爲憂。陛下聖聰聽卑，宸鑒燭遠，天書軫念，口詔宣慈，特荷知臣之明，累矜報主之效。許之純直，慰以貞堅。北闕之恩，謬加倚賴；東門之倚，又切防虞。寵兼腹心，澤浸骨髓。載欣載躍，感戴無階。豈惟翦逆梟兇，獨申微效；實冀粉身灰骨，上答殊私。臣無任。（《文苑英華》卷五九八、《全唐文》卷六〇二）

按：此文劉禹錫本集不載。表稱己「孤根獨立」，不似代杜佑作者。文以馮異、樂羊自比，云「東門之倚，又切防虞」，似代一武將而爲汴州節度者作。汴、鄭諸州在長安、洛陽東，《詩·鄭風》有《東門之墠》、《出其東門》等篇。《左傳·隱公四年》：「宋公、陳侯、蔡人、衛人伐鄭，圍其東門。」杜佑未爲宣武軍節度使，疑此非劉禹錫作。

謝恩存問表

臣某言：王敬仁至，奉口敕存問微臣，憫其疏遠之悲，慰其違離之思。臣某中謝。臣自今春，分司入洛，即屬陛下受命承天。企揖讓之盛儀，隔肅雍之大禮。玄英匝歲，日夜懷歸；白雲在天，闕庭難見。豈期廷瑰爲寶，尚憶他山之石。貞明溥臨，遠及容光之地。仁深行葦，眷甚遺簪。草木之誠，何酬造化！無任感恩慕戀之至。（《文苑英華》卷五九八、《全唐文》卷六〇二）

謝賜《廣利方》表

臣某言：中使至，伏奉某月日敕書，手詔賜臣《[貞]元集要廣利方》五卷者。將吏森列，黎元寂聽。綵言溥及，感荷德音；緗帙頒開，皆睹聖作。臣某中謝。伏惟皇帝陛下，玄風御宇，教以五常；赤子愛人，念其六疾。遂長驅和、扁，高視農、軒，删彼藂蕪，摭其簡驗。莫匪十全之妙，不勞三代之醫。況慮軫服乘，療覃牛馬。圓首方足，畢荷亭育之恩；含齒帶觡，盡歸仁壽之域。臣奉明詔，並工繕録。俾封疆之内，日月俱懸，雖聾瞽而必知，在幽偏而亦達。臣所守有限，不獲走奔闕下，蹈舞彤庭。無任踴躍屏營之至。（《文苑英華》卷五九四、

（《全唐文》卷六〇二）

按：此文劉禹錫本集不載。《廣利方》爲唐德宗撰醫方書名。《唐大詔令集》卷一一四有《頒廣利方敕》。《新唐書·藝文志三》醫術類：「德宗《貞元集要廣利方》五卷。」按此表如爲劉禹錫作，當作於貞元十六、十七年在淮南幕中時。然《金石録》卷九云：「《唐崔淙謝廣利方表》，行書，貞元十二年五月。」跋云：「右《唐崔淙謝廣利方表》。德宗貞元中自著方書，號《貞元廣利方》，頒之郡國。淙時爲同州，上表答謝。」《廣利方》既於貞元十二年即已頒行天下，淮南不當例外，杜佑謝表亦當作於該年，然時劉禹錫尚未入淮南幕。故疑此表非劉禹錫作。

陋室銘

山不在高，有仙則名。水不在深，有龍則靈。斯是陋室，惟吾德馨。苔痕上階緑，草色入簾青。談笑有鴻儒，往來無白丁。可以調素琴，閱金經。無絲竹之亂耳，無案牘之勞形。南陽諸葛廬，西蜀子雲亭。孔子云：何陋之有！（《全唐文》卷六〇八）

按：此文劉禹錫本集不載，始見於宋人總集、地志。舊題廬陵王庭震亨福編《古文集成》前集卷四八收入，後多入選古文讀本。《輿地紀勝》卷四八「和州景物」：「陋室，唐劉禹錫所闢，又有《陋室銘》，禹錫所撰，今見存。」又和州碑記：「唐劉禹錫《陋室銘》，柳公權書，在廳事西偏之陋室。」又定州亦有陋室。《直隸定州志》卷一古跡陋室：「州南三里莊南，唐劉禹錫築，有銘。」今人多以此文爲僞作。又唐崔沔曾作《陋室銘》，見《新唐書》本傳及顔真卿《通議大夫守太子賓客東都副留守雲騎尉贈尚書左僕射博陵崔孝公宅陋室銘記》，故今人又或以此文爲崔沔作。參見《文學遺産》一九八七年第六期吴汝煜《談劉禹錫〈陋室銘〉》，又一九九六年第六期吴小如《〈陋室銘〉作者質疑》，《文史知識》一九九六年第六期段塔麗《〈陋室銘〉作者辯析》，又一九九七年第一期卞孝萱《〈陋室銘〉非劉禹錫作》等文。

正妒

梁武平齊，盡有其内，獲侍兒十餘輩，頗娱於目。俄爲郗后所察，動止皆有隔。拗其憤恚，殆欲成疹。左右識其情者進言曰：「臣嘗讀《山海經》云，以鶬鶊爲膳，可以療其事，使不忌，陛下盍試諸？」梁武從之。郗茹之後，妒減殆半，帝愈神其事。左右復言曰：「願陛下廣羞諸，以遍賜群臣。使不才者無妒於有才，挾私者不妒於奉公，濁者不妒其清，貪者不忌其廉。俾其惡去勝忌前，皆如革心，亦助化之一端也。」帝深然其言，將詔虞人廣捕之。會方崇内典，誡於血生，其議遂寢。（《畿輔叢書》本《劉賓客文集·補遺》）

按：此文首見於《文苑英華》卷三七八「雜製作」，題作《止妒》，未題撰人，《英華》目録作「前人」。其前依次爲劉禹錫《觀市》及《觀博》、房千里《骰子選格序》、楊夔《植蘭説》，故當爲楊夔文。《古今事文類聚》後集卷一五、《全唐文》卷八六七亦收爲楊夔文，非劉禹錫作。

送毛仙翁序

唐長慶二祀壬寅歲秋九月，止鄂州官舍。時風勁秋寒，掩關無事。月晦前三日，有異客毛仙翁至，禹錫攝衽見之。晬容秀目，精貌輝然。初莫之測。坐久，語及裴相國晉公、韓祭酒文公，皆爲方外之交，嘗有述序，余因請焉。齋心拭目，盡得披諷，知仙翁之道，非人間人也。拜請延留，奉以師禮。欣然見許，止余所凡七晝夜。師之異者，故不可窮。其大榷裴、韓二公具述矣，不能復書。其察人吉凶、貴賤、壽夭，或假寐自生死，雖百年之變，窮通修短，皆俊發利詞，指陳毫釐無疑忌，語堅意真，聞者失色。則果然符契於意，其神授乎？其智知乎？至於金火飛伏之道，鍊魂御氣之訣，吾又莫得而窮之矣。嗟乎！禹錫之生蹇厄，以至羈沈，遇師之日，謂其有人爵之望，可至人臣，則鄙誠豈敢企望。但師之道多隱晦，人不能盡知，況仁義惻憫，特又甚焉，真乎出世者也。今將適桃花溪，訪秦人，追羽客，臨風再拜，謹志大略，以備他日之約。其年九月二十九日，門人劉禹錫述。（《唐詩紀事》卷八一）

按：禹錫爲官未歷鄂州，長慶二年秋正在夔州刺史任上，時韓愈尚健在，而文中呼其謚號「文公」，均爲僞作之證。此文出《毛仙翁送行詩集》，其中詩文爲唐末道士僞託。如所載元稹序，稱積「廉問浙東歲」，毛仙翁來訪，預言稹將入相，殊不知元稹爲相在其廉問浙東之前。又如韓愈序文，稱元和十四年晤毛仙翁於潮州，預言韓將「典袁州，從袁州除國子祭酒，後主兵部事，續拜京兆尹，又改吏部郎中」，均甚無稽。此集蓋唐末道士爲光崇彼教而造作，作僞者或即作此集序之杜光庭。參見卷十二《赴和州於武昌縣再遇毛仙翁十八兄因成一絶》注。

代李相公賀登極第一表

臣某言：臣伏聞陛下式遵典章，正位宸極。臣聞大明繼照，雖昧者必昭其視；震雷發聲，雖聵者必達其聽。是以聖人鼓萬物而耳目咸革，感人心而天下太平。致理興邦，率由兹道。中賀。伏惟陛下紹累聖之鴻緒，冠前王之盛烈。祥符薦委，景福攸臻。纂武繼文，重光累洽。自宣猷上嗣，育德儲闈，仁孝表於域中，慈儉章於天下。由是餒者思食，瘠者思豐。啓爽咸耀於光明，枯朽更延於惠澤。禺禺億兆，咸沐惟新。鼓舞而四表歡心，運行而四儀貞觀。臣夙承朝奬，謬列藩條。歡抃之誠，倍萬恒品。（《全唐文》卷六〇〇）

按：此及下表劉禹錫本集不載。下表云「帝堯之禪虞舜」、「漢祖之尊太上」，當作於禪代之時，即永貞元年八月順宗禪位於憲宗時，而表稱「久總藩條」，爲永貞中代方鎮作。《文苑英華》卷五五三收此二表作王超文，注云「總目作王起」。表當爲王起作。蓋《英華》中，列此二文於劉禹錫《賀登極表》後，遂承前誤爲劉文。

代李相公賀登極第二表

臣某言：臣聞帝堯之禪虞舜也，業歸乎異代；漢祖之尊太上也，禮徇乎虚名。有棄屣而傳七廟之重，斯則堯圖非遠，漢道未全。卓哉冠鴻名而超古始者，孰若今之盛也。陛下孝至通三，上極於君父；德均吹萬，下被於生靈。大聖所以宣昭，庶品由其利見。聖作物睹，天清地平。故雖冰霰傷和之姿，人情慢蔽之物，宿陰兹解，惡氣未除，無不仰南至而自銷，隨東風而盡變。坐見可封之俗，更覃無外之恩。率土之氓，俱霑覆育；稟靈之内，無不謳吟。遐邇歡康，昭聾發瞽。臣謬忝朝列，久總藩條。云云。（同前）

按：此表爲王起作，參見前表按語。

李陽冰篆贊

斯去千載，冰生唐時。冰今又去，後來者誰？後千年有人，吾誰能待之？後千年無人，

篆止於斯！嗚呼郡人，爲吾寶之。（陸深《儼山外集》卷一五）

按：陸深《儼山外集》卷一五：「予嘗謂後世文章之快暢者，若《阿房》亂詞、《陽冰篆贊》，可謂千古如新，百過不厭者也。贊曰……此劉中山禹錫之作，姚鉉《文粹》所編有之。歐陽公《集古録》乃謂不知作者爲誰，豈公偶未之考爾？」按：此文乃舒元輿《玉筯篆志》一文之贊詞，文見《廣川書跋》卷八、《全唐文》卷七二七，非劉禹錫作。

附録四　詩文資料

詩

戴叔倫　寄劉禹錫

謝相園西石徑斜，知君習隱暫爲家。有時出郭行芳草，長日臨池看落花。春去能忘詩共賦？客來應是酒頻賒。五年不見西山色，悵望浮雲隱落霞。（《全唐詩》卷二七三）

按：據權德輿《朝散大夫使持節都督容州諸軍事守容州刺史兼侍御史充本管經略招討制置等使譙縣開國男賜紫金魚袋戴公（叔倫）墓誌銘》，戴卒時，禹錫僅十八歲，年輩不相及。此詩見於明人劉崧《劉槎翁先生職方詩集》卷七，題作《寄曠伯逵》，曠伯逵是劉崧友人，見《職方詩集》卷一一《同曠伯逵登揭氏山雨亭觀石上虞太史刻字退池上觀魚而歸二首》。知此詩乃劉崧詩，明人取之並改竄詩題羼入戴集者。詳見蔣寅《戴叔倫詩集校注》卷四。

竇鞏　送劉禹錫

十年憔悴武陵溪，鶴病深林玉在泥。今日太行平似砥，九霄初倚入雲梯。（《全唐詩》卷二七一）

元稹　留呈夢得子厚致用　題藍橋驛

泉溜纔通疑夜磬，燒煙餘暖有春泥。千層玉帳鋪松蓋，五出銀區印虎蹄。暗落金烏山漸黑，深埋粉堠路渾迷。心知魏闕無多地，十二瓊樓百里西。（《元稹集》卷十九）

柳宗元　同劉二十八院長禹錫述舊言懷感時書事奉寄澧州張員外使君五十二韻之作其韻增至八十通贈二君子

弱歲游玄圃，先容幸棄瑕。名勞長者記，文許後生夸。鶚翼嘗披隼，蓬心類倚麻。繼酬天禄署，俱尉甸侯家。憲府初收跡，丹墀共拜嘉。分行參瑞獸，傳點亂宮鴉。執簡寧循枉，持書每去邪。鸞凰標魏闕，熊武負崇牙。辨色宜相顧，傾心自不譁。金爐仄流月，紫殿啟晨椵。未竟遷喬樂，俄成失路嗟。還如渡遼水，更似謫長沙。别怨秦城暮，途窮越嶺斜。

訟庭閑枳棘，候吏逐麇麚。三載皇恩暢，千年聖曆遐。朝宗延駕海，師役罷梁溠。京邑搜貞幹，南宫步渥洼。世推材是梓，人仰驥中驊。欻刺苗人地，仍逾贛石崖。禮容垂瑝琫，戎備響鋋鍜。寵即郎官舊，威從太守加。建旟翻鷙鳥，負弩繞文蛇。册府榮八命，中闈盛六珈。肯隨胡質矯？方惡馬融奢。褒德符新换，懷仁道並遮。俗嫌龍節晚，朝訝介圭賒。禹貢輸苞匭，周官賦秉秅。雄風吞七澤，異産控三巴。即事觀農稼，因時展物華。秋原被蘭葉，春渚漲桃花。令肅軍無擾，程懸市禁貰。不應虞竭澤，寧復嘆棲苴。蹀躞騶先駕，籠銅鼓報衙。染毫東國素，濡印錦溪砂。貨積舟難泊，人歸山倍畬。吴歈工折柳，楚舞舊傳芭。隱几松爲曲，傾樽石作汙。寒初榮橘柚，夏首薦枇杷。祀變荆巫禱，風移魯婦髽。已聞施愷悌，還睹正奇衺。慕友慚連璧，言姻喜附葭。沈埋全死地，流落半生涯。入郡腰恒折，逢人手盡叉。敢辭親恥汚，唯恐長疵瑕。善幻迷冰火，齊諧笑柏塗。東門牛屢飯，中散虱空爬。逸戲看猿鬥，殊音辨馬撾。渚行狐作孽，林宿鳥爲槎。同病憂能老，新聲麗似姱。豈知千仞墜，秖爲一毫差。守道甘長絶，明心欲自剄。貯愁聽夜雨，隔淚數殘葩。梟族音常聒，豺群喙競呀。岸蘆翻毒蜃，磎竹鬥狂犘。野鶩行看弋，江魚或共扠。瘴氛恒積潤，訛火亟生煆。耳静煩喧蟻，魂驚怯怒蛙。風枝散陳葉，霜蔓綖寒瓜。霧密前山桂，冰枯曲沼蕸。思鄉比莊舄，遁世遇眭夸。漁舍茨荒草，村橋卧古槎。禦寒衾用罽，挹水勺仍椰。窗蠹惟潛蝎，甍涎競綴蝸。引泉開故竇，護藥插新笆。樹怪花因槲，蟲憐目待蝦。驟歌喉易嗄，饒醉鼻成皶。曳捶牽羸馬，垂蓑牧艾豭。已看能類鼈，猶訝雉爲鷮。誰採中原菽？徒巾下澤車。俚兒供苦筍，傖父饋酸楂。勸策扶危杖，邀持當酒茶。道流徵裋褐，禪客會袈裟。香飯舂菰米，珍蔬折五茄。方期飲甘露，更欲吸流霞。屋鼠從穿穴，林狙任攫拿。春衫裁白紵，朝帽掛烏紗。屢嘆恢恢網，頻摇肅肅罝。衰榮困蓂莢，盈缺幾蝦蟆。路識溝邊柳，城聞隴上笳。共思捐珮處，千騎擁青緺。（《柳河東集》卷四二。按，張員外，張署，時爲澧州刺史）

柳宗元　朗州竇常員外寄劉二十八詩見促行騎走筆酬贈

投荒垂一紀，新詔下荆扉。疑比莊周夢，情如蘇武歸。賜環留逸響，五馬助征騑。不羨衡陽雁，春來前後飛。（《柳河東集》卷四二）

柳宗元　登柳州城樓寄漳汀封連四州

城上高樓接大荒，海天愁思正茫茫。驚風亂颭芙蓉水，密雨斜侵薜荔牆。嶺樹重遮千里月，江流曲似九迴腸。共來百越文身地，猶自音書滯一鄉。（《柳河東集》卷四二）

按：漳、汀、封、連四州，分别指任此四州刺史的韓泰、韓曄、陳諫、劉禹錫。

柳宗元　答劉連州邦字

連璧本難雙，分符刺小邦。崩雲下灘水，劈箭上潯江。負弩啼寒狖，鳴枹驚夜狵。遥憐郡山好，謝守但臨窗。（《柳河東集》卷四二）

殷堯藩　送劉禹錫侍御出刺連州

遐荒迢遞五羊城，歸興濃消客裏情。家近似忘山路險，土甘殊覺瘴煙輕。梅花清入羅浮夢，荔子紅分廣海程。此去定知償隱趣，石田春雨讀書耕。（《全唐詩》卷四九二）

按：禹錫自屯田員外郎出守連州，而詩題云「侍御」；禹錫爲河南人，占籍洛陽，家在滎上，而詩云「家近」嶺南之連州，云「歸興濃」，云「償隱趣」，均與禹錫生平不合。今傳《殷堯藩集》乃明人僞造，此詩蓋亦取明人詩改竄詩題羼入集中者。參見《中華文史論叢》第四十七輯陶敏《全唐詩殷堯藩集考辨》。

張籍　贈主客劉郎中

憶昔君登南省日，老夫猶是褐衣身。誰知二十餘年後，來作客曹相替人。（《全唐詩》卷三八六）

姚合　寄主客劉郎中

漢朝共許賈生賢，遷謫還應是宿緣。仰德多時方會面，拜兄何暇更論年。嵩山晴色來城裏，洛水寒光出岸邊。清景早朝吟麗思，題詩應費益州箋。（《全唐詩》卷四九七）

姚合　送劉禹錫郎中赴蘇州（二首）

三十年來天下名，銜恩東守闔閭城。初經咸谷眠山驛，漸入梁園問水程。霽日滿江寒浪静，春風繞郭白蘋生。虎丘野寺吴中少，誰伴吟詩月裏行？

州城全是故吴宫，香徑難尋古蘚中。雲水計程千里遠，軒車送别九衢空。鶴聲高下聽無盡，潮色朝昏望不同。太守吟詩人自理，小齋閑卧白蘋風。（《全唐詩》卷四九六）

姚合　寄主客劉員外 禹錫。

蟬稀蟲唧唧，露重思悠悠。静者多便夜，豪家不見秋。同歸方欲就，微恙幾時瘳？今日滄江上，何人理釣舟？（《全唐詩》卷四九七）

按：禹錫未歷主客員外郎一職，如非詩題有誤，即題下注乃後人妄擬。

張祜　寓懷寄蘇州劉郎中 時以天平公薦罷歸。

一聞周召佐明時，西望都門強策羸。天子好文才自薄，諸侯力薦命猶奇。賀知章口徒勞説，孟浩然身更不疑。唯是勝游行未遍，欲離京國尚遲遲。（《全唐詩》卷五一一）

白居易　和寄問劉白 時夢得與樂天方舟西上。

正與劉夢得，醉笑大開口。適值此詩來，歡喜君知否？遂令高卷幕，兼遣重添酒。起望會稽雲，東南一回首。愛君金玉句，舉世誰人有？功用隨日新，資材本天授。吟哦不能散，自午將及酉。遂留夢得眠，匡牀宿東牖。（《白居易集》卷二三）

按：白居易此詩乃《和微之詩二十三首》中之一首，元積《寄問劉白》已佚。

白居易　雪中寄令狐相公兼呈夢得

兔園春雪梁王會，想對金罍詠玉塵。今日相如身在此，不知客右坐何人？（《白居易集》卷二五）

白居易　代迎春花招劉郎中

幸與松筠相近栽，不隨桃李一時開。杏園豈敢妨君去，未有花時且看來。（同前）

白居易　花前有感兼呈崔相公劉郎中

落花如雪鬢如霜，醉把花看益自傷。少日爲名多檢束，長年無興可顛狂？四時輪轉春常少，百刻支分夜苦長。何事同生壬子歲，老於崔相及劉郎？余與崔、劉年同，獨早衰白。（同前）

白居易　懶放二首呈劉夢得吴方之

青衣報平旦，呼我起盥櫛。今早天氣寒，郎君應不出。又無賓客至，何以銷閑日？已向微陽前，暖酒開詩帙。

朝憐一牀日，暮愛一爐火。牀暖日高眠，爐温夜深坐。雀羅門懶出，鶴髮頭慵裹。除卻劉與吴，何人來問我！（《白居易集》卷二九）

白居易　夢劉二十八因詩問之

昨夜夢夢得，初覺思踟蹰。忽忘來汝郡，猶疑在吴都。吴都三千里，汝郡二百餘。非夢亦不見，近與遠何殊！尚能齊近遠，焉用論榮枯。但問寢與食，近日兩何如？病後能吟否？春來曾醉無？樓臺與風景，汝又何如蘇？相思一相報，勿復慵爲書。（《白居易集》卷三十）

白居易　劉蘇州以華亭一鶴遠寄以詩謝之

老鶴風姿異，衰翁詩思深。素毛如我鬢，丹頂似君心。松際雪相映，鷄群塵不侵。殷勤遠來意，一隻重千金。（《白居易集》卷三一）

白居易　早春憶蘇州寄夢得

吴苑四時風景好，就中偏好是春天。霞光曙後殷於火，水色晴來嫩似煙。士女笙歌宜月下，使君金紫稱花前。誠知歡樂堪留戀，其奈離鄉已四年。（同前）

白居易　和劉汝州酬侍中見寄長句因書集賢坊勝事戲而問之

洛川汝海封畿接，履道集賢來往頻。一復時程雖不遠，百餘步地更相親。汝去洛程一宿。履道、集賢兩宅相去一百三十步。朱門陪宴多投轄，青眼留歡任吐茵。聞道郡齋還有酒，風前月下對何人？（《白居易集》卷三二）

白居易　裴令公席上贈别夢得

年老官高多别離，轉難相見轉相思。雪銷酒盡梁王起，便是鄒枚分散時。（《白居易集》卷三三）

白居易　和令公問劉賓客歸來稱意無之作

水南秋一半，風景未蕭條。皂蓋回沙苑，籃輿上洛橋。閑嘗黄菊酒，醉唱紫芝謡。稱意那勞問？請錢不早朝。（同前）

白居易　酬夢得窮秋夜坐即事見寄

焰細燈將盡，聲遥漏正長。老人秋向火，小女夜縫裳。菊悴籬經雨，萍銷水得霜。今冬暖寒酒，先擬共君嘗。（同前）

白居易　酬夢得霜夜對月見懷

淒清冬夜景，摇落長年情。月帶新霜色，砧和遠雁聲。暖憐爐火近，寒覺被衣輕。枕上酬

佳句，詩成夢不成。（同前）

白居易　池上早春即事招夢得

老更驚年改，閑先覺日長。晴薰榆莢黑，春染柳梢黄。雪破山呈色，冰融水放光。低平穩船舫，輕暖好衣裳。白角三升榼，紅茵六尺牀。偶游難得伴，獨醉不成狂。我有中心樂，君無外事忙。經過莫慵懶，相去兩三坊。（同前）

白居易　因夢得題公垂所寄蠟燭因寄公垂

照梁初日光相似，出水新蓮艷不如。却寄兩條君領取，明年雙引入中書。宰相入朝舉雙燭，餘官各一。（同前）

白居易　贈夢得

年顔老少與君同，眼未全昏耳未聾。放醉卧爲春日伴，趁歡行入少年叢。尋花借馬煩川守，弄水偷船惱令公。聞道洛城人盡怪，呼爲劉白二狂翁。（同前）

白居易　晚春酒醒尋夢得

料合同惆悵，花殘酒亦殘。醉心忘老易，醒眼别春難。獨出雖慵懶，相逢定喜歡。還攜小蠻去，試覓老劉看。小蠻，酒榼名也。（同前）

白居易　戲贈夢得兼呈思黯

雙鬢莫欺今老矣，《傳》云：「今老矣，無能爲也。」一杯莫笑便陶然。陳郎中處爲高户，裴使君前作少年。陳商郎中酒户涓滴，裴洽使君年九十餘。顧我獨狂多自哂，與君同病最相憐。月終齋滿誰開素？須詫奇章置一筵。（《白居易集》卷三四）

白居易　早夏曉興贈夢得

窗明簾薄透朝光，卧整巾簪起下牀。背壁燈殘經宿焰，開箱衣帶隔年香。無情亦任他春去，不醉争銷得晝長？一部清商一壺酒，與君明日暖新堂。（同前）

白居易　夢得相過援琴命酒因彈秋思偶詠所懷兼寄繼之待價二相府

閒居静侣偶相招，小飲初酣琴欲調。我正風前弄秋思，君應天上聽雲韶。《雲韶》雅曲，上多與宰相同聽之。時和始見陶鈞力，物遂方知盛聖朝。雙鳳棲梧魚在藻，飛沈隨分各逍遥。（同前）

白居易　同夢得和思黯見贈來詩中先叙三人同宴之歡次有嘆鬢髮漸衰嫌孫子催老之意因酬妍唱兼吟鄙懷

醉伴騰騰白與劉，何朝何夕不同游。留連燈下明猶飲，斷送尊前倒即休。催老莫嫌孫稚長，加年須喜鬢毛秋。教他伯道争存活？無子無孫亦白頭！（同前）

白居易　初冬即事呈夢得

青氈帳暖喜微雪，紅地爐深宜早寒。走筆小詩能和否？潑醅新酒試嘗看。僧來乞食因

留宿，客到開尊便共歡。臨老交親零落盡，希君恕我取人寬。（同前）

白居易　酬夢得比萱草見贈　來篇云：「唯君比萱草，相見可忘憂。」

杜康能散悶，萱草解忘憂。借問萱逢杜，何如白見劉？老衰勝少夭，閑樂笑忙愁。試問同年内，何人得白頭？（同前）

白居易　歲暮呈思黯相公皇甫朗之及夢得尚書

歲暮皤然一老夫，十分流輩九分無。莫嫌身病人扶侍，猶勝無身可遣扶。（《白居易集》卷三五）

白居易　歲暮病懷贈夢得　時與夢得同患足疾。

十年四海故交親，零落唯殘兩病身。共遣數奇從是命，同教步蹇有何因？眼隨老減嫌長夜，體待陽舒望早春。新樂堂前舊池上，相過亦不要他人。（同前）

白居易　酬夢得貧居詠懷見贈

歲陰生計兩蹉跎，相顧悠悠醉且歌。廚冷難留烏止屋，《詩》云：「瞻烏爰止，于誰之屋？」言烏多止富家之屋也。門閑可與雀張羅。病添莊舄吟聲苦，貧欠韓康藥債多。日望揮金賀新命，來篇云：「若有金揮勝二疏。」俸錢依舊又如何！時夢得罷賓客，除秘監，禄俸略同，故云。（同前）

白居易　酬夢得見喜疾瘳

暖卧摩綿褥，寒傾藥酒螺。昏昏布裘底，病醉睡相和。末疾徒云爾，《傳》云：「風淫末疾。」末謂四支。餘年有幾何？須知差與否，相去較無多。（同前）

白居易　夢得前所酬篇有煉盡美少年之句因思往事兼詠今懷重以長句答之

煉盡少年成白首，憶初相識到今朝。昔饒春桂長先折，今伴寒松最後凋。昔登科第，夢得居先；今同暮年，洛下爲老伴。生事縱貧猶可過，風情雖老未全銷。聲華寵命人皆得，若個如君歷

七朝？夢得貞元中及今，凡仕七朝也。（同前）

白居易　談氏外孫生三日喜是男偶吟成篇兼戲呈夢得

玉芽珠顆小男兒，羅薦蘭湯浴罷時。芣苢春來盈女手，梧桐老去長孫枝。慶傳媒氏燕先賀，喜報談家烏預知。明日貧翁具鷄黍，應須酬賽引雛詩。前年，談氏外孫女初生，夢得有賀詩云：「從此引鴛雛。」今幸是男，前言似有徵，故云。（同前）

白居易　會昌元年春五絶句（録三）

病後喜過劉家

忽憶前年初病後，此生甘分不銜杯。誰能料得今春事，又向劉家飲酒來。

盧尹賀夢得會中作

病聞川守賀筵開，起伴尚書飲一杯。任意少年長笑我，老人自覓老人來。

勸夢得酒

誰人功畫麒麟閣？何客新投魑魅鄉。兩處榮枯君莫問，殘春更醉兩三場。（同前）

白居易　偶吟自慰兼呈夢得　予與夢得甲子同，今俱七十。

且喜同年滿七旬，莫嫌衰病莫嫌貧。已爲海内有名客，又占世間長命人。耳裏聲聞新將相，眼前失盡故交親。尊榮富壽難兼得，閒坐思量最要身。（同前）

白居易　雪暮偶與夢得同致仕裴賓客王尚書飲

黄昏慘慘雪霏霏，白首相歡醉不歸。四個老人三百歲，裴年九十餘，王八十餘，予與夢得俱七十，合三百餘歲，可謂希有之會也。人間此會亦應稀。（同前）

白居易　贈夢得

前日君家飲，昨日王家宴。今日過我廬，三日三會面。當歌聊自放，對酒交相勸。爲我盡

一杯，與君發三願。一願世清平，二願身强健。三願臨老頭，數與君相見。（《白居易集》卷三六）

白居易　雪夜小飲贈夢得

同爲懶慢園林客，共對蕭條雨雪天。小酌酒巡銷永夜，大開口笑送殘年。久將時背成遺老，多被人呼作散仙。呼作散仙應有以，曾看東海變桑田。（同前）

白居易　夢得得新詩

池上今宵風月涼，閑教少樂理霓裳。集仙殿裏新詞到，便播笙歌作樂章。（《白居易集・外集》卷上）

白居易　和夢得夏至憶蘇州呈盧賓客

憶在蘇州日，常諳夏至筵。糉香筒竹嫩，炙脆子鵝鮮。水國多臺榭，吴風尚管絃。每家皆有酒，無處不過船。交印君相次，褰帷我在前。此鄉俱老矣，東望共依然。予與劉、盧三人前後相次典蘇州，今同分司，老於洛下。洛下麥秋月，江南梅雨天。齊雲樓上事，已上十三年。（同前）

白居易　哭劉尚書夢得二首

四海齊名白與劉，百年交分兩綢繆。同貧同病退閑日，一死一生臨老頭。杯酒英雄君與操，曹公曰：「天下英雄，唯使君與操耳。」文章微婉我知丘。仲尼云：「後世知丘者，《春秋》。」又云：「《春秋》之旨，微而婉也。」賢豪雖殁精靈在，應共微之地下游。

今日哭君吾道孤，寢門淚滿白髭鬚。不知箭折弓何用，兼恐脣亡齒亦枯。窅窅窮泉埋寳玉，駸駸落景掛桑榆。夜臺暮齒期非遠，但問前頭相見無？（《白居易集》卷三六）

白居易　感舊并序

故李侍郎杓直，長慶元年春薨。元相公微之，大和六年秋薨。崔常侍晦叔，大和七年夏薨。劉尚書夢得，會昌二年秋薨。四君子，予之執友也。二十年間，凋零共盡。唯予衰病，至今獨存，因詠悲懷，題爲《感舊》。

晦叔墳荒草已陳，夢得墓濕土猶新。微之捐館將一紀，杓直歸丘二十春。城中雖有故第宅，庭蕪園廢生荊榛。篋中亦有舊書札，紙穿字蠹成灰塵。平生定交取人窄，屈指相知唯

五人。四人先去我在後，一枝蒲柳衰殘身。豈無晚歲新相識，相識面親心不親。人生莫羨苦長命，命長感舊多悲辛。（同前）

温庭筠　秘書劉尚書挽歌詞二首

王筆活鸞鳳，謝詩生芙蓉。學筵開絳帳，談柄發洪鐘。粉署見飛鵬，玉山猜卧龍。遺風麗清韻，蕭散九原松。

麈尾近良玉，鶴裘吹素絲。壞陵殷浩謫，春墅謝安棋。京口貴公子，襄陽諸女兒。折花兼踏月，多唱柳郎詞。（《全唐詩》卷五七七）

薛濤　和劉賓客玉蕣

瓊枝的皪露珊珊，欲折如披玉彩寒。閑拂朱房何所似？緣山偏映月輪殘。（《全唐詩》卷八〇三）

按：薛濤約卒於大和六年，時劉禹錫尚在蘇州刺史任，任官未歷賓客，劉集中無《玉蕣》詩，二人唱和事他無可考，故詩中之劉賓客是否劉禹錫殊難判斷。

文

權德輿　送劉秀才登科後侍從赴東京覲省序

每歲儀曹獻賢能之書於王，然後列於禄仕，宣其績用耳。小司徒以楚金餘刃受詔兼領，彭城劉禹錫實首是科。始予見其丱，已習《詩》、《書》，佩觿韘，恭敬詳雅，異乎其倫。及今見（按，此疑有脱文）。夫君子之文，所以觀化成，立憲度。末學者爲之，則角逐舛馳，多方而前。子獨居易以遜業，立誠以待問，秉是嗛慤，退然若虚。況侍御兄以文章行實，著休問於仁義，義方善慶，君子多之。春服既成，五彩其色，去奉嚴訓，歸承慈歡。與侍御游久者，賀而祝之曰：太邱之德，萬石之訓，亦將奉膳羞於公府，敬杖履於上庠，公卿無慚，龜組交映，不待異日而前知矣。鄙夫既識其幼，乃序夫群言耳。（《權載之文集》卷三八）

白居易　劉白唱和集解

彭城劉夢得，詩豪者也。其鋒森然，少敢當者，予不量力，往往犯之。夫合應者聲同，交争者力敵，一往一復，欲罷不能。繇是每製一篇，先相視草，視竟則興作，興作則文成。一二年來，日尋筆硯，同和贈答，不覺滋多。至大和三年春已前，紙墨所存者，凡一百三十八首。其餘乘興扶醉、率然口號者，不在此數。因命小姪龜兒編録，勒成兩卷，仍寫二本，一付龜兒，一授夢得小兒崙郎，各令收藏，附兩家集。予頃以元微之唱和頗多，或在人口，常戲微之云：「僕與足下二十年來爲文友詩敵，幸也，亦不幸也。吟詠情性，播揚名聲，其適遺形，其樂忘老，幸也。然江南士女語才子者，多云『元白』，以子之故，使僕不得獨步於吴越間，亦不幸也。」今垂老，復遇夢得，得非重不幸耶？夢得，夢得，文之神妙，莫先於詩。若妙與神，則吾豈敢！如夢得「雪裏高山頭白早，海中仙果子生遲」，「沈舟側畔千帆過，病樹前頭萬木春」之句之類，真謂神妙，在在處處，應當有靈物護之，豈惟兩家子姪秘藏而已。己酉歲三月五日，樂天解。（《白居易集》卷六九）

白居易　與劉蘇州書

夢得閣下：前者枉手札數幅，兼惠答《憶春草》、《報白君》已下五六章，發函披文，而後喜可知也。又覆視書中有攘臂痛拳之戲，笑與抃會，甚樂，甚樂，誰復知之？因有所云，續前言之戲耳，試爲留聽。僕與閣下在長安時，合所著詩數百首，題爲《劉白唱和集》卷上下，事具《集解》中。去年冬，夢得由禮部郎中、集賢學士遷蘇州刺史，冰雪塞路，自秦徂吴。僕方守三川，得爲東道主。閣下爲僕税駕十五日，朝觴夕詠，頗極平生之歡。各賦數篇，視草而别。歲月易得，行復周星，一往一來，忽又盈篋。誠知老醜冗長，爲少年者所嗤。然吴苑、洛城，相去二三千里，舍此何以啟齒而解頤哉！嗟乎，微之先我去矣，詩敵之勍者，非夢得而誰？前後相答，彼此非一。彼雖無虚可擊，此亦非利不行。但止交綏，未嘗失律。然得雋之句、警策之篇，多因彼唱此和中得之，他人未嘗能發也，所以輒自愛重。今復編而次焉，以附前集。合前三卷，題此卷爲「下」，遷前「下」爲「中」，命曰《劉白吴洛寄和卷》。自大和六（按，「六」當作「五」）年冬送夢得之任之作始。居易頓首。（《白居易集》卷六八）

白居易　與劉禹錫書

冬候斗寒，不審動止何似？居易蒙免。韋楊子遞中、李宗直、陳清等至，連奉三問，並慰馳心。洛下今年旱損至甚，蠲放大半，經費不充，見議停減料錢，公私之況可見，蓋天災流行也。承貴部大稔，流亡悉歸，既遇豐年，又加仁政。否極則泰，物數之常。且使君之心，得以與衆同樂，即宴游酣詠，當隨日來。前月廿六日崔家送終事畢，執紼之時，長慟而已！況見所示祭文及祭微哀辭，豈勝悽咽！來使到遲，不及發引，反虞之明日申奠，亦足以及哀。因睹二文，並録祭敦並微誌文同往，覽之當一惻惻耳。平生相識雖多，深者蓋寡，就中與夢得同厚者，深、敦、微而已。今相次而去，奈老心何！以此思之，遂有奉寄長句。長句而下，或感事，或遣懷，或對境，共十篇，今又録往。公事之暇，爲遍覽之，亦可悲，亦可哂也。微既往矣，知音兼勍敵者，非夢而誰？故來示有脱膊毒拳、腦門起倒之戲，如此之樂，誰復知之？從《報白君》「甋榴裙」之逸句，少有登高稱，豈人之遠思，惟餘二僕射之嘆詞，乃至「金環」、「翠羽」之淒韻，每吟皆數四，如清光在前。或復命酒延賓，與之同詠，不覺便醉便卧。即不知拙句到彼，有何人同諷耶？向前兩度修狀寄詩，皆酒酣操簡，或書不成字，或言涉無端，此病固蒙素知，終在希君恕醉人耳。所報男有藝，雖無容，少嘉賓，多乞客，其來尚矣。幸有家園渭城，豈假外物乎！昨問李宗直，知是久親事，常在左右，引於青氈帳前，飲之數杯，隅坐與語。先問貴體，次問高牆，略得而知，聊用爲慰。即瞻戀飢渴之深淺可知也，復何言哉！《沃洲僧記》，又蒙與書，便是數百年盛事，可謂頭頭結緣耳。宗直還，奉狀不宣。居易再拜夢得閣下。十一月日，謹空。（《白居易集·外集》卷下）

附録五　評論資料

李翺

翺昔與韓吏部退之爲文章盟主，同時倫輩，惟柳儀曹宗元、劉賓客夢得耳。（《劉賓客文集》卷一九《唐故中書侍郎平章事韋公集紀》）

趙璘

元和以來，詞翰兼奇者有柳柳州宗元、劉尚書禹錫及楊公（敬之）。劉、楊二人，詞翰之外，别精篇什。（《因話録》卷三，又見王讜《唐語林》卷二）

顧陶

余爲《類選》三十年，神思耗竭，不覺老之將至。今大綱已定，勒成一家，庶及生存，免負平昔。若元相國稹、白尚書居易，擅名一時，天下稱爲元白，學者翕翕，號元和詩。其家集浩大，不可雕摘，今共無所取，蓋微志存焉。所不足於此者，以删定之初，如相國令狐楚、李涼公逢吉、李淮海紳、劉賓客禹錫、楊茂卿、盧仝、沈亞之、劉猛、李涉、李璆、陸暢、章孝標、陳罕等十數公，詩（時）猶在世，及稍淪謝，即文集未行。縱有一篇一詠得於人者，亦未稱所録。僻遠孤儒，有志難就。粗隨所見，不可殫論。（《文苑英華》卷七一四《唐詩類選後序》）

皮日休

近代作雜體，唯《劉賓客集》中有回文、離合、雙聲、疊韻，如聯句則莫若孟東野與韓文公之多，他集罕見，足知爲之之難也。陸與予竊慕其爲人，遂合己作爲雜體一卷，屬予序雜體之始云。（《全唐詩》卷六一六《雜體詩序》。按，劉禹錫集，唐大中時流傳未廣，即顧陶《唐詩類選》亦稱難得，居江南之皮日休似亦難得見，今傳劉集中無回文、離合、雙聲、疊韻之雜體詩，而權德輿集中此類詩作甚多，疑皮日休誤記。）

張爲

瑰奇美麗主　武元衡

上入室一人　劉禹錫

入室三人　趙嘏　長孫佐輔　曹唐
昇堂四人　盧頻　陳羽　許渾　張蕭遠
及門十人　張陵　章孝標　雍陶　周祚　袁不約（《歷代詩話續編》本《詩人主客圖》）

司空圖

國初，主上好文雅，風流特盛。沈、宋始興之後，傑出於江寧，宏肆於李、杜，極矣。右丞、蘇州，趣味澄敻，若清沇之貫達。大曆十數公，抑又其次焉。元、白力勍而氣孱，乃都市豪估耳。劉公夢得、楊公巨源，亦各有勝會。閬仙、無可、劉得仁輩，時得佳致，亦足滌煩。厥後所聞，徒褊淺耳。（《司空表聖文集》卷一《與王駕評詩書》）

李壇

昔樂天、夢得有《劉白唱和集》，流布海内，爲不朽之盛事。（《二李唱和集·序》）

蔡絛

劉夢得詩，典則既高，滋味亦厚，然正似巧匠矜能，不見少拙。……右此十四公，皆吾平生宗師追仰所不能及者。（劉壎《隱居通議》卷六引《詩評》，又見《苕溪漁隱叢話》後集卷三三、《竹莊詩話》卷一。按，「十四公」謂王維、杜甫、黄庭堅、蘇軾、韋應物、劉禹錫、白居易、李白、韓愈、柳宗元、薛能、王安石、歐陽修、杜牧。）

宋祁

李淑之文，自高一代，然最愛劉禹錫文章，以爲唐稱「柳劉」，劉宜在柳柳州之上。淑所著論，多類之，末年尤奥澀，人讀之，至有不能曉者。柳州爲文，或取前人陳語用之，不及韓吏部卓然不朽，不丐於古，而語一出諸己。劉夢得巧於用事，故韓、柳不加品目焉。（《宋景文筆記》卷上）

蘇軾

劉禹錫既敗，爲書自解，言：「王叔文實工言治道，能以口辯移人，既得用，其所施爲，人不以爲當。太上久疾，宰相及用事者不得對。宫掖事秘，建桓立順，功歸貴臣，由是及貶。」《後漢書·宦者傳論》云：「孫程定立順之功，曹騰參建桓之策。」騰與梁冀比舍清河而立蠡吾，此漢之所以亡也，與廣陵王監國事豈可同日而語哉！禹錫乃敢以爲比，以此知小人爲姦，雖已敗猶不悛也，其可復置之要地乎！因讀《禹錫傳》有所感，書此。（《蘇軾文集》卷六五《劉禹錫文過不悛》）

黄庭堅

「霧失樓台，月迷津渡，桃源腸斷無尋處。可堪孤館閉春寒，杜鵑聲裏斜陽暮。驛寄梅花，魚傳尺素，砌成此恨無重數。郴江幸自繞郴山，爲誰流下瀟湘去？」右少游發郴州回横州多顧有所屬而作，語意極似劉夢得楚蜀間詩也。（《山谷別集》卷一二《跋秦少游〈踏莎行〉》，按周煇《清波雜志》卷九所云略同）

陳師道

蘇詩始學劉禹錫，故多怨刺，學不可不慎也。晚學太白，至其得意則似之矣，然失於粗，以其得之易也。（《後山詩話》）

張戒

蘇子瞻學劉夢得，學白樂天、太白，晚而學淵明。（《歲寒堂詩話》卷上）

（張）籍律詩，雖有味而少文，遠不逮李義山、劉夢得、杜牧之。然籍之樂府，諸人未必能也。（同前）

李義山、劉夢得、杜牧之三人，筆力不能相上下。大抵工律詩而不工古詩，七言尤工，五言微弱，雖有佳句，然不能如韋、柳、王、孟之高致也。義山多奇趣，夢得有高韻，牧之專事華藻，此其優劣耳。（同前）

邵博

劉夢得作九日詩，欲用「糕」字，以五經中無之，輟不復爲。宋子京以爲不然。故子京《九日食糕有詠》云：「飆館輕霜拂曙袍，糗餈花飲鬥分曹。劉郎不敢題糕字，虚負詩中一世豪。」遂爲古今絶唱。糗餌粉餈，糕類也，出《周禮》。「詩豪」，白樂天目夢得云。（《邵氏聞見後録》卷一九）

王直方

邢敦夫云：「『掃地燒香閉閤眠，簟紋如水帳如煙。客來夢覺知何處，掛起西窗浪接天。』東坡詩，嘗題於余扇，山谷初讀，以爲是劉夢得所作也。」（《苕溪漁隱叢話》前集卷四二引《王直方詩話》，又見《詩話總龜》卷九）

范温

世俗喜綺麗，知文者能輕之。後生好風花，老大即厭之。然文章論當理與不當理耳。苟當於理，則綺麗風花，同入於妙；苟不當理，則一切皆爲長語。上自齊梁諸公，下至劉夢得、温飛卿輩，往往以綺麗風花，累其正氣，其過在理不勝而詞有餘也。（《苕溪漁隱叢話》前集卷一〇引《詩眼》）

《鍾山語録》

劉禹錫操行極下，内結宦官，外結柳子厚。作賦甚佳，詩但才短思苦耳。（《苕溪漁隱叢話》卷一四引）

任淵

山谷詩律妙一世，用意高遠，未易窺測，然置字下語，皆有所從來。孫莘老云：「老杜詩無兩字無來歷。」劉夢得論詩亦言：「無來歷字前輩未嘗用。」山谷屢拈此語，蓋亦以自表見也。（《山谷詩注》卷一《古詩二首上蘇子瞻》注）

大凡以詩名世者，一句一字，必月鍛季煉，未嘗輕發，必有所改（疑當作「致」）。或者中山劉禹錫云：「詩用僻字須要有來去處。宋考功詩云：『馬上逢寒食，春來不見餳。』嘗疑此字僻，因讀《毛詩·有瞽》注，乃知六經中唯此注有此『餳』字。」而宋景文亦云：「劉郎不肯題糕字，虛負人間一世豪。」前輩用字如此嚴密，此詩注所以作也。本朝山谷老人之詩，盡極騷雅之變。後山從其游，將寒冰焉。故二家之詩，一句一字有歷古人六七作者。該（疑當作「蓋」）其學該通乎儒釋老莊之奥，下至於醫卜百家之説，莫不摘其英華，以發之於詩。（《黄陳詩集注序》）

按：此序未見於其他版本的《後山詩注》，僅見於義寧陳氏光緒二十六年覆刻《山谷詩集注》卷首，且和許尹原《黄陳詩集注序》相紊，《後山詩注補箋·附録》據以收録。序末署「政和辛卯（一一一一）重陽月」，在許序「紹興乙亥（一一五五）」前四十餘年。據《四庫全書總目》卷一五四《山谷詩集注》提要，任淵是紹興元年（一一三一）「以文藝類試有司第一」，於注黄、陳二書二十年後方從科舉，也不近情理。明人曾僞造任淵選注黄庭堅《精華録》八卷及淵自序，此序或亦出明人僞造。

吕本中

蘇子由晚年多令人學劉禹錫詩，以爲用意深遠，有曲折處。（《童蒙詩訓》）

曾子實

若劉禹錫之標韻，李商隱之深遠，杜牧之之雄偉，劉長卿之淒清，元白之善叙導人情，蓋唐之尤深於絶者也。（《唐絶句序》，轉引自劉壎《隱居通議》卷六）

朱弁

或曰：「東坡詩始學劉夢得，不識此誠然乎哉？」予應之曰：「予建中靖國間在參寥座，見宗子士暕以此問參寥。參寥曰：『此陳無己之論也。東坡天才，無施不可。以少也實嗜夢得詩，故造詞遣言，峻峙淵深，時有夢得波峭。然無己此論，施於黄州以前可也。坡自元豐末還朝後，出入李、杜，則夢得已有奔逸絶塵之嘆矣。無已近來得渡嶺越海篇章，行吟坐詠，不絶舌吻，常云此老深入少陵堂奥，他人何可及，其心悦誠服如此，則豈復守昔日之論乎。』予聞參寥此説三十餘年矣，不因吾子無由發也。」（《曲洧舊聞》卷九）

謝采伯

唐之文風，大振於貞元、元和之時，韓、柳倡其端，劉、白繼其軌。（《密齋筆記》卷三）

劉克莊

劉夢得五言如《蜀先主廟》云……《八陣圖》云……《中秋》云「星辰讓光彩……」，七言如《洛中寺北樓》云……《西塞山懷古》云……《哭吕温》云……《金陵懷古》云……「山圍故國周遭在……」皆雄渾老蒼，沉著痛快，小家數不能及也。絶句尤工。（《後村大全集》卷一七三）

嚴羽

大曆後，劉夢得之絶句，張籍、王建之樂府，吾所深取耳。（《滄浪詩話》）

敖陶孫

劉夢得如鏤冰雕瓊，流光自照。（趙與時《賓退録》卷二引《詩評》）

王應麟

劉夢得文不及詩。《祭韓退之文》乃謂「子長在筆，予長在論，持矛舉盾，卒莫能困」，可笑不自量也。（《困學紀聞》卷一七）

方回

劉夢得詩格高，在元、白之上，長慶以後詩人皆不能及。且是句句分曉，不吃氣力，别無暗昧關鎖。（《瀛奎律髓》卷一四）

宋濂

劉夢得步驟少陵，而氣韻不足。（《宋文憲公全集》卷三七《答章秀才論詩書》）

高棅

天寶喪亂，光岳氣分，風概不完，文體始變。……時若郎士元、皇甫冉、李端、盧綸、顧況、戎昱、竇參、武元衡之屬及乎權德輿、劉禹錫諸人，相與接跡而興起，翱翔乎大曆、貞元之間，其篇什諷詠，不減盛時，然而近體頗繁，古聲漸遠，不過略見一二，與時唱和而已。（《唐詩品彙·五言古詩叙目·接武》）

元和以後，述貞元之餘韻者，權德輿、劉禹錫而已。（《唐詩品彙·七言古詩叙目·餘響》）

元和以還，柳宗元、劉禹錫、韓愈、張籍與夫姚合、李頻、鄭谷諸人，所作亦不少，然格律無足多取者。（《唐詩品彙·五言排律叙目·餘響》）

貞元後，李益、權德輿、楊巨源、戴叔倫、劉禹錫之流，憲章祖述，再盛於元和間，尚可以繼盛時諸家。（《唐詩品彙·七言律詩叙目·接武》）

又自貞元以來，若李益、劉禹錫、張籍、王建、王涯五人，其格力各自成家，篇什亦盛。（《唐詩品彙·七言絶句叙目·接武》）

瞿佑

夢得多感慨。劉夢得初自嶺外召還，賦《看花》詩云：「玄都觀裏桃千樹，盡是劉郎去後栽。」以是再黜。久之，又賦詩云：「種桃道士歸何處，前度劉郎今又來。」譏刺並及君上矣。晚始得還，同輩零落殆盡，有詩云：「昔年意氣壓群英，幾度朝回一字行。海北天南零落盡，兩人相見洛陽城。」又云：「休唱貞元供奉曲，當時朝士已無多。」又云：「舊人唯有何戡在，更與殷勤唱渭城。」蓋自德宗後，歷順、憲、穆、敬、文、武、宣，凡八朝，暮年與裴、白優游緑野堂，有「在人稱晚達，於樹比冬青」之句。又云：「莫道桑榆晚，爲霞尚滿天。」其英邁之氣，老而不衰如此。（《歸田詩話》卷上）

李東陽

質而不俚，是詩家難事。……唐詩張文昌善用俚語，劉夢得《竹枝》亦入妙。至白樂天令老嫗解之，遂失之淺俗。（《麓堂詩話》）

楊慎

元和以後，詩人之全集可觀者數家，當以劉禹錫爲第一，其詩入選及人所膾炙，不下百首矣。其未經選全篇，如《㭊絲瀑》云……樂府絶句云「大艑高帆一百尺……」（按即《夜聞商人船中筝》）《詠硯》云「煙嵐餘斐亹……」（按即《謝柳子厚寄疊石硯》）《詠鶯雜體》云「鶯，能語，多情……」（按即《同留守王僕射各賦春中一物從一韻至七》）……宛有六朝風致，尤可喜也。劉全集今多不傳，予舊選之爲《句圖》，今録其尤著者於兹云。（《升庵詩話》卷十）

絶句，唐人之所偏長獨至，而後人力追莫嗣者也，擅場則王江寧，驂乘則李彰明，偏美則劉中山，遺響則杜樊川。少陵雖號大家，不能兼善，一則拘乎對偶，二則汨於典故，拘則未成之律詩而非絶體，汨則儒生之書袋而乏性情。故觀其全集，自「錦城絲管」之外，咸無譏焉。（《升庵全集》卷二《唐絶增奇序》）

胡應麟

元和如劉禹錫，大中如杜牧之，才皆不下盛唐，而其詩迥别，故知氣運使然，雖韓之雄奇，

柳之古雅，不能挽也。（《詩藪》内編卷五）

唐七言律自杜審言、沈佺期首創工密，至崔顥、李白，時出古意，一變也。高、岑、王、李，風格大備，又一變也。杜陵雄深浩蕩，超忽縱横，又一變也。錢、劉稍爲流暢，降而中唐，又一變也。大曆十才子，中唐體備，又一變也。樂天才具泛瀾，夢得骨力豪勁，在中、晚間自爲一格，又一變也。張籍、王建，略去葩藻，求取情實，漸入晚唐，又一變也。李商隱、杜牧之填塞故實，皮日休、陸龜蒙馳騖新奇，又一變也。許渾、劉滄角獵俳偶，時作拗體，又一變也。至吴融、韓偓香奩脂粉，杜荀鶴、李山甫委巷叢談，否道斯極，唐亦已亡矣。（同前）

楊用修云：「唐樂府本自古詩而意反近，絶句本自近體而意反遠，蓋唐人偏長獨至而後人力追莫嗣者也。擅場則王江寧，偏至則李彰明，羽翼則劉中山，遺響則杜樊川。少陵雖號大家，不能兼美。近世愛忘其醜者，並取效之，過矣。」用修平生論詩，惟此精確。（同前内編卷六）

中唐絶，如劉長卿、韓翃、李益、劉禹錫，尚多可諷詠。（同前）

唐五言絶……中唐則……劉禹錫……七言絶……中唐則……夢得……皆有可觀處。（同前）

七言律以才藻論，則初唐必首雲卿，盛唐當推摩詰，中唐莫過文房，晚唐無出中山。不但

七言律也，諸體皆然，由其才特高耳。（同前外編卷四）

元和而後，詩道寖晚，而人才故自横絶一時。若昌黎之鴻偉，柳州之精工，夢得之雄奇，樂天之浩博，皆大家材具也。今人概以中、晚束之高閣。若根脚堅牢，眼目精利，泛取讀之，亦足充擴襟靈，贊助筆力。（同前）

中唐白居易、劉禹錫、元稹，詩皆播傳四裔，而不滿後人者，一擯於李、杜，再擯於錢、劉也。……劉、白，時代壓之，格律稍左，其才固自縱横。（同前）

陸時雍

劉夢得七言絶，柳子厚五言古，俱深於哀怨，謂騷之餘派可。劉婉多風，柳直損致，世稱「韋柳」，則以本色見長耳。（《詩鏡總論》）

劉禹錫長於寄怨，七言絶其最所優，可分昌齡半席。（《唐詩鏡》卷三六）

胡震亨

禹錫有「詩豪」之目，其詩氣該今古，詞總華實，運用似無甚過人，卻都愜人意，語語可歌，其才情之最豪者。司空圖嘗言，禹錫及楊巨源詩各有勝會。兩人格律精切欲同，然劉得之易，楊卻得之難，入處迥異耳。（《唐音癸籤》卷七）

許學夷

白樂天初與元微之齊名，元卒，與劉禹錫字夢得俱分司洛中，遂稱「劉白」。按劉雖與白齊名，而其集變體實少，五、七言古及五言律俱未爲工。七言律如「南荆西蜀」、「南宫幸襲」、「渡頭輕雨」三篇，聲氣有類盛唐；如「建節東行」、「南國山川」、「家襲韋平」、「浮杯萬里」，音調亦似大曆；如「漢壽城邊」、「相門才子」、「洛陽秋日」、「新賜魚書」、「鳳樓南面」等篇，則已逗入開成。至如「疏種碧松過月朗，多栽紅藥待君還」，「樓中飲興因明月，江上詩情爲晚霞」，「蘭蕊殘妝含露泣，柳條長袂向風揮」等句，及「前年曾見」一篇，則更入纖巧矣。七言絶氣格甚盛。嚴滄浪云：「大曆以後，劉夢得之絶句，吾所深取耳。」（《詩源辨體》卷二九）

周履靖

古體。劉禹錫：以意爲主，有氣骨。（《騷壇秘語》卷中）

王夫之

七言絶句，初盛唐既饒有之，稍以鄭重，故損其風神。至劉夢得而後宏放，出於天然，於以揚扢性情，馺娑景物，無不宛爾成章，誠小詩之聖證矣。此體一以才情爲主。言簡者最忌局促，局促則必有滯累；苟無滯累，又蕭索無餘。非有紅爐點雪之襟宇，則方欲馳騁，忽爾蹇躓，意在矜莊，只成疲薾。以此求之，知率筆口占之難，倍於按律合轍也。夢得而後，唯天分高朗者能步其芳塵。白樂天、蘇子瞻皆有合作，近則湯義仍、徐文長、袁中郎往往能居勝地，無不以夢得爲活譜。（《薑齋詩話》卷下）

葉燮

自（杜）甫之後，在唐如……劉禹錫、杜牧之雄傑……各自炫奇翻異，而甫無一不爲之開先。（《原詩》卷一）

余成教

白香山謂夢得「雪裏高山頭白早，海中仙樹果生遲」，「沉舟側畔千帆過，病樹前頭萬木春」

之句之類，「真爲神妙矣，在在處處應有靈物護持」。愚謂夢得之「野水嚙荒墳，秋蟲鏤官樹」，「養生非但藥，悟佛不因人」，「楓林社日鼓，茅屋午時鷄」，「千金買絶境，永日屬閒人」，「老枕知將雨，高窗報欲明」，「唯有達生理，應無治老方」，「歲稔貧心泰，天涼病體安」，「深夜降龍潭水黑，新秋放鶴野田青」，「清光門外一渠水，秋色牆頭數點山」，「愛名之世忘名客，多事之時無事身」，「世上功名兼將相，人間聲價是文章」，「但是好花皆易落，從來尤物不長生」，「世上空驚故人少，集中惟覺祭文多」，「銜杯本自多狂態，事佛無妨有佞名」，「三冬學任胸中有，萬户侯須骨上來」，「數間茅屋閑臨水，一盞秋燈夜讀書」，亦各見其神妙。（《石園詩話》卷一）

查慎行

陸放翁七律全學劉賓客，細味乃得之。（《初白庵詩評》卷下）

喬億

新城公《居易録》曰：「劉吏部公䱐云：『七律較五律多二字耳，其難什倍。譬開硬弩，只到七分，若到十分滿，古今亦罕矣。』予最喜其語，因思唐、宋以來爲此體者，何啻千百人，求其十分滿者，惟杜甫、李頎、李商隱、陸游，及明之空同、滄溟二李數家耳。」愚謂王維、劉禹錫亦有十分滿者，豈反在放翁、滄溟下耶？（《劍溪説詩》卷下）

七言絶句……李君虞、劉夢得，具有樂府意，亦邈焉寡儔。（同前）

八司馬之才，無過劉、柳者，柳之勝劉，又不但其詩文。其謫居自多怨艾意，而劉則無之。

元和、長慶間……劉禹錫七言律絶……並出樂天之右。樂天只長律擅場，亦無子厚筆力也。而當日名播鷄林，後人多宗之，良由諸體贍博，盡疏快宜人耳。（同前）

夢得詩多傑作，特古、選不及子厚、東野，歌行不及退之、長吉，要非張、王可望也。當日惟樂天可與頡頏，而健舉終遜之。大抵白詩寬裕，劉較峻狹，此兩人之派别也。至於七言今體，獨出冠時，楊升庵以爲元和後夢得當爲第一，可謂知言矣。（同前）

（《劍溪説詩又編》）

管世銘

劉賓客長篇，雖不逮韓之奇横，而健舉略足相當。七古劉之敵韓，猶五古郊之匹愈也。即夢得五言，亦自質雅可頌。世乃謂其不工古詩，何其武斷！（《讀雪山房唐詩序例》）

十子而降，多成一副面目，未免數見不鮮。至劉、柳出，乃復見詩人本色，觀聽爲之一變。子厚骨聳，夢得氣雄，元和之二豪也。（同前）

凡律詩最重起結，七言尤然。起句之工於發端，如……劉禹錫「王濬樓船下益州，金陵王氣黯然收」。……落句以語盡意不盡爲貴，如……劉禹錫「若問舊人劉子政，如今頭白在南徐」……皆足爲一代楷式。頷頸兩聯，如二句一意，無異車前騶仗，有何生氣？唐賢句法之可法者，如……劉禹錫「黄河一曲當城下，緹騎千重照路旁」，「懷舊空吟聞笛賦，到鄉翻似爛柯人」……皆神韻天成，變化不測。宋、元以後，此法不講，故日近凡庸。（同前）

韋蘇州五言高妙，劉賓客七律沈雄，以作小詩，風流未遠。（同前）

劉賓客無體不備，蔚爲大家，絶句中之山海也。始以議論入詩，下開杜紫微一派。玄都觀前後看桃二作，本極淺直，轉不足存。（同前）

杜紫微天才横逸，有太白之風，而時出入於夢得。（同前）

陸鎣

先廣文嘗云：「讀古人詩，須讀全集，選本最誤人。中唐詩人如劉夢得……卓然成家。夢得詩如《竹枝詞》、《秋螢行》、《生公講堂》等絶句，《杜司空席上》諸作，宛有六朝風……選

家無識，隨意去取，日就湮没，可勝嘆哉。」（《問花樓詩話》卷一）

許印芳

古人作詩，一字不妄下。後人作詩多閑字，且多贅句，不及古人遠矣。作五律尤忌浮泛，所謂「四十賢人，不可雜一屠沽兒」也。文章一道，總不能離起承轉合之法，用之無痕者，作用在内，暗起暗承，暗轉暗合，暗中消息相通，外面筋骨不露。盛唐詩氣格高渾，意味深厚，其妙在此。愚人但以形貌求盛唐，謬矣。晚唐及宋人詩，作用在外，往往露骨，故少渾厚之作。惟中唐劉中山、劉隨州，猶有盛唐遺意耳。（《瀛奎律髓彙評》卷三劉禹錫《金陵懷古》詩評）

沈德潛

七言律，平叙易於徑直，雕鏤失之佻巧，比五言更難。初唐英華乍啟，門户未開，不用意而自勝。此後摩詰、東川，舂容大雅，時崔司勛、高散騎、岑補闕諸公實爲同調，而大曆十子及劉賓客、柳柳州，其紹述也。少陵胸次廣闊，議論開闢，一時盡掩諸家，而義山詠史，其餘響也。外是，曲徑旁門，雅非正軌。（《唐詩別裁·凡例》）

大曆後詩，夢得高於文房，與白傅唱和，故稱「劉白」。實劉以風格勝，白以近情勝，各自成家，不相肖也。（同前卷一五）

大曆十才子後，劉夢得氣魄骨幹似又高於隨州。人與樂天並稱，緣劉、白有倡和集耳。白之淺易，未可同日語也。（《説詩晬語》卷上）

翁方綱

劉賓客之能事，全在《竹枝詞》。至於鋪陳排比，輒有傖俗之氣。……劉賓客詩品，無論錢、劉，柳，尚在郎君胄、韓君平之下。（《石洲詩話》卷二）

中唐六七十年間，除韋、柳、韓三家古體當别論，其餘諸家堪與盛唐方駕者，獨劉夢得、李君虞兩家之七絶足以當之。（同前）

趙翼

聯句一種，韓、孟多用古體，惟香山與裴度、李絳、李紳、楊嗣復、劉禹錫、王起、張籍皆用五言排律，此亦創體。（《甌北詩話》卷四）

劉夢得論詩，謂無來歷字前輩未嘗用。孫莘老亦謂杜詩無一字無來歷，山谷嘗拈以示人，蓋隱以自道。（同前卷一一）

劉熙載

劉夢得詩稍近徑露，大抵骨勝於白而韻遜於柳。要其名雋獨得之句，柳亦不能掩也。（《藝概·詩概》）

吴喬

劉夢得、李義山之七絶，那得讓開元、天寶？（《圍爐詩話》卷二）

賀黄公曰：「劉夢得五言古詩多學南北朝，近體多雜古調。五古是其勝場，可喜處多在新聲變調、尖警不含蓄者。七言大致多可觀。」（同前卷三）

又曰：「夢得佳詩，多在朗、連、夔、蘇時作，主客以後，始自疏縱，與白傅唱和者，尤多老人衰颯之音。七律雖有美言，亦多熟調，名宿猶爾，可不懔懔。《送李侍郎自河南尹再除本官》、《贈令狐相公赴太原》等詩，或切其地，或切其人，或切其事與景，八面皆鋒。」（同前）

李慈銘

中山叙記諸文，簡潔刻鍊，於韓、柳外自成一子。（《越縵堂讀書記》）

林紓

賓客之文，長於諷喻。《因論》七篇，均有寄託。（《林氏選評名家文集·劉賓客集選》）

宋育仁

（劉禹錫）五言體雜不一，有如「深春風日净」、「昔聽東武吟」等篇，宛轉徘徊，取途樂府。……《聚蚊》、《百舌》託意深微，亦得樂府遺意。（《三唐詩品》卷二）

附録六　傳記資料

劉昫

劉禹錫字夢得，彭城人。祖雲，父溆，仕歷州縣令佐，世以儒學稱。禹錫貞元九年擢進士第，又登宏辭科。禹錫精於古文，善五言詩，今體文章復多才麗。從事淮南節度使杜佑幕，典記室，尤加禮異。從佑入朝，爲監察御史，與吏部郎中韋執誼相善。

貞元末，王叔文於東宫用事，後輩務進，多附麗之，禹錫尤爲叔文知獎，以宰相器待之。順宗即位，久疾不任政事，禁中文誥，皆出於叔文，引禹錫及柳宗元入禁中，與之圖議，言無不從。轉屯田員外郎、判度支鹽鐵案，兼崇陵使判官，頗怙威權，中傷端士。宗元素不悦武元衡，時武元衡爲御史中丞，乃左授右庶子。侍御史竇群奏禹錫挾邪亂政，不宜在朝，群即日罷官。韓皋憑藉貴門，不附叔文黨，出爲湖南觀察使。既任喜怒凌人，京師人士不敢指名，道路以目，時號「二王、劉、柳」。

叔文敗，坐貶連州刺史，在道，貶朗州司馬。地居西南夷，土風僻陋，舉目殊俗，無可辭也。

與言者。禹錫在朗州十年，唯以文章吟詠，陶冶情性。蠻俗好巫，每淫祠鼓舞，必歌俚辭。禹錫或從事於其間，乃依騷人之作，爲新辭以教巫祝。故武陵溪洞間夷歌，率多禹錫之辭也。

初，禹錫、宗元等八人犯衆怒，憲宗亦怒，故再貶，制有「逢恩不原」之令。然執政惜其才，欲洗滌痕累，漸序用之。會程异復掌轉運，有詔以韓皋（當是韓泰之誤）及禹錫等爲遠郡刺史，屬武元衡在中書，諫官十餘人論列，言不可復用而止。

禹錫積歲在湘澧間，鬱悒不怡，因讀《張九齡文集》，乃叙其意曰：「世稱曲江爲相，建言放臣不宜於善地，多徙五谿不毛之鄉。今讀其文章，自内職牧始安，有瘴癘之嘆，自退相守荆州，有拘囚之思。託諷禽鳥，寄辭草樹，鬱然與騷人同風。嗟夫，身出於遐陬，一失意而不能堪，矧華人士族，而必致醜地然後快意哉！議者以曲江爲良臣，識胡雛有反相，羞與凡器同列，密啟廷諍，雖古哲人不及。而燕翼無似，終爲餒魂，豈忮心失恕，陰謫最大，雖二美莫贖耶？不然，何袁公一言明楚獄而鍾祉四葉？以是相較，神可誣乎！」

元和十年，自武陵召還，宰相復欲置之郎署。時禹錫作《游玄都觀詠看花君子》詩，語涉譏刺，執政不悦，復出爲播州刺史。詔下，御史中丞裴度曰：「劉禹錫有母，年八十餘，今播州西南極遠，猿狖所居，人跡罕至。禹錫誠合得罪，然其老母必去不得，則與此子爲死別，臣恐傷陛下孝理之風。伏請屈法，稍移近處。」憲宗曰：「夫爲人子，每事尤須謹慎，常恐貽親之憂。今禹錫所坐，更合重於他人，卿豈可以此論之？」度無以對。良久，帝改容而言曰：「朕所言，是責人子之事，然終不欲傷其所親之心。」乃改授連州刺史。去京師又十餘年，連刺數郡。

大和二年，自和州刺史徵還，拜主客郎中。禹錫銜前事未已，復作《游玄都觀》詩，序曰：「予貞元二十一年爲尚書屯田員外郎，時此觀中未有花木。是歲，出牧連州，尋貶朗州司馬。居十年，召還京師，人人皆言有道士手植紅桃滿觀，如爍晨霞，遂有詩以志一時之事。旋又出牧，于今十有四年，得爲主客郎中。重游兹觀，蕩然無復一樹，唯兔葵燕麥動摇於春風，因再題二十八字，以俟後游。」其前篇有「玄都觀裏桃千樹，總是劉郎去後栽」之句，後篇有「種桃道士今何在，前度劉郎又到來」之句，人嘉其才而薄其行。禹錫甚怒武元衡、李逢吉，而裴度稍知之。大和中，度在中書，欲令知制誥，執政又聞詩序，滋不悦。累轉禮部郎中、集賢院學士。度罷知政事，禹錫求分司東都，終以恃才褊心，不得久處朝列。六月，授蘇州刺史，就賜金紫。秩滿入朝，授汝州刺史，遷太子賓客分司東都。

禹錫晚年，與少傅白居易友善，詩筆文章，時無在其右者。常與禹錫唱和往來，因集其詩而序之曰：「彭城劉夢得，詩豪者也。其鋒森然，少敢當者。予不量力，往往犯之。夫合應者聲同，交争者力敵，一往一復，欲罷不能。由是每製一篇，先於視草，視竟則興作，興作則文成。一二年來，日尋筆硯，同和贈答，不覺滋多。大和三年春以前，紙墨所存者，凡一百三十八首。其餘乘興仗醉率然口號者，不在此數。因命小姪龜兒編録，勒成兩軸。仍寫二本，一付龜兒，一授夢得小兒崙郎，各令收藏，附兩家文集。予頃與元微之唱和頗多，或在人口，嘗戲微之云：『僕與足下二十年來爲文友詩敵，幸也，亦不幸也。吟詠情性，播揚名聲，其適遺形，其樂忘老，幸也。然江南士女語才子者，多云元、白，以子之故，使僕不得獨步於吴越間，此亦不幸也。』今垂老，復遇夢得，非重不幸耶？夢得，夢得，文之神妙，莫先於詩。若妙與神，則吾豈敢！如夢得『雪裏高山頭白早，海中仙果子生遲』，『沈舟側畔千帆過，病樹前頭萬木春』之句之類，真謂神妙矣。在在處處，應有靈物護持，豈止兩家子弟秘藏而已。」其爲名流許與如此。夢得嘗爲《西塞懷古》、《金陵五題》等詩，江南文士稱爲佳作。雖名位不達，公卿大僚多與之交。

開成初，復爲太子賓客分司，俄授同州刺史。秩滿，檢校禮部尚書、太子賓客分司。會昌二年七月卒，時年七十一，贈户部尚書。

子承雍，登進士第，亦有才藻。（中華書局點校本《舊唐書》卷一六〇《劉禹錫傳》）

宋祁

劉禹錫字夢得，自言系出中山，世爲儒。擢進士第，登博學宏辭科，工文章。淮南杜佑表管書記。入爲監察御史。素善韋執誼。時王叔文得幸太子，禹錫以名重一時，與之交，叔文每稱有宰相器。太子即位，朝廷大議秘策多出叔文，引禹錫及柳宗元與議禁中，所言必從。擢屯田員外郎，判度支鹽鐵案，頗憑藉其勢，多中傷士。若武元衡不爲柳宗元所喜，自御史中丞下除太子右庶子；御史竇群劾禹錫挾邪亂政，群即日罷；韓皋素貴，不肯親叔文等，斥爲湖南觀察使。凡所進退，視愛怒重輕，人不敢指其名，號「二王、劉、柳」。憲宗立，叔文等敗，禹錫貶連州刺史。未至，斥朗州司馬。州接夜郎諸夷，風俗陋甚，家喜巫鬼，每祠，歌竹枝，鼓吹裴回，其聲傖儜。禹錫謂屈原居沅湘間作《九歌》，使楚人以迎送神，乃倚其聲作《竹枝辭》十餘篇，於是武陵夷俚悉歌之。始，坐叔文貶者八人，憲宗欲終斥不復，乃詔雖後更赦令不得原。然宰相哀其才且困，將澡濯用之，會程异復起領運務，乃詔禹錫等悉補遠州刺史。而元衡方執政，諫官頗言不可用，遂罷。

禹錫久落魄，鬱鬱不自聊，其吐辭多諷託幽遠，作《問大鈞》、《謫九年》等賦數篇。又叙：

「張九齡爲宰相，建言放臣不宜與善地，悉徙五谿不毛處。然九齡自内職出始安，有瘴癘之嘆；罷政事守荆州，有拘囚之思。身出遐陬，一失意不能堪，矧華人士族，必致醜地然後快意哉！議者以爲開元良臣，而卒無嗣，豈忮心失恕，陰責最大，雖它美莫贖邪？」欲感諷權近，而憾不釋。久之，召還。宰相欲任南省郎，而禹錫作《玄都觀看花君子》詩，語譏忿，當路者不喜，出爲播州刺史。詔下，御史中丞裴度爲言：「播極遠，猿狖所宅。禹錫母八十餘，不能往，當與其子死訣，恐傷陛下孝治，請稍内遷。」帝曰：「爲人子者宜慎事，不貽親憂。若禹錫望它人，尤不可赦。」度不敢對。帝改容曰：「朕所言責人子事，終不欲傷其親。」乃易連州。又徙夔州刺史。

禹錫嘗嘆天下學校廢，乃奏記宰相曰……當時不用其言。

由和州刺史入爲主客郎中，復作《游玄都》詩，且言：「始謫十年，還京師，道士植桃，其盛若霞。又十四年過之，無復一存，唯兔葵、燕麥動摇春風耳。」以詆權近，聞者益薄其行。俄分司東都，宰相裴度兼集賢殿大學士，雅知禹錫，薦爲禮部郎中、集賢直學士。度罷，出爲蘇州刺史，以政最，賜金紫服。徙汝、同二州，遷太子賓客，復分司。

禹錫恃才而廢，褊心不能無怨望。年益晏，偃蹇寡所合，乃以文章自適。素善詩，晚節尤精，與白居易酬復頗多。居易以詩自名者，嘗推爲「詩豪」，又言「其詩在處應有神物護持」。

會昌時，加檢校禮部尚書。卒，年七十二，贈户部尚書。始疾病，自爲《子劉子傳》，稱：「漢景帝子勝封中山，子孫爲中山人。七代祖亮，元魏冀州刺史，遷洛陽，爲北部都昌人，墳墓在洛北山，後其地陿不可依，乃葬滎陽檀山原。德宗棄天下，太子立，時王叔文以善弈得通籍，因間言事，積久，衆未知。至起蘇州掾，超拜起居舍人、翰林學士，陰薦丞相杜佑爲度支鹽鐵使，翌日，自爲副，貴震一時。叔文北海人，自言猛之後，有遠祖風。東平吕温、隴西李景儉、河東柳宗元以爲信然。三子者皆予厚善，日夕過言其能。叔文實工言治道，能以口辯移人，既得用，所施爲人不以爲當。太上久疾，宰臣及用事者不得對，宫掖事秘，建桓立順，功歸貴臣，由是及貶。」其自辯解大略如此。（中華書局點校本《新唐書》卷一六八《劉禹錫傳》）

按：錢大昕《十駕齋養新録》卷六「劉禹錫傳誤」：「《劉禹錫傳》：『由和州刺史入爲主客郎中，復作《游元都》詩，且言：始謫十年，還京師，道士植桃，其盛如霞。又十四年過之，無復一存，唯兔葵、燕麥動摇春風耳。以詆權近，聞者益薄其行。俄分司東都。』今以禹錫集考之，《再游元都觀絶句》在大和二年三月，是歲歲次戊申，而自和州刺史除主客郎中分司東都，則在大和元年六月，是分司在前，題詩在後也。以郎中分司東都，本是一事，初未到京師也。次年以裴度薦起元官直集賢院，方得還都，《元都詩》正在此時，距元和十年乙未自朗州被召，恰十四年矣。集中又有《蒙恩轉儀曹郎依前充集賢學士舉韓湖州自代》詩，可見初入集賢，猶是主客郎中，後乃轉禮部郎中、集賢直學士，猶未甚核。至《元都詩》雖含譏刺，亦詞人感慨今昔之常情，何至遂薄其行？史家不考年月，誤仞分司與主客爲兩任，疑由題詩獲咎，遂甚其詞耳。」

辛文房

禹錫字夢得，中山人。貞元九年進士，又中博學宏詞科，工文章。時王叔文得幸，禹錫與之交，嘗稱其有宰相器。朝廷大議，多引禹錫及柳宗元與議禁中。判度支鹽鐵案，憑藉其勢，多中傷人。御史竇群劾云「挾邪亂政」，即日罷。憲宗立，叔文敗，貶朗州司馬。州接夜郎，俗信巫鬼，每祠，歌《竹枝》，鼓吹俄延，其聲傖儜。禹錫謂屈原居沅湘間作《九歌》，使楚人以迎送神，乃倚聲作《竹枝辭》十篇，武陵人悉歌之。始，坐叔文貶者，雖赦不原。宰相哀其才且困，將澡用之，乃悉詔補遠州刺史，諫官奏罷之。時久落魄，鬱鬱不自抑。其吐辭多諷託遠意，感權臣而憾不釋。久之，召還，欲任南省郎，而作《玄都觀看花君子》詩，語譏忿，當路不喜，又謫守播州。中丞裴度言：「播，猿狖所宅，且其母年八十餘，與子死決，恐傷陛下孝治。請稍内遷。」乃易連州。又徙夔州。後由和州刺史入爲主客郎中。

至京後，游玄都詠詩，且言：「始謫十年，還輦下，道士種桃，其盛若霞。又十四年而來，無復一存，惟兔葵燕麥動摇春風耳。」權近聞者，益薄其行。裴度薦爲翰林學士。俄分司東都，遷太子賓客。會昌時，加檢校禮部尚書，卒。公恃才而放，心不能平。行年益晏，偃蹇寡合，乃以文章自適。善詩，精絶。與白居易酬唱頗多，嘗推爲「詩豪」，曰「劉君詩，在處有神物護持」。有集四十卷，今傳。（《唐才子傳》卷五《劉禹錫傳》）

温畬

秘書監劉禹錫，其子咸允久在舉場無成。禹錫憤惋宦途，又愛咸允甚切，比歸闕，以情訴於朝賢。大和四年，故吏部崔群與禹錫深於素分，見禹錫蹭蹬如此，尤欲推輓咸允。其秋，群門生張正謩充京兆府試官，群特爲禹錫召正謩，面以咸允託之，覬首選焉。及榜出，咸允名甚居下。群怒之，戒門人曰：「張正謩來，更不要通。」正謩兄正矩，前河中參軍，應書判拔萃，其時群總科目人，考官糊名考訖，群讀正矩判，心竊推許，又謂是故工部尚書正甫之弟，斷意便與奏。及敕下，正矩與科目人謝主司，獨正矩啟叙，前致詞曰：「某殺身無地，以報相公深恩。一門之内，兄弟二人，俱受科名拔擢，粉身虀骨，無以上答。」方泣下，語未終，群忽悟是正謩之兄弟，勃然曰：「公是張正謩之兄？爾賢弟大無良，把群販名，

豈有如此事？與賊何異？公之登科，命也，非某本意，更謝何爲！」（《太平廣記》卷一五六引《續命定録》）

張固

賓客劉公之爲屯田員外郎時，事勢稍異，旦夕有騰踔之勢。知一僧有術數極精，寓直日邀之至省，方欲問命，報韋秀才在門外。公不得已，且令僧坐簾下。韋秀才獻卷已，略省之，而意色殊倦。韋覺之，乃去。與僧語，不對，吁嗟良久，乃曰：「某欲言，員外必不愜，如何？」公曰：「但言之。」僧曰：「員外後遷，乃本行正郎也。然須待適來韋秀才知印處置。」公大怒，揖出之，不旬日貶官。韋秀才乃處厚相也，後三十餘年在中書，劉轉屯田郎中。（《幽閒鼓吹》）

按：《玉泉子》云：「（段）文昌又嘗佐太尉南康王韋皋，爲城（成）都館驛巡官。忽失意，皋逐之，使作靈池尉，羸童劣馬，奔迫就限。去靈池六七里，已昏黑，路絶行人，忽有兩炬前引，更呼曰：『太尉來就。』及郭門，兩炬皆滅。先時，韋皋奏使入長安，素與劉禹錫深交，禹錫時爲禮部員外郎，與日者從容。文昌入謁，日者匿於簾下。既去，日者謂禹錫曰：『員外若圖省轉，事勢殊遠，須待十年後此客入相，方轉本曹正郎爾。』自是禹錫失意，連授外官，十餘年文昌入相，方除禹錫吏部郎中。」情節略同而人物迥異，録以備參。

范攄

秭歸縣繁知一，聞白樂天將過巫山，先於神女神祠粉壁，大署之曰：「蘇州刺史今才子，行到巫山必有詩。爲報高唐神女道，速排雲雨候清詞。」白公睹題處悵然，邀知一至，曰：「歷陽劉郎中禹錫，三年理白帝，欲作一詩於此，怯而不爲。罷郡經過，悉去千餘首詩，但留四章而已。此四章者，乃古今之絶唱也，而人造次不合爲之。」沈佺期詩曰：「巫山高不極，合沓狀奇新。闇谷疑風雨，幽崖若鬼神。月明三峽曙，潮滿九江春。爲問陽臺客，應知入夢人。」王無競詩曰：「神女向高唐，巫山下夕陽。徘徊作行雨，婉孌逐荆王。電影江前落，雷聲峽外長。霽雲無處所，臺館曉蒼蒼。」李端詩曰：「巫山十二重，皆在碧虚中。迴合雲藏日，霏微雨帶風。猿聲寒渡水，樹色暮連空。愁向高唐望，清秋見楚宫。」皇甫冉詩曰：「巫峽見巴東，迢迢出半空。雲藏神女館，雨到楚王宫。朝暮泉聲落，寒暄樹色同。清猿不可聽，偏在九秋中。」（《雲溪友議》卷上）

馮贄

順宗時，劉禹錫干預大權，門吏接書尺日數千，禹錫一一報謝。緑珠盆中日用麪一斗爲糊，以供緘封。（《雲仙雜記》卷五）

《大唐傳載》

禮部尚書劉禹錫與友人三年同處，其友人云：「未嘗見劉公説重話。」

孫光憲

白少傅居易，文章冠世，不躋大位。先是，劉禹錫大和中爲賓客時，李太尉德裕同分司東都，禹錫謁於德裕曰：「近曾得白居易文集否？」德裕曰：「累有相示，别令收貯，然未一披，今日爲吾子覽之。」及取看，盈其箱笥，没於塵坌，既啟之而復卷之，謂禹錫曰：「吾於此人，不足久矣。其文章精絶，何必覽焉。但恐回吾之心，所以不欲觀覽。」其見抑也如此。（《北夢瑣言》卷三）

王讜

文宗好五言詩，品格與肅、代、憲宗同，而古調尤清峻。嘗欲置詩學士七十二員，學士中有薦人姓名者（原注：當時詩人李廓馳名，爲涇原從事），宰相楊嗣復曰：「今之能詩，無若賓客分司劉禹錫。」上無言。李珏奏曰：「當今起置詩學士，名稍不嘉。況詩人多窮薄之士，昧於識理。今翰林學士皆有文詞，陛下得以覽古今作者，可怡悦其間。有疑，顧問學士可也。陛下昔者命王起、許康佐爲侍講，天下謂陛下好古宗儒，敦揚樸厚。臣聞憲宗爲詩，格合前古，當時輕薄之徒，摛章繪句，聱牙崛奇，譏諷時事，爾後鼓扇名聲，謂之『元和體』，實非聖意好尚如此。今陛下更置詩學士，臣深慮輕薄小人，競爲嘲詠之詞，屬意於雲山草木，亦不謂之『開成體』乎？玷黯皇化，實非小事。」（《唐語林》卷二）

按：《資治通鑑》卷二四六《文宗紀》開成三年：「上好詩，嘗欲置詩學士，李珏曰：『今之詩人浮薄，無益於理。』乃止。」蓋與此條同出唐人記載，然未詳何書。

附録七　著録序跋

宋祁《新唐書》

劉禹錫《傳信方》二卷。（《藝文志三》）

《劉禹錫集》四十卷。（《藝文志四》）

《劉白唱和集》三卷　劉禹錫、白居易。（同前）

《汝洛集》一卷　裴度、劉禹錫唱和。（同前）

《洛中集》七卷。（同前）

《彭陽唱和集》三卷　令狐楚、劉禹錫。（同前）

《吴蜀集》一卷　劉禹錫、李德裕唱和。（同前）

王堯臣《崇文總目》

《傳信方》二卷，劉禹錫撰。（卷三）

《劉賓客集外詩》三卷，劉禹錫撰。（卷五）

宋敏求《劉賓客外集後序》

世有《夢得集》四十卷，中逸其十，凡詩三百九十二篇。所遺蓋稱是，然未嘗纂著。今裒之，得《劉白唱和集》一百七、聯句八，《杭越寄和集》二，《彭陽唱和集》五十二，《汝洛集》二十七、聯句三，《洛中集》三十、聯句五，《名公唱和集》八十六，《吴蜀集》十七，《柳柳州集》六，《道塗雜詠》一，《南楚新聞》四，《九江新舊録》一，《登科文選》一，《送毛仙翁集》一。自《寄楊毗陵》而下五十五，皆沿舊會粹，莫詳其出，或有見自石本者。無慮四百七篇，又得雜文二十二，合爲十卷，曰《劉賓客外集》，庶永其傳云。常山宋敏求題。（民國吴興徐氏影宋本《劉賓客文集》）

晁公武《郡齋讀書志》

劉禹錫《夢得集》三十卷，《外集》十卷。禹錫早與柳宗元爲文章之友，稱「劉柳」；晚與居易爲詩友，號「劉白」。雖詩文似少不及，然能抗衡二人間，信天下之奇才也。（卷四）

陳振孫《直齋書録解題》

《劉賓客集》三十卷，《外集》十卷。唐檢校禮部尚書兼太子賓客中山劉禹錫夢得撰。集本四十卷，逸其十卷。常山宋次道裒其遺文，得詩四百七篇，雜文二十二篇，爲《外集》，然未必皆十卷所逸也。（卷十六）

董弅《劉賓客文集跋》

夢得集中所逸蓋自第二十一至三十卷，後人因以第三十一至四十卷相續，通爲三十卷。宋次道纂著《外集》，雖裒類略盡，然未必皆其所遺者，今不可考也。世傳韓柳文多善本，又比歲諸郡競以刻印，獨此書舊傳於世者率皆脱略謬誤，殆無全篇。余家所藏，固匪盡善，既爲刻印，因詁於郡居士大夫家，復遠假於親舊，凡得十餘本，躬爲校讎是正，確可讀。而外集獨余家有之，更無它本可校，第證其字畫之舛訛，其脱逸及可疑者，存之以遺博洽多聞取正焉。紹興八年秋九月壬寅廣川董弅題。（民國吴興徐氏影宋本《劉賓客文集》）

脱脱《宋史》

《劉禹錫集》三十卷。（《藝文志七》）

又《外集》十卷。（同前）

劉禹錫《彭陽唱和集》三卷。（《藝文志八》）

又《彭陽唱和後集》三卷。（同前）

《汝洛唱和集》三卷。（同前）

《吴蜀集》一卷。（同前）

《劉白唱和集》三卷。（同前）

黎民表《書劉中山别集卷首》

劉中山文集三十卷，别集十卷。别集者卷，其官連州時與晚年所作皆在焉。中山於唐元和間有雋名，文稍亞於韓、柳，世謂之「劉柳」，其詩則元、白諸人遠不逮也。今四家集盛行於世，獨中山闕焉。相傳吴中有録本，然僞舛殊甚。詩之梓行者，亦僅十之六七耳。至别集，雖博雅者亦罕見之。唯楊升庵《詩話》中數舉其警句，亦云得其全也。往嘉靖癸亥，予留滯京師，閲於藏書家，因就録之。間示同好，以爲奇遘。而梓其别集以傳，蓋力僅能舉之。而舊本脱誤，校之浹旬，始可繕寫，其不可臆解者仍其舊。是編湮没餘二百年而偶得於予。物之遇合有時哉。間閲《白氏長慶集》，有《與劉蘇州書》洎《劉白倡和集解》，其所舉者，具見集中，因録之爲卷首，而志其鋟梓歲月。萬曆二年正月嶺南黎民表書。（臺灣圖書館藏《劉賓客文集》，香港城市大學劉衛林先生複印賜寄）

趙駿烈《劉賓客詩集序》

詩學至今日，稱極盛矣。上自朝廷，以迄閭巷，莫不追琢其章，絃歌成俗，而歷代諸名人全集以次重刊廣布，若香山、眉山兩集，尤爲學者所樂誦。駿烈自愧譾劣，俯首受舉子業，不敢妄窺騷雅之林，於兩集常愛玩不釋。既而考之元和、長慶諸公與香山唱和齊名者，劉賓客爲稱首。眉山起北宋，爲大家，其少亦嘗規撫賓客。己取其集而讀之，風神骨格雖不能窺見萬一，大約劉之比白，邊幅稍狹，而精詣未之或遜。蘇之無所不有，其比物撫興處法乳亦有自來矣。舊有《劉賓客全集》共若干卷，余特取其詩，分體録之，爲九卷，以便誦習。一二同志見之，謂宜刊布以公未見者，遂付諸梓，便讀白、蘇兩集者留連諷詠，恍見古人友朋之樂，師資之廣。若夫知其人，論其世，由藩籬而入其閫奥，則有海内之具眼在。雍正元年歲在癸卯春正月華亭趙駿烈潤川氏題於涵碧山房。（雍正涵碧齋刻本《劉賓客詩集》）

王汝驤《劉賓客詩集序》

癸卯春，余晤雲間趙子潤川於白下。趙子爲吾友石牧黄君中表戚也，從游其門，善屬文，兼工於詩。余姪漢階及當塗吴子潁長、會稽徐子笠山，稱其詩之工，以爲波瀾意度，皆合古人。至詢其得力之處，則平時奉瓣香者，劉、白也。夫白詩已盛行於時，劉詩則久置高閣。在當日，連鑣掉鞅，其才本自相埒，而後人所好，乃在彼不在此，此在古之人似亦有幸不幸存乎其間。余嘗欲作夢得功臣，録其專集行世，而趙子今有同志，爲覓善本，付之梓，明乎白詩之外，更有劉詩，而後人之所好，不可以分彼此。是微獨質諸古人固以爲厚幸，抑亦其不忘得力之處，爲有可風也。吾友石牧聞此舉，當亦稱快，爲浮大白無數矣。雍正癸卯初夏，金壇王汝驤耕渠氏題。（雍正涵碧齋刻本《劉賓客詩集》）

錢曾《讀書敏求記》

《劉賓客文集》三十卷，《外集》十卷。是集鈔寫精妙，讎校無訛。嘗以汲古舊抄校之，行次差殊，遠遜此本多矣。（卷四）

馮浩《劉賓客文集跋》

唐劉賓客全集久無雕本，兹假杭州振綺堂汪氏鈔本轉録，共三十卷。以近時詩集雕本相校，中間共闕詩四卷，刻本卷二至卷四，若如鈔本之例，當分作八卷，其卷數本皆不合。而其他闕否未可知，則亦非全書，徒卷數排接以掩之耳，俟再爲訪求也。校勘兩度，誤字似宜少矣。大清乾隆四十一年丙申仲秋之月，桐鄉馮浩識。

四十四年又假甬上范氏天一閣鈔本合校，得《平權衡賦》，補入。此賦未佳，或舊本所棄。其共三十卷之前後次序，與此甚異，今一一標明，並總録之，附存。（國家圖書館藏馮浩鈔本《劉賓客文集》）

紀昀《四庫全書總目提要》

《劉賓客文集》三十卷，《外集》十卷江蘇巡撫採進本　唐劉禹錫撰。

《唐書》禹錫本傳稱爲彭城人，蓋舉郡望，實則中山無極人，是編亦名《中山集》，蓋以是也。陳振孫《書録解題》稱：「原本四十卷，宋初佚其十卷，宋次道裒其遺詩四百七篇、雜文二十二首爲《外集》，然未必皆十卷所逸也。」禹錫在元和初以附王叔文被貶，爲八司馬之一，召還之後，又以詠元都觀桃花觸忤執政，頗有輕薄之譏。然韓愈頗與之友善，集中有《上杜黄裳書》，歷引愈言爲重。又《外集》有《子劉子自傳》一篇，敘述前事，尚不肯詆諆叔文。蓋其人品與柳宗元同。其古文則恣肆博辨，於昌黎、柳州之外，自爲軌轍；其詩則含蓄不足而精鋭有餘，氣骨亦在元、白上。均可與杜牧相頡頏，而詩尤矯出。陳師道稱蘇軾詩初學禹錫。吕本中亦謂蘇轍晚年令人學禹錫詩，以爲用意深遠，有曲折處。劉克莊《後村詩話》乃稱其詩多感慨，唯「在人雖晚達，於樹似冬青」十字差爲閑婉，似非篤論也。其雜文二十卷、詩十卷，明時曾有刊版，獨《外集》世罕流傳，藏書家珍爲秘笈。今揚州所進鈔本，乃毛晉汲古閣所藏，紙墨精好，猶從宋刻影寫，謹合爲一編，著之於録，用還其卷目之舊焉。（卷一五〇集部别集三）

周中孚《鄭堂讀書記》

《因論》一卷。百川學海本。唐劉禹錫撰。禹錫字夢得，中山無極人。舉進士，復登博學宏詞科，擢屯田員外郎，以黨王叔文貶。後召還，歷官檢校禮部尚書。《唐志》及諸家書目俱不載，蓋在其文集中，此乃宋時别行之本也。凡分《鑒藥》、《訊甿》、《嘆牛》、《儆舟》、《原力》、《説驥》、《述病》七篇，皆假物以明理，得寓言之旨。柳子厚集中載有《三戒》，此篇與之相類。前有自撰小序，稱「因」之爲言，有所自也。（補逸卷二十五）

繆荃孫《劉賓客文集跋》

右《劉賓客文集》三十卷、《外集》十卷。《四庫》著録。禹錫，《唐書》有傳，官終於太子賓客分司，故署曰《賓客集》，又居中山無極，故又名《中山集》。是集四十卷，宋初佚其十卷，宋次道裒其遺詩四百七篇，雜文二十二首，爲《外集》，然未必皆十卷所遺也。明萬曆二年刊雜文二十卷，書（當作「詩」）十卷，名《中山集》，黎民表序，民表嘉靖末廣東參將，爲古田獞所殺。書亦罕見。常熟瞿氏宋刻殘本，每半葉二十行，行二十一字。歸安陸氏藏述古堂影宋鈔本，每半葉十行，每行二十字。大抵宋時有此兩刻。此朱子涵舊藏明藍格鈔本，十行，行二十字，與陸氏書目合，原出宋本無疑。《外集》十卷，世罕流傳，有以正集詩文僞充者。甲辰冬，在蘇州，書賈以味書室抄《外集》亦十行，行二十字求售，抄手極舊，以重值得之，可爲子涵配全，亦一快事。集中爲人作集序，皆作「集紀」，豈亦爲家諱，如東坡之改「序」作「叙」耶？《外集》有《經東都安國觀九仙公主舊院》詩，結語「武皇曾駐蹕，親問主人翁」，方蕉軒濬師以武皇爲武宗。考王建集亦有《九仙公主舊莊》詩，杜紫綸詔謂唐公主無九仙之名，惟《方伎傳》玄宗時有夜光者，因九仙公主召見温泉。故東都安國觀爲太平公主宅，武皇意指玄宗，李義山詩「武皇内傳分明在」，亦指玄宗。九仙公主或即太平公主之別號，決非武宗之女也。文中用字新穎。如《連州刺史廳壁記》「不足庚其責」，「庚」作「償」字用，與《禮記》「請庚」之注合。《武陵北亭記》「是日還也」，「還」作「反」字用，與《小雅》「爾還而入必易也」之注合。《蘇州册賀（當作「賀册」）皇太子箋》「以貞」「九圍」，用《華陽國志》。《平齊行》「魯人皆科帶弓箭」，「科」作分派解。《外集》「可憐玉風流地」，用庾信詩「還如驅玉馬」，與「金貂」對，他書作「五馬」，誤。惟卷二十五有《與歌者米嘉榮》云：「唱得涼州意外聲，舊人惟有米嘉榮。近來時世輕先輩，好染髭鬚事後生。」《外集》卷八亦有一絶云：「一别嘉榮三十載，忽聞舊曲尚依然。如今世俗輕前輩，好染髭鬚事少年。」與正集髣鬚，而韻不同，昔人所謂有未定之稿，有通用之稿，編輯時求益，遂兩收之，不得謂之複。近時《畿輔叢書》亦刊正集，所據之本爲荃孫所藏《中山集》，似從明刻抄出，書首有錢竹汀印，王氏又據《全唐文》校改，殊失古意，不如此本遠矣。光緒丙午元夕江陰繆荃孫撰。

（《四部備要》本《劉賓客文集》）

董康《劉夢得文集跋》

宋槧唐集，惟書棚本偶一見之。若卷第稍繁，即風行，如李、杜、韓、柳，已如星鳳，遑論其他。光緒丙午，奉牒游日本，道出西京，因閲訪古志，慕崇蘭館藏書之富，訪之於北野別業。主人福井翁，漢醫也，清芬世紹，抱獨樂天，出示宋元及古刻，且言：「凡經森氏簿録者，慘罹秦厄，此皆劫餘所續得者也。」縹帙井然，如登宛委。内大字本《劉夢得集》，每半葉十行，行十八字，中縫有刻工姓名，書體遒麗，純仿開成石經，紙墨並妙。竊謂此書與東京圖書寮之《太平寰宇記》、宋景文、王文公、楊誠齋等集，及吾國京師圖書館之殘《文苑英華》、昭文瞿氏之《白氏文集》、定府之《徐公文集》此書後歸余，今入大倉，可稱海内奇本，歸國恒與朋輩誦述之。昨年避囂東航，僑居是地，復過崇蘭館，翁猶强健，罄閲所藏，始知是集首尾完善，並附《外集》，尤所心醉。適小林忠治業珂羅製版，藝精爲全國冠，曩爲羅君叔言影印宋拓碑志，濃淡豐纖，猶形鑒影，乃介内藤炳卿博士假歸，屬小林氏用佳紙精製百部。昔士禮居僅藏是書殘宋刻四卷，半葉十二行，廿一字，今歸昭文瞿氏鐵琴銅劍樓題跋每以鈔本不足據爲憾，深冀得一宋刻之全者以正其誤。設蕘翁生於今世，其快愉更當如何。噫！際此流離轉徙，牽於結癖，投擲鉅貲，以印此書，殊不自量。然獲此百部行世，不啻貽傳百部真本，舉凡舊抄明刻，訛謬相繩，藝林向奉爲珍秘者，可概供覆瓿，於中山是編，功匪淺鮮。後之覽者，當亦憫余今日之苦衷也。癸丑夏日董康識於東山寄廬。山口藤田緑子録。

（《四部叢刊》本《劉夢得文集》）

内藤虎《劉夢得文集跋》

平安福井氏崇蘭館，以多藏宋元古書，聞於海内。安政中罹災，故物蕩然。迄其後嗣，克紹先志，兩世搜購，收儲之富，不減曩日。中有宋槧《劉夢得集》卅卷、《外集》十卷，蓋爲東山建仁寺舊藏，相傳千光國師入宋時所賫歸。近年，寺主僧天章以方外之身，勤勞王事，兼能詞翰，名著士林。明治初，退居西崦妙光寺，因帶此書而去，既爲兇奴所殪，藏書散佚，此書遂歸崇蘭館。每半頁界長八寸六分，廣六寸四分，十行，行十八字，字大欄豁，疏朗悦目。按陳振孫《書録解題》稱《劉賓客集》原本卅卷，宋初佚其十卷，宋次道裒其遺詩四百七篇、雜文廿二首爲《外集》，卷數篇目與此本吻合。今通行本雜文廿卷，詩十卷，出於明刻，卷第既已不同，所録詩文並有佚奪。又表箋各篇，有通行本存年月而此本失録、此本有年月而通行本刊落者，其餘異文，多不勝舉。且此本先文後筆，仍是六朝以來集部體制，若通行本先文後詩，經明刻恣改耳。《外集》十卷，《天禄琳琅》前編録汲古閣影抄宋本，後編又録元刻本，並稱希見。此本則正外兩集完好無缺，宋氏所哀，直齋所録，忽獲目睹於數百載後，可稱藝林奇寶已。清國董授經京卿，雅善鑒藏，又喜刻書，頃避地東渡，僑寓平安，既盡閲崇蘭之藏，深愛此書，借覽不足，竟謀景刻。乃用玻璃版法，精印百部，以貽於世。雖紙幅稍蹙原本，而精采焕然，不爽毫髮。自兹東瀛秘笈，復廣流傳，中山精華，頓還舊觀。是則授經之有功此集，不在次道下矣。大正二年八月内藤虎。（《四部叢刊》本《劉夢得文集》）

孫星衍《平津館鑒藏記》

唐《劉賓客詩集》六卷，題太子賓客、禮部尚書劉禹錫夢得撰。前後無序跋，與上隨州詩集同時並刊之本。每頁廿行，行廿字，收藏圖書俱同。（卷二）

黄丕烈《士禮居藏書題跋記》

《劉賓客文集》三十卷《外集》十卷（校舊鈔本）　辛酉秋月，從書坊觀汪氏開萬樓書，有舊抄《劉夢得文集》四册，卷第皆後人以意補寫，辯其筆跡，非原抄之舊矣。攜歸校於明刻《中山集》上，按其卷第爲此刻二十一至三十，然未可據此正彼，亦未可據彼正此，存面目可矣。其餘爲《外集》一至八，因有影宋本在，明刻《中山集》所無，故未之校。即此十卷略存佳者，以備參考。然亥豕甚多，脱誤不少，無足取也。因是舊抄，故存其異。校畢書。蕘圃跋。（卷五）

舊藏鈔本《劉賓客集》三十卷，近有人購去，爰重繕副本，益以《外集》十卷，俾成完璧，以志欣幸云。庚子初秋，苕溪漫士識。（同前）

《劉夢得文集》三十卷（校本）　丙子秋日，借張訒庵所收席玉炤所藏舊鈔本，别以《英華》、《樂府》勘過者。丹鉛紛若，幾不知其原本如何，且於鈔本上以丹或墨筆蓋之，欲尋其底子上字，邈不可得，可謂點金成鐵矣。是集余有殘宋刻一至四卷，取對舊抄多合，而兹所校者出他選本如《英華》、《樂府》等，以彼改此，反致失真，可嘆，可嘆！故余校此書不能一一悉據校本，欲校一舊鈔本子之原著，而亦不可據，聊記其異文云耳。安能得一宋刻之全

者，一正其誤耶？重陽日校畢，因記。復翁。（同前）

傅增湘《藏園群書經眼録》

《劉賓客文集》三十卷《外集》十卷　唐劉禹錫撰　宋紹興八年嚴州刻本，半葉十三行，每行二十二字，白口，左右雙闌，版心上下魚尾下記「禹一」等，下記葉數，最下記刊工姓名。有宋時修補之葉。外集末有後序，爲宋敏求輯後集序，及紹興八年嚴州太守廣川董弅校讎刻印識語。其刊工有與《世説新語》及余藏新刊《劍南詩稿》同者。按，此故宫藏書，自承德避暑山莊移來者。徐君森玉主館事時曾影印行世。此即放翁跋《世説》中之嚴州舊版廢於火者，余嘗以校朱氏結一廬新刊本，是正良多，傳世劉本最善之本也。沅公。（《藏園群書經眼録》卷十二）

《劉夢得文集》三十卷《外集》十卷　唐劉禹錫撰　宋刊本，半葉十行，行十八字，細黑口，左右雙闌，版心上題「劉夢得一」，中記葉數，下記姓名，悉以横綫闌斷，無魚尾。每卷首行標題，次子目，目後接正文。前後序跋已失，文集外集前均有目録。按，此日本崇蘭館所藏，董君綬金已影印行世。全書大字疏古，紙墨精良，審其刀工，似是吾蜀所梓。暇日嘗以校朱氏結一廬新刊本，乃殊少佳勝，頗有訛失，不如紹興董弅刊本遠甚，然後嘆物之不可以

皮相也。沅公。（同前）

《劉賓客文集》三十卷　唐劉禹錫撰　明萬曆黎民表刊本，十行二十字。黄丕烈以朱筆校過，跋語録後……鈐有「小謨觴仙館」、「不夜于氏藏書印」二印。見於蟫隱廬，戊午。（同前）

《劉賓客外集》十卷　唐劉禹錫撰　缺三四兩卷　明刊本，十行二十字，版口題「劉文集」，似是黎刊。己巳。（同前）

《中山集》三十卷　唐劉禹錫撰　舊寫本，十行二十字。首行仍題「劉賓客文集」，次行題「正議大夫檢校禮部尚書兼太子賓客贈兵部尚書劉禹錫」，每卷前附目録。藏印如下：「西畇草堂藏本」朱、「陳墫印」朱、「西畇草堂」朱、「西畇藏書」朱、「陳氏西畇草堂藏書印」白、「袁廷檮印」白、「貞節堂圖書印」朱、「吴興包子藏書畫金石記」朱、「方是閒居」朱、「海豐吴氏石蓮盦」朱、「復初氏」朱、「平江陳氏」朱、「壽階」朱、「五硯樓」朱、「包虎臣藏」朱。邢贊亭新收之書，甲戌四月見。（同前）

繆荃孫等《嘉業堂藏書志》

《劉賓客文集》三十卷、外集十卷。鈔本。正議大夫、檢校禮部尚書、兼太子賓客、贈兵部尚書劉禹錫共一行。經鋤堂鈔本，用朱筆校過。卷三十後有苕溪漫士跋，蓋傳鈔士禮居本並過録其校改也。是集曾見宋本三：一爲日本崇蘭館藏本，今已印入《四部叢刊》中；一爲巾箱本，藏清室武英殿，歲乙卯曾印百部行世，與崇蘭館本次第不同；一爲罟里瞿氏藏殘宋本，有「翰林國史院官書」鈐記者是也。此本有「韓崇校讀」、「復廬贅婣滬上所得」、「結一廬藏書」諸記。（卷四）

李盛鐸《劉賓客文集跋》

小字本《劉賓客文集》三十卷、《外集》十卷，宋紹興初刊。藏之天府，在熱河避暑山莊，人間無由得見也。近年行宫寶物移入京師，陳列武英殿，縱人觀覽。徐子森玉商典守者，假歸，以西法影出付印，公諸同好，可爲《中山集》發一異彩矣。癸亥四月朔裝成。盛鐸記。

（北京大學圖書館藏民國徐氏影宋本《劉賓客文集》）

附録八　劉禹錫簡譜

劉禹錫，字夢得，洛陽人。

自稱漢中山靖王之後。曾祖凱，博州刺史；祖鍠，洛陽主簿，殿中侍御史；父緒，浙西從事，加鹽鐵副使，轉殿中侍御史，主務於埇橋。

唐代宗大曆七年壬子（七七二）　劉禹錫生，一歲。

本年，白居易生。崔群生。吕温生。崔玄亮五歲。韓愈五歲。令狐楚七歲。裴度八歲。李絳九歲。

大曆八年癸丑（七七三）　二歲。

本年，柳宗元生。

大曆十四年己未（七七九）　八歲。

童年於湖州嘉興度過，居鄰嘉禾驛。

本年，元稹生。

唐德宗建中元年庚申（七八〇）　九歲。

在兒童時即獲權德輿賞識。約本年識詩僧靈澈、皎然，「以兩髦陪筆硯」。

本年，牛僧孺生。

貞元三年丁卯（七八七）　十六歲。

本年，李德裕生。

貞元八年壬申（七九二）　二十一歲。

入長安應進士舉。

貞元九年癸酉（七九三）　二十二歲。

户部侍郎顧少連知貢舉，與柳宗元同登進士第。其年，又登博學宏辭科。

貞元十一年乙亥（七九五）　二十四歲。

登吏部取士科，授太子校書。此二年中，禹錫母盧氏在洛陽，從舅盧徵爲華州刺史，常來往於長安、華州、洛陽之間。

貞元十二年丙子（七九六）　二十五歲。

父劉緒遘疾於揚州，請告東歸。父卒，丁憂。

貞元十六年庚辰（八〇〇）　二十九歲。

服滿，入杜佑徐泗濠節度使幕，爲節度掌書記，「出師淮上」。十一月，杜佑罷兼領徐泗，改淮南節度使掌書記。

本年二月，從舅華州刺史盧徵卒。

貞元十八年壬午（八〇二）　三十一歲。

調補京兆渭南主簿。

本年韋夏卿爲京兆尹，李絳爲渭南尉，柳宗元爲藍田尉。

貞元十九年癸未（八〇三）　三十二歲。

閏十月，遷監察御史，與韓愈、柳宗元、李程等同在御史臺。

三月，李實代韋夏卿爲京兆尹。冬，韓愈貶陽山令。

貞元二十年甲申（八〇四）　三十三歲。

官監察御史兼監祭使。與薛謇長女結婚。時令狐楚在太原嚴綬幕中，二人始有文字往還。

三月，杜佑檢校司空、同平章事，歸朝。春，御史中丞李汶卒，武元衡繼任。

唐順宗永貞元年乙酉（八〇五）　三十四歲。

正月，德宗卒，順宗李誦即位，王伾、王叔文用事。禹錫爲杜佑奏授崇陵使判官。四月，遷尚書屯田員外郎、判度支鹽鐵。八月，順宗内禪，憲宗李純即位，改貞元二十一年爲永貞元年，貶王伾開州司馬、王叔文渝州司户。九月，貶禹錫連州刺史，韓泰撫州刺史，韓曄池州刺史，柳宗元邵州刺史。禹錫取道洛陽赴連州，行至江陵，晤韓愈。十一月，宰相韋執誼貶崖州司馬；再貶禹錫朗州司馬，韓泰虔州司馬，陳諫台州司馬，柳宗元永州司馬，韓曄饒州司馬，淩準連州司馬，程异郴州司馬，縱逢恩赦，不在量移之限。遂赴朗州。

唐憲宗元和元年丙戌（八〇六）　三十五歲。

在朗州司馬任。

元和三年戊子（八〇八）　三十七歲。

在朗州司馬任。

十月，竇群貶黔中觀察使，吕温貶道州刺史，李景儉貶江陵户曹參軍。十一月，白居易爲翰林學士。

元和四年己丑（八〇九）　三十八歲。

在朗州司馬任。

閏三月，李巽奏程异爲揚子留後。

元和五年庚寅（八一〇）　三十九歲。

在朗州司馬任。時元稹、李景儉貶在江陵，白居易爲翰林學士，始與禹錫有詩唱和。

十月，元稹貶江陵士曹參軍。七月，吕温移衡州刺史。

元和六年辛卯（八一一）　四十歲。

在朗州司馬任。朝廷欲量移劉禹錫等爲遠州刺史，「命行中止」。

八月，吕温卒，年四十。

元和七年壬辰（八一二）　四十一歲。

在朗州司馬任。妻薛氏卒。

元和八年癸巳（八一三）　四十二歲。

在朗州司馬任。

春，竇常爲朗州刺史。

元和九年甲午（八一四）　四十三歲。

在朗州司馬任。冬，承詔還京。

九月，淮西節度使吴少陽卒，其子元濟自總兵柄，四出焚劫。冬，詔書盡徵江湘逐客，元稹、柳宗元等與禹錫同被召還京。

元和十年乙未（八一五） 四十四歲。

抵長安。與柳宗元等同游玄都觀，作看花詩。三月，以劉禹錫爲播州刺史，韓泰爲漳州刺史，柳宗元爲柳州刺史，韓曄爲汀州刺史，陳諫爲封州刺史。柳宗元以禹錫母老，請以柳易播。裴度亦爲之言，得改連州刺史。劉、柳結伴南行，至衡陽分道而别。

春，發諸道兵討吴元濟，不勝。三月，元稹授通州司馬。六月，李師道遣盜刺殺宰相武元衡，傷御史中丞裴度。以裴度爲相。白居易貶江州司馬。

元和十一年丙申（八一六） 四十五歲。

在連州刺史任。

李賀卒，年二十七。靈澈卒，年七十一。

元和十二年丁酉（八一七） 四十六歲。

在連州刺史任。

七月，裴度兼彰義軍節度使、淮西宣慰處置使，率諸軍討吴元濟。十月，李愬夜襲蔡州，擒吴元濟，淮西平。

元和十三年戊戌(八一八)　四十七歲。

在連州刺史任。六月，集所收集醫方爲《傳信方》。

三月，赦王承宗。七月詔討李師道。八月，權德輿卒，年六十。十二月，白居易遷忠州刺史，元稹遷虢州長史。

元和十四年己亥(八一九)　四十八歲。

秋，母盧氏卒。扶柩北歸。

二月，劉悟斬李師道首以獻，淄青平。十一月，柳宗元卒，年四十七。

元和十五年庚子(八二〇)　四十九歲。

正月，在衡陽，得柳宗元訃書，以編集、撫孤、歸葬等事相託。

正月，憲宗卒。閏正月，穆宗李恒立。夏，白居易自忠州召爲司門員外郎。五月，元稹遷祠部郎中知制誥。十二月，白居易遷主客郎中知制誥。

穆宗長慶元年辛丑(八二一)　五十歲。

居喪洛陽。爲呂温、柳宗元編定文集。服闋，授夔州刺史。歲末，行經鄂州，晤李程、令狐楚。

三月，韓泰量移爲郴州刺史，韓曄爲永州刺史，陳諫爲道州刺史。

長慶二年壬寅（八二二）　五十一歲。

正月，抵夔州，作《竹枝詞》。韋執誼子韋絢來依，與禹錫宴坐語論，後絢依當時所話而録之，編爲《劉公嘉話録》。

二月，元稹爲相。三月，裴度自太原入朝，復知政事。或誣元稹遣人刺度，無驗。六月，罷度爲右僕射，稹爲同州刺史。七月，白居易自中書舍人出爲杭州刺史，此後，劉、白唱和漸多。

長慶三年癸卯（八二三）　五十二歲。

在夔州刺史任。

冬，元稹遷越州刺史、浙東觀察使。

長慶四年甲辰（八二四）　五十三歲。

秋，改和州刺史。八月，浮岷江，觀洞庭，歷夏口，涉潯陽而東，應宣歙觀察使崔群之邀赴宣州，復由姑孰渡江，抵和州。

正月，穆宗卒，敬宗李湛立。七月，白居易爲太子左庶子分司東都。十二月，韓愈卒。

時元稹爲越州刺史、浙東觀察使，白居易任杭州刺史，詩歌唱和頻繁。

敬宗寶曆元年乙巳（八二五） 五十四歲。

在和州刺史任。時李德裕爲浙西觀察使，令狐楚爲汴州刺史、宣武軍節度使，劉集中所見與李德裕及令狐楚唱和詩作始於此年。

三月，白居易除蘇州刺史。

寶曆二年丙午（八二六） 五十五歲。

秋，罷和州刺史，游建康，與罷蘇州北歸之白居易初逢於揚子津，同游揚州半月，經楚州北歸。

二月，裴度自興元還朝，復知政事。十二月，敬宗爲宦官所殺。文宗李昂立。

文宗大和元年丁未（八二七） 五十六歲。

正月，與白居易同游梁，晤令狐楚，同歸洛陽。六月，授主客郎中分司東都。

三月，白居易徵拜秘書監。夏，韓泰遷湖州刺史，與禹錫相遇於洛。秋，姚合爲監察御史分司。十二月，白居易奉使至洛陽，復與禹錫相會。

大和二年戊申（八二八） 五十七歲。

正月，授主客郎中、集賢直學士，歸京。本年，加朝散大夫，始賜緋。

時裴度、韋處厚、王播、竇易直爲相，崔群爲兵部尚書，白居易爲刑部侍郎，張籍爲國子司業。裴、崔、白、張與劉禹錫唱和。秋，王建自太常丞出爲陜州司馬。十月，令狐楚自汴州入朝爲户部尚書。十二月，韋處厚卒。

大和三年己酉（八二九）　五十八歲。

轉禮部郎中，仍兼集賢學士。裴度欲重用禹錫，未果。

春，白居易稱病家居。三月，令狐楚出爲東都留守。白居易編與禹錫唱和詩爲《劉白唱和集》二卷，作《劉白唱和集解》。四月，以白居易爲太子賓客分司東都。七月，李德裕自浙西入爲兵部侍郎，裴度欲引之爲相。同月，李宗閔爲相。九月，出德裕爲義成軍節度使，自浙東徵元稹爲尚書左丞。十二月，令狐楚爲天平軍節度使。同月，李益卒。

大和四年庚戌（八三〇）　五十九歲。

在禮部郎中、集賢學士任。

正月，牛僧孺爲相，以元稹代僧孺爲武昌節度。二月，興元軍亂，李絳遇害。九月，裴度罷相，出爲山南東道節度使。十月，李德裕改劍南西川節度使。十二月，白居易爲河南尹。本年，張籍卒。

大和五年辛亥（八三一）　六十歲。

在集賢院四换星霜，供進新書二千餘卷。冬，出爲蘇州刺史，經洛陽，與白居易盤桓半月，賦詩數首，視草而別。

七月，元稹卒。本年，韓泰卒於常州刺史任。

大和六年壬子（八三二）　六十一歲。

二月，抵蘇州。時承水災之後，百姓流離，禹錫「虛懷詢病苦」，賑災免欠，甚有善政。

二月，令狐楚轉太原尹、河東節度使。八月，崔群卒。十二月，牛僧孺罷相爲淮南節度使，李德裕入爲兵部尚書。本年，長子咸允岳父楊歸厚卒於虢州刺史任。白居易編《劉白吴洛寄和卷》爲《劉白唱和集》卷下。

大和七年癸丑（八三三）　六十二歲。

在蘇州刺史任上。編與令狐楚唱和詩爲《彭陽唱和集》兩卷，編與李德裕唱和詩爲《吴蜀集》，後續有增附。是歲蘇州大稔，流亡悉歸，以政最賜金紫。

二月，李德裕同平章事。四月，白居易復爲太子賓客分司東都。六月，李宗閔爲山南西道節度使，以令狐楚檢校右僕射、兼吏部尚書。

大和八年甲寅（八三四）　六十三歲。

秋，授汝州刺史。經揚州，晤牛僧孺。經汴州，晤李程。

三月，裴度自山南東道節度使改東都留守。十月，李宗閔復入爲相。十一月，李德裕出爲鎮海節度使。

大和九年乙卯（八三五）　六十四歲。

九月，以白居易爲同州刺史，辭疾不赴，乃以禹錫代居易爲同州刺史，以居易爲太子少傅分司東都。禹錫赴同州，經洛陽，晤裴度、白居易、李紳。留家眷於洛陽，已作歸計。李訓、鄭注用事。四月，貶李德裕袁州長史。六月貶李宗閔明州刺史，再貶潮州司户。楊虞卿等均遭貶逐。十一月二十一日，李訓等謀誅宦官，不克，左神策中尉仇士良等殺宰相，王涯、賈餗、舒元輿、李訓、王璠、鄭注等十餘家皆族誅，史稱「甘露之變」。

開成元年丙辰（八三六）　六十五歲。

在同州刺史任。夏被足疾，秋歸洛陽，以太子賓客分司東都，與白居易、裴度唱和，此後足跡未離洛陽。

四月，令狐楚出爲山南西道節度使。十一月，李德裕復爲浙西觀察使。

開成二年丁巳（八三七）　六十六歲。

爲太子賓客分司東都。三月三日，與裴度、李珏、白居易等修禊於洛濱。秋冬之間，被疾。

三月，裴璘代李珏爲河南尹，李珏入爲户部侍郎。五月，裴度移太原尹、河東節度使，裴、劉、白唱和詩編爲《汝洛集》。同月，牛僧孺自淮南節度爲東都留守，劉、白、牛唱和漸多。十一月，令狐楚卒。禹錫編大和八年至開成二年與楚唱和詩爲《彭陽唱和集》下卷，遷前下卷爲中卷。

開成三年戊午（八三八） 六十七歲。

爲太子賓客分司東都。與白居易、牛僧孺唱和。

正月，楊嗣復、李珏同平章事。九月，牛僧孺召拜左僕射。

開成四年己未（八三九） 六十八歲。

爲太子賓客分司東都。與白居易同患足疾。歲末，改秘書監分司東都。本年以後，與白居易唱和之作仍多，但大都亡佚。

三月，裴度卒。

開成五年庚申（八四〇） 六十九歲。

爲秘書監分司東都。

正月，文宗卒。中尉仇士良等迎立武宗李炎。五月，楊嗣復罷相爲吏部尚書。八月，李珏罷相爲太常卿。九月，李德裕自淮南入朝，同平章事，王起出爲東都留守。

武宗會昌元年辛酉（八四一） 七十歲。

春，加檢校禮部尚書，仍以太子賓客分司東都。與白居易、王起唱和。

會昌二年壬戌（八四二）　七十一歲。

病，自知不久於人世，作《子劉子自傳》。七月，卒。贈兵部尚書。白居易、温庭筠有詩哭之。

後記

別集的整理本來一般是用不着寫什麽「後記」的。但是，在《劉禹錫全集編年校注》一稿修訂完畢，即將交付出版之際，我卻覺得有一些話想説，而且非説不可。

這本書雖然到現在纔交付出版，但其中詩注部分卻早在十多年前就已經基本上完成了。一九七八年，在東北的農場和工廠當了十九年「右派」和「摘帽右派」的我，終於回到湘潭師範專科學校外語系，擔任現代漢語和外國文學教師。經過一段時間的努力，我基本上適應了教學工作。然而，我深深感到：要在高校站穩講臺，必須提高自己的科研能力，不能老是喫别人嚼過的饃。當時學校外語資料奇缺，年逾不惑的我，要進一步提高外語水平，並通過第一手資料來研究外國文學，在主客觀方面都有極大的困難。於是，我想起了從小就十分喜愛的古典文學，並且決定開始從事《劉禹錫集》的整理研究。爲什麽選中了劉禹錫呢？説來理由很簡單。當時我發現，由於二十年的環境擠軋和自我封閉，自己的思維已很不活躍，但記憶力還差强人意，所以我決定以文獻整理作爲主攻方向。我又感到，先秦兩漢的東西不多，但前人做過的事情太多，難以超越；宋元以後則資料太多，又難以找到；只有唐代，資料不很多，又比較容易找到。《劉禹錫集》前人無注，恰好當時學校圖書館有一部《四部叢刊》本《劉夢得文集》，還有「文革」中「評法批儒」時出版的一部《劉禹錫集》、一部影印的明刻《中山集》和兩本《劉禹錫詩文選注》，這就是我當時能够找到的基本資料，但對於我來説，這也就很不錯了。

於是，我開始成天地把自己關在圖書館的古籍室裏，成了名符其實的蛀蟲，和我患難與共的愛妻武淑珍女士，以羸病之軀承擔了全部家務，小女紅雨搜集資料，鈔寫校核，當上了我的秘書。更感謝古籍室的池先華、李蕙芳兩位老師，她們爲我提供了儘可能多的便利，甚至在周日休息時也破例爲我開放閲覽，使我能够最充分地利用館中的書籍。天長日久，我竟被一些讀者誤認爲是圖書管理員，實際上，我對當時館藏古籍的熟悉恐怕也不亞於真正的管理人員了。有耕耘就有收穫。從一九八〇年《湘潭師專學報》刊出《柳宗元詩中李元二侍御考》、《讀劉禹錫詩雜記》後，我發表了一系列關於劉禹錫的文章；一九八三年，我被調入中文系古代文學教研室，實現了多年的夙願；一九八五年，《劉禹錫詩編年箋注》第四稿終於脱稿了。

這裏，我特别要感謝程千帆師和卞孝萱、傅璇琮二位先生。五十年代負笈武漢大學時，我聽過沈祖棻先生的《唐人七絶詩》，也曾在學術報告會上一睹程先生的風采。但到了一九五七年下學期，輪到程先生爲我們五五級學生開唐宋文學課時，他卻和我遭到同樣的厄運，而且比我更慘，發配到八里湖農場勞動，所以我算不上程先生的及門弟子。但是，當我一九七九年冒昧地給程先生去信，請他將我介紹給對劉禹錫研究有素的卞孝萱先生時（當時卞先生尚在揚州師範學院任教），他馬上給卞先生寫了信，卞先生也很快地給我回了信。一九八二年，卞先生來湘潭大學講學，他提前和我聯繫，約我前去會面。他抽空閲讀了我所作《劉禹錫詩編年箋注》中「和州詩」稿，熱情地鼓勵我把這項工作做下去，以後還多次將他有關劉禹錫的文章和著作寄給了我。一九八五年，他曾索去《劉禹錫詩編年箋注》稿，進行了審讀，還設法爲它尋找出版單位。此後，鑒於中華書局出版了點校本《劉禹錫集》，上海古籍出版社出版了瞿蜕園先生《劉禹錫集箋證》，卞先生還向我提議，要我改作《劉禹錫全集校注》。於是，我又按照卞先生的設想着手從事劉文的注釋，並請敝院李劍銘老師對詩注的大部分引文和校文作了核對。全書基本上完稿後，出版方面依然存在困難。一直關心我的程先生得知此事，曾向我索取此書凡例和樣稿，並向有關出版社推介。一九九五年三月二十八日，先生來示云：「劉集樣本，問過數家，但都怕蝕本，以『出過同類之書』推辭。我想，你是否可將集中有大關係詩篇加以箋證，改爲寅老《元白詩箋證》之體，似更有益於學界。當日寅老開此課時，其名即爲『元白劉詩』，可見寅老亦有箋劉之意。如兄能續其所未成，豈非大美事。（如此一改，即化普及爲提高矣。）」由於我當時正忙於他事，「劉禹錫詩箋證稿」終於没有動手，《劉禹錫集》校注稿也就束之高閣了。

儘管此稿一直未能出版，但我對竭數年精力箋注劉集一事一直無怨無悔。因爲此事使我得益匪淺。正是通過箋注劉詩，我重温並廣泛涉獵了許多古籍，瞭解了唐代史事、人物和典章制度，熟悉了歷代特别是唐代的文獻，積累了目録、版本、校勘、注釋等多方面的知識。也正是通過箋注劉詩，我瞭解到，《全唐詩》乃至全部唐代文學文獻實在是一個整體，各個詩人、各種文獻之間有着千絲萬縷的、不可分割的聯繫，任何一個詩人的作品，不但是研究他本人的重要資料，更是研究其他詩人的重要資料。由於唐詩在當時和後代都擁有廣大的讀者群，並以多種形式廣泛傳播，這就使唐詩史料不但廣泛地存在於幾乎所有的文學與非文學的文獻中，而且在流傳中會發生種種令人意想不到的錯綜複雜的情況。於是，我的研究視野逐漸轉移到《全唐詩》等唐詩文獻整理以及唐代作家作品的考訂，撰寫了《全唐詩人名考證》等著作和一系列論文。可以説，正是《劉禹錫集》箋注工作引導我走進唐代文學研究的殿堂。所以，此書長期未能出版，我内心雖不無遺憾，但從來没有産生過悔意。

一九九七年十月，傅璇琮先生來湘潭參加「第二届唐宋詩詞國際學術討論會」，我和他談起了《劉禹錫全集編年校注》一事。他馬上熱情地將此稿向岳麓書社推薦。不久，我就收到岳麓書社夏劍欽社長的來信，表示同意接受，並願意儘快組織出版。於是我對書稿再次作了部分的修訂——對於詩的部分來説，這已是第六次修訂了。嗣後，在夏先生和責編張鐵燕女士的推動下，此書又被列入全國古籍整理出版規劃領導小組二〇〇一年出版資助計劃，獲得重點資助。回顧此書寫作出版的全過程，不難看出，它決非我個人努力的結果。

現在，我已經年逾花甲，這部書稿也終於將和讀者見面了。遺憾的是，此稿從寫作到出版，綿歷二十餘年。其間我的研究興趣曾經轉移，家也搬過三次，原來鈔録的各種卡片已有散落，現在又没有時間和精力作全面的搜補和加工。通觀全稿，仍有許多不能「盡如人意」之處，因而不能不愧對先人、師友和廣大讀者（兒時見先伯父卧室中對聯「豈能盡如人意，但求無愧我心」，不敢或忘）。曾爲此書編撰出版殫盡心力的許多先生，依然活躍在學術界和出版界，可是，程千帆師和敝院的池先華女士卻在去年先後辭世。於是，我含着淚水寫下了上面的話，對一切曾經關心幫助過我的師友和親人表示衷心的感謝，並將此書作爲菲薄的祭品，奉獻給程先生和池女士，以告慰他們的在天之靈。

陶敏

二〇〇一年四月十二日

於湘潭師範學院

篇目索引

（以篇名音序爲序）

C

D

E

F

G

H

J

K

L

O

P

Q

R

S

X

Y

Z